JN091495

ロメリア戦記III
〜魔王を倒した後も人類やばそうだから軍隊組織した〜
有山リョウ
Illustration：上戸亮

A History of the Romelia

contents

008 第一章 ～連合軍に参加して、難攻不落の要塞を攻略することにした～
068 第二章 ～秘策で要塞を攻撃した～
142 第三章 ～竜達の策謀～
192 第四章 ～魔王軍の援軍がやって来た～
286 第五章 ～ロメリアの微笑～

ロメリア戦記 III
～魔王を倒した後も人類やばそうだから軍隊組織した～

有山リョウ
Illustration: 上戸 亮

A History of the Romelia

◆ロメリア・フォン・グラハム
ライオネル王国グラハム伯爵家令嬢。救世教会の聖女。

◆ヒュース
ヒューリオン王国の第三王子。通称、放蕩王子。

◆グーデリア
フルグスク帝国の皇女。強力な魔法の使い手。

◆レーリア
ホヴォス連邦の五大公爵家であるスコル公爵家の令嬢。

◆ヘレン
ヘイレント王国の第二王女。癒しの力を持つ癒し手でもある。

◆ゼファー
ハメイル王国の軍勢を率いるゼブル将軍の息子。

第一章 ～連合軍に参加して、難攻不落の要塞を攻略することにした～

「ロメリア様！　もう始まりますよ！」

私が丘の坂道を登ると、頂上では赤い服を着た秘書官のシュピリが早くと急かす。

斜面を登りきると、丘の上には獅子の旗と鈴蘭の旗が立てられ、兵士達が並び本陣が築かれていた。シュピリが遅いと顔をしかめていたが、私は気にせず、丘の上から眼下に広がる光景を見下ろした。

私の目の前には、すり鉢状の窪地が広がっていた。窪地の外側は私が立つ丘の峰が連なり、大きな円を描いている。円形丘陵と呼ばれる一風変わったダイラス荒野の景色だ。

そして円形丘陵に囲まれた窪地の中央には、巨大な要塞が鎮座していた。

かつて北の地で栄華を誇った、ローエンデ王国が築き上げたガンガルガ要塞の威容だ。

だが、今やローエンデ王国の旗は取り外され、代わりに魔王軍を示す竜の旗が翻っている。

城壁の上には、二足歩行をする爬虫類の如き姿をした魔族が行きかっていた。

「いやはや、なんとも巨大な要塞ですねぇ」

後ろからの声に振り向くと、漆黒の鎧を着た兵士が私に歩み寄る。その歩みに足音はなく、まるで猫科の肉食獣のようだった。

「カイル将軍。いえカイルレン・フォン・グレンストーム男爵と呼んだ方がよかったですか」

傍らにやって来た兵士、ロメ隊のカイルを見て、私は笑いながら言葉を返した。

「やめてくださいよ。何度呼ばれても、その名前は慣れません」

私の半笑いの顔を見て、カイルが顔をしかめる。

魔王ゼルギスが死んでから五年、カシュー地方で魔王軍討伐の軍を興した私は、志を同じくした兵士達と戦い、ついに魔王軍をライオネル王国から駆逐した。

初期から私に付いて来てくれたカイルは、その功績が認められて男爵位を授けられた。さらに彼は、この戦場では四人いる将軍の一人でもある。

「しかしロメリア様。昨日初めて見た時も驚きましたが、何度見てもすごい要塞ですね」

カイルが感心した声を出す。私も同感だ。ガンガルガ要塞はローエンデ王国が造り上げた難攻不落の要塞として名高く、周囲を覆う壁の高さは通常の城や砦の三倍はある。

「ガンガルガ要塞は滅亡したローエンデ王国の、いえ、ディナビア半島防衛の切り札ですからね。さすがによく造られています」

私は話しながら、頭の中でこの一帯の地図を思い浮かべた。

大陸の中央に位置する我がライオネル王国から北上すると、巨大なディナビア半島が海にせり出している。半島は西と北に伸び、西にはローエンデ王国が、北にはジュネブル王国がかつては存在していた。

現在ではどちらの国も魔王軍に滅ぼされ、西のローエンデ王国はローバーン、北のジュネブル王国はジュネーバと名を変え、魔族の巣窟となっている。

ここガンガルガ要塞はディナビア半島の根元に位置し、西に行くにも北に行くにも、この要塞を通過しなければならない。

ローエンデ王国はこのダイラス荒野に難攻不落の要塞を築くことで、ディナビア半島を支配し、自国防衛のみならず北のジュネブル王国を半ば属国としていた。

しかし今やガンガルガ要塞は魔王軍の手に落ち、人類の大きな障害となっている。

「要塞には魔王軍の兵士が三万体は駐屯しているはずです。さらに未確認ですが、何やら特殊な兵器が設置されているようです。正面から挑みたくはありませんね」

私はガンガルガ要塞を見ながら軍略を語る。

魔王軍三万体が守備するガンガルガ要塞は、下手に手を出せばただでは済まないだろう。

「お言葉ですがロメリア様、カイルレン将軍。そのようなことでは困ります」

聞き耳を立てていた秘書官のシュピリが、柳眉を逆立て私達をたしなめる。

「ヒューリオン王国が魔王軍討伐の檄を飛ばし、ここに六つの列強国が揃っているのです」

シュピリが丘の麓を見下ろす。そこには無数ともいえる軍勢が丘に沿って整列し、ガンガルガ要塞を包囲していた。

ガンガルガ要塞を包囲する軍勢の中に、天に向かって吠える獅子の旗が翻っていた。我がライオネル王国の国旗だ。旗の下には五万人の兵士が整列している。ライオネル王国の左隣には、翼を広げた鷲の紋章を掲げるハメイル王国六万人の軍勢がひしめいていた。そのさらに左には、連合軍の旗振り役でもあるヒューリオン王国が軍勢を揃えている。大陸最強との呼び声高いヒューリオン王国は、太陽の旗と共に十万人の大軍でガンガルガ要塞を包囲している。

視線をライオネル王国の軍勢に戻して今度は右隣を見ると、銀の車輪の紋章を頂くヘイレント王国が七万人の兵士を並べている。さらに右には、ヒューリオン王国と大陸の覇を競い合うフルグスク帝国が月の紋章を掲げて十万人の戦力を動員していた。そしてここからではガンガルガ要塞に隠れて見えないが、五つの星の旗を掲げるホヴォス連邦が、七万人の軍勢を置いているはずだ。

列強にも数えられる六つの国、四十五万の兵士がここに集っていた。

「この連合軍には、世界中の注目が集まっているのです。何としてでも我らの手でガンガルガ要塞を攻略し、ライオネル王国の力を見せつけねばならないのです！」

「もちろん分かっていますよ。シュピリさん」

不敬ともいえるシュピリの態度に、カイルが顔をしかめる。

「いいえ、分かっておられません。ただでさえ我が国は連合軍の中で一番数が少なく、ロメリア二十騎士筆頭であるアルビオン将軍もレイヴァン将軍もいないのです」

「仕方ないでしょう。アルとレイは新たに創設された騎士団の訓練で、手が離せないのです」

「ですから、その分、ロメリア様には頑張っていただかないと。分かっているのですか？」

私の反論にシュピリが小言を言う。

「シュピリ秘書官殿。ロメリア様は総指揮官であらせられます。今のお言葉は不敬では？」

カイルがシュピリの態度を見とがめ前に出る。

目を細めるカイルの全身からは、針のような殺気が放たれ、右手は腰の剣に添えられていた。

「わっ、わた、私は……私は、アラタ王から任命された秘書官ですよ！」

殺気に当てられ、シュピリがたまらず自分の後ろ盾を持ち出した。

シュピリが私に不敬な態度をとるのは、彼女の後ろに二年前に即位したアラタ王の存在があるからだ。

二年前、ザリア将軍が起こした謀反、通称ザリアの乱により、アンリ王とエリザベート王妃が弑虐された。私は兵士達と共にザリア将軍を討ち、私の父であるグラハム伯爵が混乱する国内を鎮めた。

そして空席になったその位を、アンリ王の父の弟であるアラタ様が継いだ。

アラタ王の即位には私達も後援したが、そもそも王家はザリアの乱で勢力を伸ばした私達を良く思っていない。あわよくば私達を失墜させ、王家の力を復活させようと考えている。シュピリはアラタ王から派遣された監視役だった。

「ロメリア様もアラタ王から直々に指揮権を与えられております。そのロメリア様に対する不敬、王家に対する叛意と受け取ってよろしいか？」

鋭利な瞳でカイルはシュピリを見下ろす。

カイルはこの五年間で幾度となく死線を潜り抜け、その度に強くなった。その殺気に晒され、シュピリは閉口する。

「……カイル、おやめなさい」

「はい、分かりました。やめます」

私が制止すると、カイルは即座に跪（ひざまず）いた。

カイルの行動に私はため息が漏れる。言うことを聞いてくれるのは有難いのだが、この忠犬ぶり。自分が周りからどう見られているか考えてほしい。

「シュピリさん」

「はっ、はひ」

私の呼びかけに、秘書官は体を震わせて返事をする。

シュピリにとって私は、自分を抹殺することさえ可能なカイルが、忠犬の如く従う相手だ。

私の一言で自分の運命が決まるのだと、シュピリは怯（おび）えていた。

「天幕に王国に送る命令書を忘れてきました。とってきてもらえますか？」

私はシュピリに頼みごとをすることで、彼女をここから追い払うことにした。シュピリも助かったと、慌てて丘を降りて行く。

「ロメリア様、よろしいのですか？」

立ち上がったカイルが私に問う。

「シュピリはアラタ王が直々に寄越した者です。無碍（むげ）にするわけにはいきません」

王家は分かりやすく私達を牽制してきているが、今私が相手をすべきは遠い本国の権力争いではない。

私はダイラス荒野の円形丘陵、その中心にそびえ立つガンガルガ要塞を見た。あれこそが私の本当の敵だ。

「しかしここは変わった地形ですね、元は火山か何かですかね？」

「いえ、伝承では、かつてここに星が落ちたらしいですよ」

カイルが円形丘陵を見て不思議そうな顔をする、私はこの地の言い伝えを教えてあげる。

「はるか昔に空から星が降り、この地形が出来たそうです。それ以来、この付近に住む人達はここを呪われた場所、悪魔の住処だと恐れ、近付かなかったそうです」

「そんな不吉な場所に要塞を建てるとは、目の付け所がいいのか悪いのか。しかしロメリア様は詳しいですね、ここへ来る前に調べたのですか？」

「それもありますが、ここは以前にも訪れたことがありますからね」

カイルの問いに答えながら、私はもう何年も前のことを思いだした。

アンリ王子と魔王討伐の旅をしていた当時、私達はこの地に立ち寄った。その時はまだガンガルガ要塞が魔王軍の手に渡っておらず、周囲にも人の住む村があった。その時この地に伝わる伝承を聞いたのだ。

「それで、ロメリア様には攻略の手立てがおありですか？」

カイルが禁忌の土地に建設された、難攻不落の要塞に目を向ける。

問われて私はしばし沈黙した。

ガンガルガ要塞は難攻不落の名に恥じぬ要塞と言える。壁は高く分厚い。目立った弱点もなく、正攻法で挑めば死体の山を築くことになる。

私は振り返り、ガンガルガ要塞とは反対の方向を見た。

円形丘陵の南側には、我がライオネル王国の陣地が広がっている。そして陣地のすぐ近くを一本の川が流れていた。西にそびえるライン山脈、その雪解け水を湛えるレーン川だ。やや西には昨日私達が渡った、スート大橋が架かっている。

「手立ては、一応あるつもりです」

「さすがロメリア様。であれば我ら骨身を惜しまず働きます故、いかようにもお使い潰しを」

私が頷くと、カイルが大仰に頭を下げる。

その時、窪地から喇叭の音が鳴り響いた。ガンガルガ要塞攻略戦が開始されるのだ。

「おっ、始まりますね。表門を攻撃するのは確か、ハメイル王国とヒューリオン王国でしたね」

カイルが西に表門を向けるガンガルガ要塞を見る。表門の前には鷲の旗を掲げる軍勢と、太陽の旗を掲げる軍勢が布陣していた。

「ええ、連合軍の盟主であるヒューリオン王国が、表門を攻めることが決まっていたのですが、ハメイル王国がどうしてもと帯同を主張しました」

私はライオネル王国の左隣りに展開している、ハメイル王国の軍勢を見た。

兜に赤い羽根飾りを着けた兵士が指揮棒を振るい、兵士達をガンガルガ要塞の表門へと前進させる。確かあの兵士は、ハメイル王国の軍勢を率いるゼブル将軍だ。将軍自ら陣頭指揮を執り、兵士達を鼓舞しているらしい。

その隣ではヒューリオン王国も表門を攻撃するために前進を開始する。

「では、我が軍も前進しますか」

私が合図を送ると、本陣にいる喇叭兵が金管を吹き鳴らす。

喇叭の音を聞き、ライオネル王国の軍勢が三つの部隊に分かれて、ガンガルガ要塞の右側面に接近する。

中央の歩兵部隊一万五千人を指揮するのは、全身鎧に身を包むオットーだ。その背後にはロメ隊のベンとブライが、オットーの指揮を支えていた。

左に目を向けると、左翼にはロメ隊のグランが美しい銀の鎧を着こみ、弓を手に一万人の弓兵を率いている。グランの後にゼゼとジニが続き、兵士を補佐していた。

右翼にはラグンが、やはり同じく一万人の弓兵を指揮し、ボレルとガットを率いている。

丘の下には、予備兵としてカイルが指揮する一万人の歩兵と、グレンとハンスが率いる五千人の騎兵が待機している。さらに三百人の魔法兵と千人の工兵も連れてきているが、彼らはさらに後方、丘を越えた陣地の中に配置してあるため、ここから姿は見えない。

進軍する連合軍に対し、ガンガルガ要塞から無数の矢が放たれる。

矢の雨が進軍するオットー達に降りかかり、矢を受けて兵士達の何人かが倒れる。しかしグラン達の弓兵はまだ射程距離に届かない。壁が高いため、かなり接近しなければ届かないのだ。兵士達は傷を負いながらも前進を続ける。

グランとラグンが率いる弓兵部隊が射程距離に到達し、停止して弓を構える。一方オットー率いる歩兵部隊は、盾(たて)を掲げながら梯子(はしご)を持って前進する。ガンガルガ要塞に接近するオットーの部隊に矢が集中するが、その隙にグランとラグンの弓兵部隊が矢を放つ。グラン達の放った矢の雨に晒(さら)され、魔王軍の攻撃が少しだけ弱くなる。オットーがさらに前進して要塞にたどり着くと、歩兵部隊は梯子を壁に立て掛け壁を登り始めた。だがここでも壁の高さが攻撃を阻む。梯子の高さが全く足りていないのだ。しかし兵士達はそれでも梯子に登り、下から梯子をもらい、紐(ひも)で連結させて継ぎ足していく。

梯子を登る兵士達に、魔王軍が上から矢を放つ。矢で胸を貫かれた兵士が、梯子から落下する。あの兵士はおそらく助からないだろう。兵士達が傷付き死んでいくのを、私は遠くから見ていることしか出来ない。なんとも歯がゆいがこれが戦争と割り切るしかない。

だがやはりガンガルガ要塞の防御は堅い。あの壁を乗り越えることは難しいだろう。攻略の要はやはり西と東にある門だと私は見る。ただし東の裏門は小さく守りは堅い。巨大な西の表門が、重要な攻略目標だった。

私は表門を攻撃しているハメイル王国とヒューリオン王国に目を向けた。こちらは我が軍よりも被害を出していた。本来はハメイル、ヒューリオンの両国が歩調を合わせる予定だったが、ハメイル王国が突出して、ガンガルガ要塞に接近している。一方ヒューリオン王国はハメイル王国に花を持たせるつもりか、やや後ろから矢を射かけていた。

ハメイル王国のゼブル将軍が、兵士を叱咤し前進させる。兵士達は果敢に前進して壁に梯子を掛けてよじ登ろうとするが、私達の軍勢と同じく半分も登らないうちに落とされてしまう。

「ハメイル王国の兵士は勇敢ですね。手際もなかなかいい」

カイルが壁を登る兵士を見て評する。

私もその評価には同感だった。ハメイル王国の戦意は高い。一方ヒューリオン王国の兵士には積極性が感じられなかった。

ゼブル将軍が指揮棒を振るう。すると後方で待機していた千人の兵士が動き始める。ただし普通の兵士ではない。鎧を着ておらず、武器も携帯していなかった。鎧の代わりにフード付きの黒い外套を着込んでおり、手には赤い魔石が輝く杖を持っている。

「魔法兵か。千人も魔法兵を動員するとはすごいですね。うちはせいぜい三百人なのに」

カイルが感心した声を上げる。

彼らは魔法の才能を持つ魔法兵だ。魔法兵となるには稀有な素質が必要で、揃えるのが難しい。しかも彼らが持つ杖は魔法の発動を補助する魔道具で、一本で家一軒ほどの値段がする。

魔法兵は貴重なだけでなく、装備を揃えるのに金がかかる兵種だった。その魔法兵を千人も集めて遠征に動員するとは、ハメイル王国の遠征に対する熱意の高さがうかがえる。

ハメイル王国の魔法兵の数に感心しているうちに、魔法兵達が前進して配置につく。

ゼブル将軍が号令すると、魔法兵が一斉に杖を構える。杖の先端が赤く発光し、光球がガンガルガ要塞に向けて放たれる。

千の赤い光球が城壁にいる魔王軍に殺到し、当たると同時に爆発して魔族を吹き飛ばす。

ゼブル将軍が魔法兵に再度号令をかける。そして二度目の魔法弾が放たれる。だが城壁に到達する直前、青白い光の壁が城壁の周辺を覆いつくす。光の壁に触れると魔法弾が分解され、霞（かすみ）のように消えていく。壁の上には、白い杖を構えた魔族がいた。

「魔法壁か！」

観戦していたカイルが、青白い光の壁を見て唸（うな）る。

あの光の壁は、魔法を分解する魔法だ。白い杖を掲げる魔族の魔法兵が魔法壁を作り、ハメイル王国が放った魔法弾を防いだのだ。

ゼブル将軍は魔法兵に攻撃を続けさせるが、魔王軍の魔法壁を破れそうにはない。将軍の歯（は）噛（が）みがここまで聞こえてきそうだった。

するとゼブル将軍はまた指揮棒を振るった。指揮棒に反応して、後方から百人ほどの部隊が動き始める。全員が体を隙間なく密着させ、頭上に盾（たて）を掲げて矢を防ぐ屋根を作っている。

「破城槌ですかね？」

カイルが盾を掲げる部隊の目的を予想した。

攻城戦と言えば、城門を打ち破る破城槌が必要だ。しかしハメイル王国の後方を見ると、三角の屋根の下に巨大な大木を吊るした破城槌が待機したままとなっている。

「いえ、たぶん恐らく……」

私はカイルとは違う予想を頭に思い浮かべた。

盾を連ねた兵士達が、ガンガルガ要塞に突撃する。一方魔王軍も、ハメイル王国の動きに気付いて接近する兵士達に矢を集中させる。

無数の矢を射かけられ、盾を掲げる部隊は見る見るうちに数を減らしていく。表門の前にたどり着く頃には、半数も残っていなかった。

表門に接近すると、盾を掲げる兵士達がぱっと左右に分かれる。そしてこれまで盾の屋根に隠れていた、三人の兵士が表門に向けて駆け出した。

私は目を凝らして彼らを見る。その体には布を巻きつけている。膨らんだ布の下には、何かが大量に詰められているのが分かった。

「あの布の下には、もしや爆裂魔石が？　自爆覚悟の決死隊か！」

カイルが驚きの声を上げる。

爆裂魔石は、魔法の威力が込められた爆発する魔道具だ。ハメイル王国は決死隊による自爆攻撃でガンガルガ要塞の表門を破ろうとしているのだ。

　決死隊に気付いた魔王軍が、走る三人の兵士に矢を放つ。表門に向けて駆ける兵士は、体に矢が突き刺さるも走ることを止めず表門に飛びつく。そして三人は互いに手を取り、死ぬ時は一緒だと言わんばかりに抱きしめ合った。直後閃光（せんこう）が走り、表門で大爆発が起きる。

　私は土埃（つちぼこり）が舞い上がる表門に目を凝らした。

　門の前には決死隊の姿はどこにもなく、跡形もなく消え去っていた。だがそれほどの爆発があったにもかかわらず、表門は破壊されていなかった。

　よく見れば門の周りには、青白い光の壁が見えた。おそらく表門の後ろにも魔法兵が配置されており、魔法壁を展開して爆裂魔石の威力を抑えたのだ。

　魔法壁の強度を超える爆発、もしくは魔法壁を維持出来ないほど連続して攻撃しなければ、表門を攻略することは出来ないだろう。

　その日は夕暮れまで攻撃を続けたが、ガンガルガ要塞が落ちることはなかった。


　夕日に赤く染まるガンガルガ要塞に背を向け、私は丘を下った。

　丘を下りると戦闘で傷付いた兵士達が横になり、怪我（けが）人の周囲では、傷を治す奇跡の力を持つ癒し手（いやして）達が、懸命に治療を施していた。

私は負傷兵の間を歩いて声をかけていく。負傷した兵士達は私に声をかけられると、うれしそうにする。

私はライオネル王国の国教である救世教会から聖女の認定を受けており、国民や兵士から人気が高い。そのため私が声をかけると兵士達は喜んでくれる。人の心を利用していることに、思うところはあるが、人々が望むことを為すのも偶像の役目だ。

私は感情を殺し、兵士達に声をかけていく。軽傷者が多く重傷者や死亡した者は少ない様子だった。だがこれを喜ぶわけにもいかない。死んだ者にとっては一つしかない命だ。それに重傷者の容態によっては死者が増える可能性もある。正確な人数を把握する必要があった。

兵士達に声をかけ終え陣中を進むと、香ばしい匂いが漂ってきた。匂いを視線でたどると、大鍋の前で兵士が煮炊きをしている。

戦いが終わり、兵士達が食事を開始しているのだ。調理をする兵士の中には見知った顔があった。突き出たお腹にエプロンを巻いているのはロメ隊のベンだ。その隣には禿げ上がった頭に巨漢のブライが左腕に大きな袋を抱えていた。

大鍋の前に立つベンが調理器具で掻き回す。ブライは持ってきた袋を降ろし中身を取り出す。袋には食材が詰まっていたらしく、袋から人参を取り出して皮を剝いていく。

「ベン、ブライ。夕食ですか」

「あっ、これはロメリア様」

私が二人に声をかけると、ベンが私に深々と頭を下げ、ブライも皮を剝きながら会釈する。

「相変わらず、いい腕をしていますね」

私は大鍋の前で息を吸い込み、匂いを楽しむ。

戦場での料理などそう期待出来たものではないのだが、調味料や香草の匂いだけで美味しいことが分かってしまう。

ベンは美食家というか食いしん坊で、給料のほとんどを美味しいものを食べるために費やしている。さらに行軍中でも美味しい物が食べたいと、料理を覚えたのだ。

「いい肉を見つけたんです。よければロメリア様の分も、とっておきますよ？」

「本当ですか？　ではお願いします」

私は笑顔で頷く。ベンの料理は美味しいと評判で、兵士にも人気がある。今晩の夕食は期待出来そうだった。

「あっ、ロメリア様。お疲れ様です」

声をかけられ振り向くと、明るい顔のゼゼがいた。隣には黒髪のジニも立っている。ロメ隊の二人は手に深皿と匙を持っているので、ベンの料理が出来るのを待っているようだ。

「ゼゼ、ジニ。今日はお疲れ様です」

「いえ、そんな。ロメリ……」

「あの程度の敵！　どうってことはありませんよ、見ていてくださいい、明日はもっと……」

「おい！　ゼゼ、人が話している時に邪魔をするな！」

「そう言うジニこそ！　邪魔している！」

「大体お前はいつも……まぁいい。それよりもロメリア様もお疲れ様でした。こいつの話は長くなるし内容が無いので無視していいです」

ジニが呆れ顔でゼゼを指差す。

「あっ、ひどい。そんなことありませんよ、ロメリア様。内容ありまくりですよ。明日はもっと、こう、ドーンと戦ってバーンと敵を倒しますから、期待していてください！」

「ね、時間の無駄だったでしょう」

ゼゼの本当に中身のない言葉に、ジニが呆れる。

中身はないが、ゼゼの会話は場を和ませる。戦場で兵士達の表情が明るいということは大変重要なことで、戦況を左右することすらある。

「それでは皆さん、今日はお疲れ様でした。ゆっくり休んでください」

私は笑いながらベンとブライ、ゼゼやジニと別れて陣中を歩く。すると一際(ひときわ)巨大な天幕が見えてきた。

ちょっとした家なら丸ごと入るほど大きく、今回の遠征用に特別にあつらえた代物だ。

私達はダイラス荒野には昨日到着したばかりで、陣地構築は始まったばかりだ。だがこの巨大天幕の周囲には、すでに柵が設けられており、兵士達が警備していた。

巨大天幕の入り口を見ると、天幕からは上半身裸の男性達が、石や土を運び出していた。彼らは土木作業のために工兵として連れて来た作業員達だ。

私は天幕の入り口に歩み寄ると、天幕の前では兵士達が出入りする作業員を監視していた。その中に黒い短髪の兵士と、細目がやや垂れた兵士がいた。ロメ隊のグレンとハンスだ。

「グレン、ハンス。仕事の具合はどうですか」

私が仕事の進捗を尋ねると、ハンスが巨大天幕を見ながら答える。

「あっ、ロメリア様。見ての通り、作業場である巨大天幕の設営は完了しました」

「出入りする作業員も全員確認しています。密偵が入り込む余地もありません」

続いてグレンも報告する。

この天幕の中では、私が立てた作戦が進められている。作戦を他国の人間に知られたくないので、わざわざ天幕を作らせて視界を遮り、中で作業させているのだ。

私はグレンとハンスの仕事振りに満足しているが、グレンはやや不満そうな顔をしていた。

「グレン。この仕事は退屈ですか？」

「いえ、ロメリア様。そんなことは」

グレンは否定したが、顔にはつまらないと書いてあった。

「ロメリア様。グレンはアルとレイがいないところで、手柄を立てると意気込んでいて」

「ハンス！　別に不満はないって言っているだろう！」

グレンは威勢がいいだけあって、ロメ隊でも上位の力を持つ。しかしアルやレイには一歩及ばず、悔しい思いをしていた。今回の遠征にはアル達が参加していないので、ここで差をつけられると考えていたようだ。しかし今日の戦いでは、グレンとハンスが率いる騎兵は予備兵として後方待機だった。そして今は陣地の警備を任せている。確かに手柄を立てる機会が無い。

「自分の役割は理解しているつもりです。ロメリア様」

グレンが頷く。

事前の軍議で、二人には私の戦術を伝えてある。グレンも戦術を理解しているはずだが、戦場を前にして血気に逸るのは兵士の性質なのだろう。

「グレン。確かに後方の予備兵や陣地の警備では手柄を立てる機会は少ないでしょう。しかし、いつ不測の事態が起きるか分かりません。今回はアルとレイを連れてきませんでした。ですから二人に代わる兵士を、私の手元に残しておきたいのです」

私がグレンを諭すと、彼は顔を引き締めて頷く。しかしよく見ると口の端がわずかに緩み満足そうにしていた。アルとレイの代わりという言葉が、グレンの琴線に触れたのだろう。

「やってくれますか？　グレン」

「もちろんです。ロメリア様のご命令とあらば！」

胸を張ってグレンが返事をする。

グレンは威勢がよく、たまに生意気なところがある。だがこういうところは可愛い。

「ではよろしく頼みますよ」

やる気を見せるグレンにその場を任せ、私は巨大天幕の中に入る。

大きな天幕の中では巨大な穴が掘られていた。穴の上には木材で足場が組まれ、井戸の様に滑車が付き、桶（おけ）を使って大量の土を地中から運び出している。さらに穴の内側は緩い坂が螺旋（らせん）状に続き、作業員達が大きな石を運び出していた。

作業場を見回す。灰色の髪の男性が図面を片手に指示を出していた。

「ガンゼ親方」

私は灰色の髪を持つ男性に歩み寄った。

ガンゼ親方は港や道路、河川の堤防造りなどを請け負う建設業者だ。今回は私が考えた作戦のために臨時で雇い入れ、工兵として作業員と共に従軍してもらっている。

「おお、嬢ちゃんか。いや、聖女ロメリア様と呼ぶべきかな？」

「よしてください。正直、聖女と呼ばれるのはいまだに慣れないのです」

半笑いのガンゼ親方に私は首を横に振った。

二年前、ザリア将軍が起こした反乱を鎮めるため、私は救世（きゅうせ）教会（きょうかい）に聖女として認定してもらった。だが、聖女と呼ばれることには二年経（た）っても慣れない。

「いつもの呼び方で構いませんよ。私も親方と呼んでいますしね」

「そうか、ならいつも通り嬢ちゃんと呼ばせてもらおう」

私の気安い言葉に、ガンゼ親方が笑う。

ガンゼ親方とは、カシュー地方で港を造ってもらって以来の仲だ。今さら敬語はやりにくい。

「それでガンゼ親方。地質の方はどうですか？」

私は地面に開いた穴を見ながら尋ねた。

ガンガルガ要塞を攻略するため、私は一つの策を携えてここに来た。それがうまくいくかどうかはガンゼ親方の腕と、地質や地形に左右される。

「少し掘ったら粘り気のある粘土層が出てきた。これなら嬢ちゃんの考えた策は可能だと思う」

ガンゼ親方が膝をついて土を握る。その土は確かに粘り気を含んでいた。

これは朗報だった。地質が適さない可能性があったが、一つの問題が解消された。

「作業の方ですが、思ったよりも進んでいますね」

私は掘られた穴を覗き込んだ。穴は大きく、深さも大人数人分はある。

掘り始めたのは昨日からのはず。たった一日で、もうこれだけ掘られているとは驚きだった。

「ああ、井戸掘りや堤防作り専門の作業員を見繕ってきたからな。全員仕事は手慣れたものだ」

ガンゼ親方が、土や石を運び出す作業員を見る。私も作業員を見ると、上半身裸の作業員達と目が合った。私が会釈すると、作業員達は顔を赤らめて頭を下げる。

「あと嬢ちゃんが昨日、あんなことを言ったからだ」

「私？　昨日何か言いましたっけ？」

ガンゼ親方に指摘され、私は昨日のことを思い出した。

昨日はこの地に到着したばかりで、私はあちこちを見回った。

「昨日ここを視察した時、作業していた連中を見て『皆さん、逞(たくま)しいですねぇ』とか言っただろ。あれを馬鹿共が聞いていて、ほれ見てみろ。今も上半身裸で筋肉見せつけているだろ」

ガンゼ親方が蔑(さげす)みの目で、働く作業員達を見る。

確かに作業員達はほとんどが上半身裸で作業し、時折私の方を見る。てっきり視察の目を気にしているのかと思ったが、どうやら別の目を気にしていたらしい。

「あーもしかして、私やらかしちゃいました？」

「馬鹿共がそれで張り切るなら、こっちとしては構わんがな。ただ、ちと呆れとる」

ガンゼ親方は筋肉を見せつける作業員に対して、呆れた顔を見せた。

確かに私が口を滑らせたせいで、作業員が上半身裸で働いているのだと思うと、やらかしてしまった気がする。とはいえ、それで作業が進むのなら問題はない。

「でも、どんな力自慢でも、オットーには敵(かな)いませんね」

「ああ。そりゃ、あいつにはな」

私は力自慢の作業員達を見ながら、ロメ隊の一人を思い出す。ガンゼ親方もそれには顎(あご)を引いて同意した。

その後、私はガンゼ親方と作業の手順について確認し合っていると、穴の底から地響きのような足音が聞こえてきた。足音はゆっくりとこちらに近付いて来る。

ガンゼ親方と一緒に穴の方を見ると、巨大な岩が坂を登ってきた。もちろん岩が勝手に動くわけがない。よく見れば岩の後ろで一人の男が岩を抱えていた。朴訥(ぼくとつ)な顔をしたその男性は、ロメ隊のオットーだった。

オットーは自分より巨大な岩を一人で抱え、坂を登り運んできたのだ。

身の丈よりも巨大な岩を、たった一人で抱えるオットーを見て、筋肉自慢の作業員達が目を丸くして驚いている。

驚く作業員達を見て、私は内心気分がよかった。どうだ、うちのオットーはすごいでしょと、自分のことでもないのに自慢したくなる。

私は岩を担ぐオットーに声をかけた。

「オットー、もう戻って働いていたのですか？」

オットーは先ほどまで戦場で戦っていたというのに、もう鎧(よろい)を脱ぎ捨て作業を手伝っている。

「疲れたら休んでいいのですよ？」

「ロメリア様。大丈夫です。疲れていませんから」

オットーは小さく首を横に振った。

どうやらオットーにしてみれば、先ほどの戦いは疲労するほどのものでもなかったらしい。

「でも怪我(けが)には気を付けてください。貴方(あなた)は我が軍の将軍なのですから」

私は岩を担いだままのオットーを見た。

土に汚れて作業するオットーは、どう見ても作業員の一人にしか見えない。だがこれでもオッテルハイム・フォン・ベラク男爵であり、れっきとした貴族だ。しかも我が軍が誇る四人の将軍の一人だ。

「安心しろ、嬢ちゃん。こいつはちょっとやそっとで、怪我するタマじゃねーよ」

ガンゼ親方が豪快に笑う。

「親方、これどこに置こう」

「おお、それはレーン川の方に持って行け」

オットーが岩を抱えたまま尋ね、ガンゼ親方が指示する。

その姿は現場作業の親方とその弟子にしか見えない。実際本当に親方と弟子の関係だ。

工兵として仕事を覚えてもらうために、オットーをガンゼ親方のところに放り込んだのが何年か前のこと。当初は仕事上の付き合いだったが、オットーがガンゼ親方の腕にほれ込み本当に弟子入りしてしまったのだ。

ガンゼ親方も腕が良く寡黙(かもく)なオットーを気に入り、家族ぐるみの付き合いをしている。そしてもうすぐ、本当の家族になる予定だ。

「それでも怪我には注意してください。エリーヌさんに申し訳がありませんから」

私はもう一度注意しておく。

エリーヌさんはガンゼ親方の一人娘だ。豪快なガンゼ親方と真逆で、気立てがよく優しい女性で、先日オットーとの婚約が決まった。

ロメ隊出身者の中で、婚約した者はオットーが最初であり、私も大変に嬉しい。

私としては結婚を控えたオットーを、遠征に同行させたくなかった。だが私が考えた策を実現するためには、建設業者として経験豊富なガンゼ親方が必要だった。そしてガンゼ親方の片腕として、オットーの存在もまた欠かすことが出来なかった。

「大丈夫です」

オットーは短く答えると、岩を担いでレーン川へと歩いて行く。

「あと魔法が使えるのも大きい。嬢ちゃんが連れて来た魔法兵は思った以上に便利だ。魔法使いがいると仕事が捗る」

「ああ、彼らが役に立ちましたか。それはよかった」

私は頷き周囲を見回す。天幕の中では半裸の作業員達が行きかっていたが、その中には外套を着こみ杖を持つ者の姿があった。彼らは作業員ではなく、我が軍が誇る魔法兵だ。

今回の遠征では、通常の兵士や工兵の他に、魔法が使える魔法兵も同行している。彼らは土を柔らかくする魔道具を使用出来るため、作業が大幅に捗ったようだ。

通常土木作業に貴重な魔法使いが投入されることはないため、ガンゼ親方にも初めての経験だったのだろう。

「おっと、今のは聞き捨てなりませんね」

話す私とガンゼ親方の背中に、甲高い声がかけられる。

振り向くとそこには黒い外套を身に着けた、海藻のようにうねる茶髪の若い男性がいた。

腰に杖を差した青年の顔には、人を馬鹿にしたような笑みが張り付いていた。

「これは、クリート魔法兵隊長。こちらにおられたのですか」

「こちらにおられましたよ、ロメリア様」

遠征軍の総指揮官である私に対して、クリートは尊大な態度で答えた。

この実に偉そうな男性は、魔法兵三百人を指揮するクリートだ。ただの魔法兵ではなく、宮廷魔導士(まどうし)として名を連ねており、実際に偉い人物だ。

「しかしロメリア様とガンゼ氏の言葉は聞き捨てなりません。私をそこらの魔法使いと同列に扱わないでいただきたい。私を呼ぶなら敬意と畏怖を込めて魔導士と呼んでいただかないと」

「ああ。悪い悪い」

「それは失礼しました、魔導士クリート」

クリートの尊大で気取った言葉に、ガンゼ親方が顔をしかめる。私も内心面倒だったが、怒らせても仕方がないので、ご機嫌を取っておく。

「そもそも我ら魔導士は、道具を使わなければ魔法一つ使えない魔法兵や、才能だけを頼りに、一種類の魔法しか使えない魔法使いとは格が違うのです」

クリートが拳を固めて力説する。その眼には人を見下す色があった。

私は内心ため息をついた。クリートの言葉は、腕のいい魔法使いが言いがちなことだった。

彼ら曰く、人間には四種類いるとされる。まず一つ目が魔法を使えない人達で、人類の大部分がこれに当たる。魔法使いからすると、力を持たずに生まれた可哀想な存在らしい。

二つ目が魔法の力を持ちながらも、魔道具の補助なしでは発動することが出来ない者達だ。軍に編成されている魔法兵のほとんどがこれに当たり、これも出来損ないに分類されている。

そして三つ目が、自力で魔法を発動出来る者。私の知る中では、ロメ隊のアルやレイがここに入る。しかし魔導士様からすれば、これも不十分らしい。

「魔法の力とは、神が与えた恩恵なのです。それを十全に使いこなせてこそ、初めて真の魔法使い、魔導士と呼べるのです。術式の一つも使えないようでは、魔導士と呼べません」

クリートは話しながら右手を掲げる。すると右手の上に黄色い光が生まれる。光は小さな円と文字を形作り、魔法陣が浮かび上がる。黄色い魔法陣からは紫電が迸り、小さな電撃となる。

さらにクリートは左手を掲げ、今度は赤い魔法陣を作り上げ、小さな火を灯す。そして次は右手に緑色の魔法陣を生み出し、そよ風を発生させた。

「魔導の真髄を知り、精緻な技術で操作すれば、この通り、あらゆることが可能なのです」

クリートが魔法陣を生み出しながら語るのを見て、私は素直に感心した。

魔法の力はクリートの言う通り神の恩恵とされ、才能ある者は特に意識することなく魔法の力を行使する。しかしその場合、炎の魔法を使える者は炎だけしか生み出せず、風を操る者は風しか操れない。

だが魔法使い達は試行錯誤を繰り返し、魔法の力を操る術を覚え、その原理を解明し術式として体系化することに成功した。この四つ目こそが本物の魔法使い、魔導士であり、それ以外はまがい物と考えている。そして彼らが言う魔導士は、自身の姿を消す魔法すら使いこなす。

幾つもの魔法陣を覚えるには、長い年月が必要とされているが、クリートは若いながら何種類もの魔法を操っている。さすが宮廷魔導士と認められるだけのことはある。

「分かりますか？　魔導士たる者、百の術式を使えて、初めて一人前なのです」

クリートが自分は百の術式を覚えているのだと、言外に主張してくる。

私は彼の機嫌を損ねないように、素直に頷(うなず)いておく。

確かにクリートは才能と知識、そして確かな技術を持つ人物だろう。これで人を見下さない人格があればいいのだが、魔法使い特有の選民思想が人との軋轢(あつれき)を生み、ガンゼ親方などは話を聞いていて耳が腐るとばかりに顔を歪(ゆが)めていた。

「見てくださいロメリア様。この部分を」

演説に頷く私を見て、クリートは機嫌をよくし、掘られた穴に歩み寄り穴の壁面を指差す。

見るとただの土壁ではなかった。まるで焼き固められた煉瓦(れんが)のように硬質化している。

「これぞ我が魔導の極致です。土の組成を操作して、石のように固めてあります。『土硬化(セメト)』

とても名付けましょうか。防水性も高く、水を通すこともありません。横穴を掘った場合も、この術式を用いれば補強の木材を必要とせず、掘り進めることが可能でしょう」

クリートの弁説を聞きながら、私は堅くなった壁を叩く。確かに十分に強度はあるらしく乾いた音がした。

「それを壊すことは、まず不可能ですよ」

自信満々に答えるクリートに、私はいたずら心が芽生えた。

「では試してみましょう。オットーちょっときてくれますか！　戦槌も持ってきてください」

私は天幕の外に向かって叫んだ。

「ちょ、ちょっと待ってくださいロメリア様！　オットーって、さっき巨大な岩を運んでいたオッテルハイム将軍のことですよね？」

オットーの名を聞き、あれほど自信満々だったクリートの顔が崩れる。

「その……あれです。強度は十分ですが、完全に固まり切るまで、少し時間がかかるので……」

「そうですか、固まるのにどれぐらいかかるので？」

言い訳をするクリートに、私は素知らぬ顔で確認する。私の隣ではガンゼ親方が声を殺して笑っていた。

「それは……完全に解明するには、王国に戻って解析する必要があります」

クリートは実に専門家らしい言い訳をした。私は笑って頷いておく。ここでクリートの鼻を明かしてやりたくもあるが、それで作業が遅れては意味がない。

「しかし魔導士クリート。この術式が見事であることは理解しましたが、これを使えるのが貴方だけであれば、無意味では？　それとも毎日貴方が直々に全ての土を固めてくれるので？」

私は首をかしげてクリートを見た。

魔法は一日に何度も使えるものではない。強力な魔法であればなおさらだ。この魔法がどれほどのものか分からないが、一人で作業を補助することは出来ないだろう。

「それはご安心を。このクリート、ただ魔法を放つだけの凡才とは違います」

不敵に笑ったクリートが、腰に差した杖を引き抜く。杖の先端には茶色い宝玉がはめられている。魔法の発動を補助する魔道具の一種で、茶色い宝玉は土魔法の属性を表す。これがあれば堅い土を柔らかくすることが出来るため、掘削用に魔法兵と共に百本ほど持ってきたのだ。

「この魔道具自体は、土を柔らかくするなんて手品まがいの魔法にしか使えませんが、この私にかかれば、ほらこの通り」

クリートが宝玉の付いた先端を地面に向けると、茶色い宝玉が発光し、魔法陣が浮かび上がる。魔法陣からはさらに光が漏れ、その光に当たった地面が徐々に硬質化していく。

「私の『土硬化』の術式を、この魔道具の中に刻み込みました。これがあれば凡夫の魔法兵にも、私の代用程度は出来るでしょう。もちろん柔らかくする魔法も使えますよ」

「それは素晴らしい。しかし作るのがさぞ大変だったでしょう」

クリートが尊大な物言いをするので、私は調子を合わせる。

「凡百な魔導士なら一日仕事でしょう。ですが私にかかれば、この程度の改良は朝飯前です」

「本当ですか？　では至急、残り全ての魔道具にも改良を施してもらえますか？　確か土の魔道具は百本持ってきたので、残り九十九本ですね。十日ぐらいでお願いします」

「え？　そ、それは……」

仕事を依頼した私に、クリートが顔を歪める。朝飯前だと言ったが、そんなに簡単な作業ではないのだろう。だが逃さない。

「さすがは魔導士クリート。これほどのことを簡単にやってのけるとは、我が国一の魔導士という評判は本当ですね。いや、貴方のような魔導士がいて、私も鼻が高い」

顔を歪めるクリートを無視して、私は手放しで褒め讃える。

「も、もちろんですよ。こ、この程度……わた、私にかかれば……」

クリートは顔を青ざめさせているが、言った手前、出来ないとは言えないのだろう。

「で、ではさっそく仕事に、とりかかり、ます……」

クリートは入って来た時とは打って変わって、ふらついた足取りで天幕から出て行った。

「やれやれ、嬢ちゃんも鬼だな」

「あら、救世教会公認の聖女を捕まえて酷いお言葉ですこと」

ガンゼ親方に対して、私は心外だと気取った顔で見返しておく。

「クリートの働き一つで作業が早く進むのなら、いくらでもこき使いますよ」

「まぁ、あいつがあの杖を改良してくれれば、仕事は一気に進むだろうな。下手をすれば、嬢ちゃんに頼まれた仕事を、二十日ぐらいで仕上げることが可能かもしれん」

事前の予定では、私の策を実行に移すまで、三十日の工期が必要という試算がなされていた。だがクリートのおかげで、大幅な短縮が見込めるようだ。

「ですがガンゼ親方。今回の作戦は、敵にも味方にも気付かれないことが肝腎(かんじん)です」

「分かっとる。そのための巨大天幕、そのための警備だろ。魔王軍にも連合軍にも、気付かれないように掘り進めるさ」

私が注意すると、ガンゼ親方が頷(うなず)いてくれる。

「ではよろしくお願いします」

私はガンゼ親方に一礼した。

策を考え、資材を整え人員を手配したのならば、あとは現場で働く人に任せるしかない。

私が巨大天幕を出ると、艶(つや)のある黒髪をした二人の男性の背中が見えた。

「グラン、ラグン」

私が青年達に声をかけると、二人の男性が同時に振り向く。右側の男性は目に色気のある整った顔をしていた。そして左の男性も右の男性を鏡に映したように同じ顔をしている。我がロメ隊の双子の戦士、グランとラグンだ。

「ロメリア様、今日の戦闘で死傷した、我が軍の兵士の報告にあがりました」

「死亡した兵士は十三人。負傷兵は三百二十九人です。うち重傷者は二十七人です」

グランが切り出し、ラグンが人数を報告してくれる。

改めて正確な数を聞き、私は瞑目する。死者の数を聞くと、辛い気持ちになる。何度経験しても慣れない。

「グラン将軍、ラグン将軍。他に何か報告することはありますか？」

私は双子に尋ねた。

グランとラグンは前線指揮官として、将軍の地位に就いている。

ただ平民では将軍になれないため、二人は爵位を貰い貴族となっている。グランはグランベル・フォン・アンドレ男爵。ラグンはラグンベル・フォン・ギュノス男爵だ。

「陣地構築が遅れています」

「攻城兵器の組み立ても、まだ手を付けられていません」

グランとラグンが口々に報告する。

工兵として連れて来たガンゼ親方達が、巨大天幕で作業している分、他の作業が押しているようだった。

「そっちはゆっくりで構いません。兵士に無理をさせないように」

私が命じると、双子将軍が頷く。

「それでは、二人には……」

「ロメリア様！」

私がグランとラグンに新たな命令を与えようとすると、鋭い声が響いた。目を向けると秘書官のシュピリが、走って来る。

「連合軍の合同軍議があるのを、お忘れですか」

「もちろん忘れていませんよ、シュピリさん。今から向かうところです。グラン、ラグン。戦闘で疲れているでしょうが、軍議に付き合ってもらえますか？」

私は二人に合同軍議への参加を求めた。

合同軍議では各国の代表として、将軍や護衛の騎士を数人帯同させていいことになっている。グランとラグンなら槍の腕前もあり護衛としても十分であるし、将軍として発言も許される。

「護衛は……カイルレン将軍ではないのですか？」

シュピリが嬉しそうな顔をする。先程彼に詰め寄られたことが相当効いたらしい。

だがカイルには、連合軍に対する諜報活動全般を任せているので忙しいのだ。

「おや、シュピリ秘書官。私がお供ではお嫌ですか」

事情を知らないグランが、シュピリの右側に立ち憂いを帯びた顔をする。

「そんな、シュピリ秘書官に嫌われていたなんて」

ラグンも同じくシュピリの左側に回り込み、悲しげな顔を見せた。

この双子は顔立ちが整っている。その顔が右にも左にもあるものだから、シュピリは目のやり場に困り、ただ困惑していた。

「い、いえ。その、別にお二人を嫌っているわけでは……」

シュピリが頬(ほほ)を染めながら否定する。

「本当ですか、シュピリ秘書官?」

ラグンが未だ憂いを帯びた顔で尋ねた。

「もちろんです。グランベル将軍、ラグンベル将軍」

「私はラグンベルです。ラグンとお呼びください。シュピリと呼んでも?」

ラグンは花が咲いたみたいな笑顔を見せ、シュピリの左手を取る。

「え? ええ?」

手を触れられたことにシュピリが動揺していると、今度はグランがシュピリの肩に手を置く。

「私もグランとお呼びください。シュピリ。貴方(あなた)のことをもっと知りたい」

シュピリはグランに耳元で囁(ささや)かれ、顔を紅潮させる。

「え? ええ? えええぇ?」

「はい、そこまで。おやめなさい。グラン、ラグン」

私は動揺するシュピリを見ていられず、手を叩いて二人を止めた。

「グラン、シュピリさんから手を離しなさい。ラグンもです」

私が非難の目を向けると、グランとラグンは名残惜しそうにシュピリの手を離した。そこでシュピリは、ようやく自分がからかわれたのだと気が付いた。

「グランベル将軍とラグンベル将軍が、このようないたずらをする方だったなんて……」

シュピリは肩を落とす。

「失望させてしまったのなら謝ります。ですが嘘は言っていませんよ」

「貴方とはもっと親しい間柄になりたい。今度、三人で食事でも？」

グランとラグンが交互に甘い言葉を囁く。

「い、いえ。その。結構です」

シュピリは二人の言葉に顔を赤らめはしたものの、断りながら身を引き、二人の間から逃れる。どうやら二人に挟まれているとよくないと学習したようだ。

グランとラグンは目じりを下げ、切なげな表情を見せる。実に乙女心をくすぐる顔だ。

「それはさておき、シュピリさん。合同軍議の時間なのでは？」

「そ、そうでした、ロメリア様。早く行かないと。会議に遅れてしまいます」

「大丈夫ですよ。まだ時間は十分にあります」

「いえ、我々が先に到着して、ヒューリオン王国やフルグスク帝国の代表を出迎えるべきです」

懐中時計を取り出して時刻を確認する私に、シュピリは鼻息荒く答える。

シュピリに先導され、私はグラン達と共に、合同軍議が行われるヒューリオン王国の陣地に向かう。ただしその道のりは遠い。

ガンガルガ要塞（ようさい）を中心に円形丘陵が広がり、各国は丘陵の外側に陣地を敷いていた。南にはレーン川が流れており、川の西には連合軍が使用したスート大橋が架かっている。我がライオネル王国は、円形丘陵とレーン川に挟まれる南端に陣取っていた。

ライオネル王国の左にはハメイル王国の陣地があり、そのさらに左にヘイレント王国が展開している。我が軍の右隣りにはホヴォス連邦。そしてさらに右がフルグスク帝国の陣地となっている。ガンガルガ要塞を挟んで反対側に、ヒューリオン王国が陣取っている。

私は左回りを選び、ハメイル王国とヘイレント王国の陣地を通り抜けて、ヒューリオン王国の陣地に向かう。

円形丘陵の上を歩いていると、ヒューリオン王国の陣地が見えてくる。連合の盟主であるヒューリオン王国の陣地は、十万の兵士が駐屯（ちゅうとん）しており実に立派だった。さらに陣地の中心部に向かうと、木材で造られた門らしき物が見えてきた。

ローバーンから、魔王軍の援軍が派遣されたときの備えだろう。同じようなことは我がライオネル王国でも行っているが、柵を立て土塁を積み上げる程度だ。門の上にはヒルド砦（とりで）と名前が書かれていた。どうやらここに砦を建てるらしい。大陸最強国家はやることが違う。

私は感心しながら、建設中のヒルド砦に入り、内部に張られていた天幕の入り口を潜（くぐ）った。中に入ると、室内には巨大な円卓が置かれ、そこには地図が広げられていた。すでに三つの国の代表が集まり、席について談笑している。

「先程は実に見事な戦いぶりでしたな、ゼブル将軍。ハメイル王国は精鋭揃(ぞろ)いでうらやましい」

「大陸にその人ありと言われた、ガンブ将軍にそう言っていただけるとは恐縮です」

白髪の混じった髪と髭(ひげ)を持つ男性が、赤い羽根飾りが付いた兜(かぶと)を机に置く男性と話していた。

長い髭の男性は、かつてその名を轟(とどろ)かせたガンブ将軍だ。齢(よわい)七十近いはずだが、今も第一線で指揮を執(と)っている。そして赤い羽根飾りの兜を持つ男性は、ハメイル王国のゼブル将軍だ。

「勇敢なハメイル王国の力があれば、ガンガルガ要塞などすぐに落ちるでしょう。ヘレン王女もそう思いませんか？」

ガンブ将軍が、自身の右隣にいる緑色のドレスを着た女性に声をかけた。

短い黒髪の下に大きな瞳を持つその女性は、ヘイレント王国の第二王女であるヘレン王女だ。確か今年で二十歳と聞いていたが、くりくりとした瞳が小動物を思わせ、年齢よりも幼く見える。

「はい、とても勇壮で立派でした」

「ヘレン王女にそう言っていただけると、兵士冥利(みょうり)に尽きます」

ゼブル将軍が満面の笑みを浮かべて頷(うなず)き、そして視線を背後に立つ若い男性に向けた。

「お前もそう思わんか？　ゼファーよ」

「え、あの、その……」

茶色い髪の下に気弱そうな顔をのぞかせる青年は、自分に話が振られると思っていなかったのか、しどろもどろになっていた。

「しっかりせんか！」

ゼブル将軍は答えに詰まる青年を一喝する。

「申し訳ありません。ヘレン王女の前で舞い上がっているようでして」

怒鳴られた青年はがっくりと肩を落とす。青年はゼブル将軍の息子であるゼファーだ。気弱な顔つきをしているが、確か王家の血を引く彼は王位継承権を持っているはず。しかし威圧的な父親に睨まれ委縮してしまっている。

ゼファーの隣には、左目を眼帯で覆う護衛の騎士ライセルが立っていた。ライセルは、慰めるようにゼファーの肩を叩く。

ゼブル将軍とガンブ将軍はまた互いを褒め合う話に戻り、ヘレン王女は退屈なのか、側に立つ黒髪の騎士ベインズと、何やら話し始めた。

「あら、ロメリア様ではありませんか」

私が天幕の入り口で中の様子を見ていると、甲高い声が天幕の中に響いた。声のした方を見ると長い金髪を縦に巻き、青いドレスを身に着けた女性が椅子から立ち上がった。

やや吊り上がった眉と目を持つこの女性は、ホヴォス連邦のレーリア公女だ。その隣にいる銀髪に鎧姿の男性は、密林の蛇とも呼ばれるディモス将軍だ。確かに二つ名の通り、鋭い目つきをしている。

　二人の後ろには、赤毛に筋肉質の肉体を持つ女戦士マイスが護衛として立っていた。彼女は傭兵上がりらしいが、過去に魔王軍が誇る大将軍と一騎打ちを演じ、その片腕を斬り落としたほどの豪傑だ。

「もっと早く到着されるものと思って、お待ちしておりましたのよ」

　レーリア公女が私の下に歩み寄り、親しげに声をかける。だがその言葉の裏には、到着が遅いと非難が混じっていた。

　レーリア公女はホヴォス連邦にある五大公爵家の一つ、スコル公爵家の長女だ。ホヴォス連邦において王は世襲ではなく、五大公爵家の中から選ばれることとなっている。場合によっては、女王となり国を継ぐかもしれない女性だった。

「これはレーリア様、ごきげんよう」

　私は礼儀正しく挨拶をして、そして視線を前に向けた。

　来るのが遅いと言外に言われたが、軍議の時間にはまだ早い。それに盟主であるヒューリオン王国の代表はまだ天幕に入っておらず、フルグスク帝国の代表も来ていない。時間には十分間に合ったといえるだろう。

　私の謝罪がなかったことに、レーリア公女は眉を逆立たせたが、私は相手にしなかった。

「あ、あの。ロメリア様。ごきげんよう」

レーリア公女が何かを言おうとした矢先に、ヘイレント王国のヘレン王女がこちらに歩み寄り、おずおずと頭を下げた。

「はい、ごきげんよう。ヘレン王女」

私もヘレン王女に挨拶を返してから、円卓に着く各国の代表に目を向ける。

「ごきげんよう。ゼブル将軍、ガンブ将軍、ディモス将軍」

私は三人の将軍に会釈をした。しかし返事はない。先ほどまで天幕の中は和気藹々とした雰囲気に包まれていた。しかし私の存在に気付いた途端、急に空気が変わってしまった。

連合軍において、私は、いやライオネル王国は冷遇されていた。

歴戦の将軍達からしてみれば、女の私が軍を率いているのが気に入らないのだろう。そして何より、二年前に起きたザリアの乱で、アンリ王を失ってしまったことが響いている。

魔王ゼルギスを倒した英雄を内乱で失った事件は、世界中で非難されており、我が国は世界各国の信頼を無くしていた。おかげで連合軍の会議や軍議では、私は相手にされないこともしばしばだ。だが気にしてもいられないので、堂々と振る舞うことにしている。

各国の将軍達からは返事がなかったが、私は気にせずハメイル王国のゼファーを見た。

「ゼファー様もごきげんよう」

私が笑みを浮かべて会釈をすると、ゼファーは顔を急速に赤らめる。

「あっ、その。こっ……」

赤面したゼファーは口籠った。まさか自分に声をかけられると思わなかったのだろう。だが返事を返してもらえないのは想定済みだ。私は気にせず円卓の前に置かれた椅子に座った。

席に着いた私に、様々な視線が突き刺さる。

レーリア公女は苛立たしげな視線を私に向け、ヘレン王女は周りの顔色を窺いながら私を見る。三人の将軍達はあからさまに不快げな視線を向ける。先ほど返事をしなかったゼファーは私に話しかけられたくないのか、肩を落として顔を地面に向けていた。

針の筵のような状況だが、私は堂々と胸を張り、残りの代表が集まるのを待つ。

しばらくすると、天幕の中に涼やかな風が入り込んでくる。天幕の入り口を見ると、二人の侍従を引き連れて、深い青のドレスを着た、若い女性が入ってきた。

まるで金属のような銀髪に、雪にも似た白い肌を持つその女性は、氷で出来た彫像の如き美しさだった。この女性こそヒューリオン王国と大陸の覇を分け合う、フルグスク帝国のグーデリア皇女だった。

「グ、グーデリア様！」

レーリア公女が私の時とは打って変わって、へつらいの笑みを浮かべて出迎える。ヘレン王女やゼファー、三人の将軍達も席を立ちグーデリア皇女に礼を尽くす。次期皇帝の座は確実と言われる相手には、誰もが頭を垂れる。私も礼を尽くしながら、グーデリア皇女の周囲を見る。

二人の侍従以外に姿は無い。他の国々のように、将軍や護衛を連れてはいなかった。グーデリア皇女はフルグスク帝国でも絶対的な権力を持ち、軍部を完全に掌握しているという。軍議に将軍を列席させないのは、彼女の決定は軍部の決定であるということだろう。また、魔法の達人でもあるらしく、側に控える侍従以外は護衛すら要らないようだ。

皇女は二人の侍従を引き連れ、ヒューリオン王国の右隣りの席に座る。

最後に同盟の旗振り役であるヒューリオン王国の登場を待つ。しかしいくら待てども、盟主国の代表が現れなかった。

円卓では時間が経つにつれ会話が減っていき、気まずい沈黙が場の空気を支配する。

大陸の覇者ともいえるヒューリオン王国に対して、遅いので呼びに行くという真似は出来ない。待たされるのであれば、いくらでも待つしかない。

しかしここにはフルグスク帝国のグーデリア皇女がいる。ヒューリオン王国とフルグスク帝国は、かつては戦争を行った歴史もあり、不倶戴天の仇といえる関係だ。いかにヒューリオン王国とはいえ、グーデリア皇女を待たせるのはまずい行為だった。連合軍が瓦解するだけでなく、軍議の遅刻をきっかけに、人類同士の大戦争が始まってしまうかもしれない。

「……遅いのぉ」

グーデリア皇女が一言漏らす。

「あっ、あの。私、声をかけてきましょうか？」

ヒューリオン王国を呼びに行くのはまずいが、このままグーデリア皇女を待たせるのはもっとまずいと、レーリア公女が席を立つ。だがその直後、天幕の外から明るく陽気な声を響かせて、三人の男性が入ってきた。

「いや、ごめんごめん。侍女の女の子と話していたら、時間を忘れて」

金髪に日に焼けた肌の男性が、入るなり手を掲げて謝罪した。

この太陽のように明るい雰囲気の男性こそ、ヒューリオン王国の第三王子であるヒュース王子だった。

「まったく、貴方ときたら。そんなことだから放蕩王子などと呼ばれるのです」

ヒュース王子の横で、皺の入った初老の男性が呆れた顔を浮かべる。この男性はヒューリオン王の弟であるレガリア将軍だ。この連合軍のまとめ役でもある。

二人の背後には、黄金の鎧を着た巨漢の兵士が控えていた。雄牛のような体躯に巌の顔を持つその男性は、ヒューリオン王国最強と名高き、太陽騎士団の団長ギルデバランだ。

三人は天幕の中を進み空いている椅子へと向かう。ヒュース王子の座った右隣りには、二人の侍従を侍らせるグーデリア皇女がいた。

グーデリア皇女は、冷たい視線をヒュース王子に向けた。

実際、天幕の温度は低下していた。グーデリア皇女は名の知れた魔法の使い手であり、彼女が放つ凍結魔法は大地を永久凍土に変えると言われている。そのグーデリア皇女の全身から、無意識のうちに魔法が放たれているのだ。

陽光の如きヒュース王子の瞳と、グーデリア皇女の絶対零度の瞳がぶつかり合う。

「やぁ、グーちゃん。待たせた？」

「私はいいが、皆を待たせるな。あとグーちゃんはやめよ。お互いもう幾つだと思っているのだ」

一触即発かに思えたが、ヒュース王子が明るく声をかけると、グーデリア皇女の凍てついた表情が融解し、春の日向の如き笑みを見せる。

「え？　お二人は……親しい、のですか？」

レーリア公女が、ヒュース王子とグーデリア皇女のやり取りを、信じられないものを見るように目を丸くする。

「ん？　ああ、グーちゃん、いやグーデリア皇女とは子供の頃を一緒に過ごしてね」

「うむ。いろいろあってな。一時期ヒューリオン王国に身を寄せていたことがある」

グーデリア皇女が頷く。知られていなかった事実に、各国一同が驚く。

私はフルグスク帝国の家系図を頭に思い浮かべた。

確かグーデリア皇女の祖母は、ヒュース王子の祖母の妹に当たるはずだ。五十年ほど前までは、両国は婚姻を結ぶほど関係が良好だった。しかしそれ以降国家間の争いが起こり、ついには戦争が起きた。

フルグスク帝国から見れば、グーデリア皇女は敵国の血を引く娘だ。帝国内にいられなくなるほど立場が悪化し、ヒューリオン王国に身を寄せていたのだろう。

その時ヒュース王子とグーデリア皇女の間に何があったかは分からないが、二人の間には家族のような親しみがある。とはいえ、両国の王子と皇女の仲がいいのはよろしいことだ。

「では皆様、お待たせしました。これより連合軍の軍議を開始したいと思う」

全員が席に着いたのを確認して、レガリア将軍が発言する。

「言うまでもなくこのたびの連合軍は、この大陸からの魔族を駆逐する事を目的としている。そのためにはまず魔族に奪われたガンガルガ要塞(ようさい)を奪還し、北の旧ジュネブル王国を解放する。囚われた人々のため、ひいては人類全体のため、国の垣根を越えて一丸となり戦っていきたい。各国代表の皆様は、魔王軍討伐のために、意見を述べていただきたい」

レガリア将軍はよどみなく演説し、軍議が開始された。

「今日の攻撃はハメイル王国と我が国が表門を攻撃させてもらいましたが、次はどの国が表門を攻撃されますかな？」

レガリア将軍がゼブル将軍を見ながら、全員に向けて尋ねる。

「ここはやはりフルグスク帝国でしょうか？　名高き月光騎士団が攻撃すれば、ガンガルガ要塞などひとたまりもありますまい」

ヒューリオン王国代表の視線を受けて、ゼブル将軍がグーデリア皇女を見る。

「いや、我が軍は陣地もまだ満足に出来ておらぬ。ここは歴戦のガンブ将軍に戦場の手本を示していただきたい」

グーデリア皇女は大国の余裕を見せ、ヘイレント王国に譲る。

「いえいえ、ここは若い者に任せたいところです。ホヴォス連邦は幾つもの攻城兵器を用意しているとか」

ガンブ将軍はホヴォス連邦に水を向ける。

「持参した兵器は、まだ組立が完了しておりませんので、ここは別の国に……」

ディモス将軍は、視線を各国代表に向ける。

順番を譲り合う将軍や王族達は本心では攻撃を主張し、少しでも手柄を立てたいと考えている。だが大国の手前、遠慮して譲り合いの場となってしまっている。しかしその輪に私とライオネル王国の名前は上がらない。

やはりアンリ王を失ったことが大きく響いている。後ろに立つシュピリが小さく咳払いをして、私に発言を促す。だが私はそれ無視し、何も話さなかった。

各国はガンガルガ要塞(ようさい)を落とせる気でいる。実際、ヒューリオン王国とフルグスク帝国が本気を出せばガンガルガ要塞は落ちるだろう。しかし両大国は他の国にガンガルガ要塞攻略を任せようとしていた。被害を他の国に押し付け、戦力の消耗を避けようと考えているのだ。

私は魔王軍討伐のために、骨身を惜しむつもりはない。だが無駄に被害を出す理由もない。

沈黙して軍議の推移を見ていると、ハメイル王国のゼブル将軍が私に目を向けた。

「しかし、この連合はそうそうたる顔触れが揃(そろ)っておりますが、そうでない国もおりますな」

ゼブル将軍が言外に私を名指しし、侮辱してくる。

へイレント王国のガンブ将軍と、ホヴォス連邦のディモス将軍が追従の笑声を上げる。

おそらくここで私をやり込め、今後軍議の席で、私の発言権を奪ってしまうつもりなのだろう。下手をすれば各国のいいように使い潰されるかもしれない。ここは言い返しておくべきだ。

「確かに、例外はどこにでもありますね」

私は、ゼブル将軍を見て言った。

「かつて魔王は六体の大将軍に、それぞれ軍を与えて解き放ちました。ここにいる国々は、どれも大将軍の軍勢に侵攻された国ばかりです。我らは魔王軍と戦い、大将軍の首を獲りましたが、一つだけそれが出来なかった国がありましたね」

私がゼブル将軍を見ると、将軍は顔色を変えた。

我がライオネル王国をはじめ五つの国々は、魔王軍が派遣した大将軍を討ち倒し、自力で魔王軍の脅威を払拭した。だがハメイル王国はそれが出来なかった。

当時ハメイル王国は、バルバル大将軍率いる魔王軍に追い詰められており、討伐するどころか滅亡寸前だった。だがバルバル大将軍は、魔王ゼルギスの死を知るなり魔王を僭称(せんしょう)した。しかし他の魔族がこれに反発し、魔王軍内部で争いが起きて、バルバル大将軍は魔族の手によって粛清された。

ハメイル王国は、魔王軍の内紛に助けられた形となった。

「なっ、貴様！　我らを愚弄するか」

顔を赤らめたゼブル将軍が、腰の剣に手をかける。

「いけません！」

側にいたゼファーが父を止めようとするが、逆に殴り倒される。

刃傷沙汰の気配に、護衛として付いて来たグランとラグンが、椅子に座る私の横に並ぶ。

双子の動きに呼応して、ハメイル王国の騎士ライセルも前に出た。

一触即発の緊張が、合同軍議の場を覆いつくす。

だが突如、天幕の中に極寒の突風が吹き抜け、緊張の空気を凍てつかせた。

天幕にいた全員の視線が、冷気の発生源であるフルグスク帝国のグーデリア皇女を見た。氷結の皇女は氷の微笑を浮かべながら、私とゼブル将軍を見る。

「頭に血が上っているのなら、氷漬けにして冷ましてやろうか？」

グーデリア皇女が、極寒の氷雪よりも冷たい言葉を私達に投げかける。

「申し訳ありませんゼブル将軍。言葉が過ぎました。お許しください」

「いや、こちらこそ、少し熱くなり過ぎた」

私は頭を下げ謝罪した。ゼブル将軍も、フルグスク帝国の仲裁を無視出来ず頭を下げた。

「しかし、ロメリア様。貴方にはガンガルガ要塞攻略の手立てがあるのですか？」

「さて、女の身で軍事のことは分かりかねます」

ゼブル将軍の問いに対し、私はとぼけて見せ、両脇に立つグランとラグンの双子を見た。

「グラン、ラグン。どうですか？」

「そうですね、ロメリア様。今日ハメイル王国が見せた決死隊を使った戦術を使いましょう」

私の右に立つグランが、決死隊を用いての突撃を提案した。

「決死隊。死を覚悟する兵士が集まりますか？」

私が問うと、今度は左にいるラグンが答える。

「ロメリア様のお望みとあれば、連れてきている五万の兵士は全て決死隊に志願します」

五万人を決死隊に出来るとするラグンの発言に、天幕にいる各国代表が驚く。

「全員に爆裂魔石を渡して突撃させたいところですが、爆裂魔石が一万人分しかありません」

「ですがそれで十分かと。あの程度の門、千人も突撃させれば破壊可能です」

各国代表の動揺を気にせず、グランとラグンが交互に決死隊による戦術を語る。

「破壊した門に残り九千を突撃させましょう。それでガンガルガ要塞の戦力は半減出来ます」

「そこに残り四万を投入すれば制圧出来ます。早朝から始めれば夕方には終わるかと」

グランとラグンは冷酷な戦術を提示し、私は顔色一つ変えずに頷(うなず)いた。

「なら明日の夕日は、ガンガルガ要塞から見ることが出来そうですね」

双子の言葉に頷き、私は席を立った。

「では、明日の攻撃は我がライオネル王国に任せてもらいます。これでよろしいでしょうか？」

私は各国代表に確認する。話を聞いていた将軍達は色を無くしていた。

「まっ、待て。それは認められない！」

制止の声を上げたのは、ハメイル王国のゼブル将軍だった。

「なぜです？」

「それは……次の攻撃は我が国がまた行うからだ。今日は落とせなかったが、明日には必ずガンガルガ要塞を攻略して見せる！　レガリア将軍、明日の攻撃もぜひ我が国に！」

ゼブル将軍が豪語し、盟主であるヒューリオン王国の代表に嘆願する。

「狡いですぞ、ゼブル将軍。次の攻撃は我がホヴォス連邦に！」

「いいや、明日の攻撃はヘイレント王国に！」

ゼブル将軍の言葉に反応して、ディモス将軍やガンブ将軍が次々と攻撃を名乗り出る。先ほどまでの譲り合いとはずいぶんな違いだ。

彼らが私に待ったをかけ、競うように攻撃を主張するのには理由がある。すべては、魔王軍にジュネーバと名を変えられた、旧ジュネブル王国が問題だった。

ディナビア半島は西と北に伸びており、攻略中のガンガルガ要塞は半島の付け根に位置している。ここから西に行けば魔王軍に滅ぼされたローエンデ王国が、北に向かえば同じく魔王軍に滅ぼされたジュネブル王国の土地が広がっている。

西のローエンデ王国は魔王軍の手により強固な城壁が建設され、現在はローバーンと名を変えている。そして北のジュネブル王国もジュネーバと名付けられ、魔族により支配されていた。しかしジュネーバにはローバーンほどの防衛設備はないことが確認されている。ガンガルガ要塞を攻略すれば、旧ジュネブル王国は楽に手に入れることが出来る。

今回の連合軍は魔王軍討伐を掲げてはいるが、慈善事業に大軍を派遣することはない。連合軍の目的は、旧ジュネブル王国の土地を手に入れることだ。旧ジュネブル王国は連合軍の前に差し出されたパイであり、各国は少しでも多く切り取ろうと考えているのだ。

もちろん一番多くパイを切り取ることが出来るのは、ガンガルガ要塞攻略に功績があった国だ。しかしグラン達が提示した決死隊による攻撃が行われれば、私達が手柄の総取りとなる。

そうなれば旧ジュネブル王国のほとんどを、いやディナビア半島の要衝（ようしょう）である、このガンガルガ要塞の所有権すら主張出来ただろう。連合各国は、なんとしてでも、私によるガンガルガ要塞攻略を阻止したいのだ。

「ロメリア様、各国代表がこう申しておられる。ここは譲ってはいかがかな」

連合の盟主であるレガリア将軍が、私に譲るように促す。

「皆様がそう言われるのでしたら」

私は素直に引き下がった。

グランが言った決死隊による攻撃を、私は採用するつもりは始めからなかった。決死の覚悟が出来る兵士を、こんなところで使い潰すなど愚の骨頂だからだ。

私は安堵の表情を見せる、各国代表を見た。

「ですが、皆さま。私の助けが必要でしたら、いつでもお声がけを」

侮られぬように私が付け加えると、各国の代表は表情を硬くして固唾を呑んだ。


明日の攻撃はヘイレント王国がガンガルガ要塞の表門を攻撃することで決定し、合同軍議はお開きとなった。

すぐに陣地へと戻ろうとした私の前を、金髪に日に焼けた肌を持つ男性が立ち塞がった。ヒユーリオン王国のヒュース王子だ。

「やぁ、ロメリア様。こうして話すのは初めてだね」

ヒュース王子が明るい笑みを私に見せる。確かに、これまで何度か会いはしたが、挨拶以上の会話はしたことがなかった。

「ヒュース様とお話しする機会が得られて、恐悦至極であります」

「実を言うと、今回の遠征に付いてきたのは貴方が目的だった。どうしてもロメリア様に一目会いたくてね」

「それは……光栄です」

ヒュース王子の言葉を、私は喜んでいいのか分からなかった。

大国であるヒューリオン王国が、私に注目しているのであれば身に余る光栄と言える。だがヒュース王子の言いようは、女性を口説いているかのようだ。そして伝聞では、ヒュース王子は狩りと女遊びが大好きで、国では放蕩王子と呼ばれているとか。

「貴方のことをもっと知りたい。今度食事でもいかがですか？」

「それは……構いませんが……」

ヒューリオン王国の誘いを断るわけにはいかなかったが、私は警戒心を強めた。

「あっ、あの。ロメリア様！」

私がヒュース王子の扱いに手を焼いていると、横からハメイル王国のゼファーが声をかけてきた。会話を邪魔されてヒュース王子は口を尖らせる。

「先ほどは、父が失礼しました。お許しください」

ゼファーが軍議の席で、父のゼブル将軍が剣に手をかけたことを謝罪した。

「いえ、私の方こそ口が過ぎました。お許しください。ゼファー様にも助けていただき、ありがとうございました」

私はゼファーに頭を下げた。

父親が軍議の席で剣を抜くのを止めただけだが、見方を変えれば私を助けたとも言える。

「いえ、私は何も出来ず……」

ゼファーが顔を手で覆う。よく見ると鼻から血が垂れていた。ゼブル将軍に殴られた時のものだろう。

「ゼファー様、血が。これをお使いください」

「あ、ありがとうございます。洗って返します」

私がハンカチを差し出すと、ゼファーは鼻血を出したことが恥ずかしいのだろう。ハンカチを受け取りながら、顔を紅潮させた。

「そういうときは、新しい物を贈るべきですよ。ゼファー様」

声がした方向を見ると、青いドレスを着たホヴォス連邦のレーリア公女がいた。その隣には緑のドレスのヘイレント王国のヘレン王女。そして二人の背後には、冷気を漂わせるフルグスク帝国のグーデリア皇女がいた。

「ゼファー様。動かないでください」

ヘレン王女がゼファーに歩み寄り、血の付いた鼻先に右手をかざす。すると小さな手から、白い光が漏れ出す。癒し手（いやして）が使う傷を治す癒しの技だ。

「これでもう大丈夫ですよ」

「へぇ、ヘレン様は癒し手でもあるのか」

ヘレン王女の治療行為に、ヒュース王子が感心して頷（うなず）く。

「ヒュース様。ヘレン様はヘイレント王国では聖女とも呼ばれているそうですよ」

自分のことでもないのに、レーリア公女がなぜか自慢げに話す。

「癒しの技も使えないのに、聖女と呼ばれている方よりよほど聖女と言えるでしょう」

レーリア公女は私に対する当てつけを言ったが、実際にその通りなので反論出来なかった。

「へぇ、それは大したものだね」

「まったくです。素晴らしい才能ですね」

ヒュース王子がヘレン王女を見て頷き、私も同意する。

「いえ、そんな。私なんて大したことありません。国を救ったロメリア様と比べれば……」

褒(ほ)められることに馴(な)れていないのか、ヘレン王女が顔を赤らめて俯(うつむ)く。

「それで、ヒュースよ。先ほどはロメリア様と何を話していたのだ？」

グーデリア皇女が声に冷気を纏(まと)わせながら問う。

「聖女であるロメリア様と、今度食事をする約束をしてね」

約束なんてしていないが、ヒュース王子はどんどん外堀を埋めてくる。

「ほぉ、私もロメリア様とは話してみたいと思っていた。そうだ、今度我ら六人で食事をせぬか？　もちろん堅苦しい将軍共は抜きにしてだ」

グーデリア皇女が、名案と言わんばかりに声を上げる。

「それはいいですね」

私はすぐに同意した。

ヒュース王子と二人になるのは良くない気がした。それに私も国を代表してここにきているのだ、各国の代表とよろしくしておくに越したことはない。

会食の約束を取り付けた後、私は合同軍議があった天幕を辞し、グランとラグン、そしてシュピリを伴い本陣へと戻る。

「しかし、あの人達は何しにここに来ているのでしょうね？」

戻る際中、私は軍議に出席していた各国の王族達の顔を思い出しながらそうつぶやいた。

今回の連合軍では、なぜかそれぞれの国の王族が参加していた。ヒュース王子やゼファーは分かる。いずれ国家の要職に就く人物だから、今のうちに戦場や交渉の経験を積ませておこうと考えているのだろう。フルグスク帝国のグーデリア皇女も、軍権を持ち強力な魔法の使い手ということで、兵士を率いる意味は分かる。

だがヘレン王女はどうか。癒しの技を持っていたが、王族の癒し手を動員しなければならないほど、ヘイレント王国の癒し手が払底しているとは思えない。ホヴォス連邦のレーリア公女に至っては、本当になぜここにいるのかも分からなかった。

「……ねぇ、ラグン。ロメリア様は本気で言っているのかな？」

「多分本当に分からないのだと思うよ、グラン」

グランとラグンの双子が、呆れた声を出す。

「え？　貴方達は何か知っているのですか？」

私が問うと、双子は同じ顔をさらに呆れさせた。

「ラグン、ロメリア様に教えてあげてくれないかい」

「グラン、それは御免こうむるよ」

グランとラグンが私への説明を押し付け合い、見かねたシュピリが口を開く。

「あの……レーリア公女やヘレン王女がここにいるのは、おそらくロメリア様のせいですよ」

「私？　私のせいですか？」

私は驚きの声を上げた。

「うら若き乙女が国を憂いて立ち上がる。そんなロメリア様のお話は他国でも人気なのですよ」

「そして自分の国にも、ロメリア様のような乙女を作ろうとしているのです」

右にいるグランが語り、さらに左にいるラグンが続ける。

「ああ、なるほど。それであのレーリア公女とヘレン王女が選ばれたのですね」

私は納得した。そうなると確かに二人は私のせいで、戦場にきたことになる。

「しかし国威高揚のためとはいえ、若い女性を戦場に連れて来るとは、どうかしていますね」

私が首を横に振ると、グランとラグンが視線を合わせてため息をついた。

私はその態度の意味を尋ねたが、二人は決して答えなかった。

第二章
～秘策で要塞を攻撃した～

私は護衛の兵士を連れながら、ダイラス荒野の円形丘陵を登った。

丘の上には獅子の旗と鈴蘭の旗が翻り、護衛の兵士達が並んでいる。その中に秘書官であるシュピリの姿は無かったが、特に気にせず窪地に目を向けた。窪地の中央にはガンガルガ要塞と、要塞を包囲する連合軍の軍勢が見えた。

ガンガルガ要塞攻略を開始して、かれこれ二十日以上が過ぎていた。だがこれは別におかしなことではない。城や要塞を攻略するのには何日も時間を要するものだ。

連合軍が配置につくべく移動を開始する。しかし連合軍の動きは悪く、士気の低下が見て取れた。一方城壁の上を移動する魔王軍は、動きが素早く意気軒昂であることが分かった。

「よぉ、嬢ちゃん」

後ろから声をかけられ振り向くと、髭を生やしたガンゼ親方が丘を登ってくる。

「これはガンゼ親方。わざわざきてくれたということは……」

私はガンゼ親方が、やって来た用件を推理した。

ガンゼ親方はこの時間、いつも作業で忙しく働いている。職場を離れてここに来た理由は一つしかない。

「たった今、最後の点検が終わった。嬢ちゃんに依頼された仕事は完了したぞ」

「それはありがとうございます。三十日かかるところを、二十日でやっていただけるとは」

「礼なら働いた連中に言ってくれ。俺は監督しただけだしな。それに嬢ちゃんが魔法兵を大量に連れてきてくれたのも助かった。あと、クリートの奴も口は悪いが腕は確かだな。ちゃんと十日で魔道具の改良を終えやがった。おかげでいい仕事が出来たよ」

ガンゼ親方は誇らしげに語る。

「お疲れ様でした。今日はゆっくりお休みください」

私はガンゼ親方を労うと、喇叭の音が戦場に響き渡った。戦闘開始の合図だ。

「ん？　攻撃が始まるのか？　なら丁度いい。各国の新兵器をじっくり見ておきたかった」

これまで戦場にいても、戦闘を見る機会がなかったガンゼ親方が、窪地に目を向ける。

「ではこちらへどうぞ」

私は手を差し伸べ、ガンゼ親方と並んで戦場を見た。

今日は表門の攻撃を、ハメイル王国とヒューリン王国が担当することになっている。そして裏門を、ホヴォス連邦とヘイレント王国が攻撃する。要塞の右側面を我がライオネル王国が、左側面をフルグスク帝国が攻める手はずとなっていた。

ハメイル王国の弓兵が前進して矢を放ち、魔法兵が魔法弾を撃ち込む。遠距離攻撃の援護を受けながら、歩兵達がガンガルガ要塞に梯子を掛けてよじ登ろうとしていた。

さらに兵士達の援護を受けながら、車輪が取り付けられた三角の屋根が表門に接近する。屋根の下には丸太の先が覗いていた。三角の屋根で上からの攻撃を防ぎつつ、城門を攻撃する破城槌だ。ハメイル王国の兵士達が破城槌を押して表門に接近する。ほぼ同時に裏門に向けて、箱を積み重ねたような巨大な塔が動き出す。塔は要塞の壁に届く高さだった。

「攻城塔か、あれはホヴォス連邦の物か」

ガンゼ親方が裏門に接近する巨大な塔に目を向ける。

攻城塔は城や要塞を攻略する兵器だ。木で組まれた塔には車輪が取り付けられ、移動可能となっている。攻城塔を用いれば、城壁に大量の兵士を送り込むことが出来る。

「大きい割に足が早いな。いい設計をしている」

ガンゼ親方がホヴォス連邦の攻城塔を褒めた。

巨大な攻城塔は設計が難しい。塔を高くすれば倒壊の危険がある。移動するためには軽量でなければいけない。しかし倒壊を防ぎ移動の衝撃に耐えるには頑丈でなければならず、頑丈に作れば当然重くなる。攻城塔の設計には高度な計算と技術が必要とされ、世界各国が攻城塔の設計にしのぎを削っている。

戦場のさらに右ではヘイレント王国が巨大な投石機を設置し、大きな石をガンガルガ要塞に放ち、ホヴォス連邦の攻城塔の接近を支援していた。

「あっちは投石機か。これまでにない型だな。ヘイレント王国の最新式か」

ガンゼ親方は投石機の作りに着目する。

ヘイレント王国の投石機は、我が国で作られている投石機と形が違い、飛距離と威力が高そうに見えた。

ホヴォス連邦とヘイレント王国は最新技術で設計された攻城兵器を持ち寄り、ガンガルガ要塞を包囲していた。これだけの攻撃を受ければ、どれほどの要塞でも攻略出来るはずだった。

しかし攻城兵器の攻撃が始まると、ガンガルガ要塞が動いた。

中にいる魔王軍の兵士が動いたのではない、ガンガルガ要塞そのものが動いたのだ。突然要塞の壁から巨大な影が蠢(うごめ)いたかと思うと、城壁から腕のような物体が動きだし、何本もそそり立った。腕の先には巨大な石が鎖でつながれ揺れている。

「むっ、魔族の兵器か」

ガンゼ親方が唸(うな)る。

あれはローエンデ王国が作った物ではない。魔族が後から付け加えた兵器だ。要塞から延びた怪腕が、壁の外に伸ばされ横に振られる。腕の先につけられた石も動き、勢いをつけて壁の前を横切る。狙うは城壁に接近する攻城塔だ。

攻城塔は木材で組まれた可動式の塔であるため、頑丈に作るには限界がある。特に横からの衝撃に弱く、怪腕の先で揺れる分銅の一撃を受けただけで、ホヴォス連邦の攻城塔は破壊されて木材が飛び散り、塔の内部にいた兵士達も放り出され転落する。

怪腕の攻撃はなおも止まらず、接近する攻城塔を打ち据えていく。

「う～む。凄(すご)い代物だ」

魔王軍が操る怪腕を見て、ガンゼ親方は何度も唸った。

要塞から延びた怪腕の正体は、重量物を吊り上げる起重機の一種だ。城の建設現場などに行けば見ることが出来る。

しかし魔王軍が使う起重機は、私が知る物とは全く別物だった。

まず私達の持つ起重機は、荷物を真上に上昇させる機能しかないため腕が短く、水平移動することも出来ない。一方魔王軍の起重機は、腕が水鳥の首の如く長い。さらに腕が縦にも横にも可動するため、自由に重量物を移動させることが出来る。

「おそらく根元に金属部品を使用しているのだろう。水車や風車のように歯車を使って、力の方向を変えているはずだ。あとはロープを大勢で引っ張って操作しているのだと思う」

ガンゼ親方が、ここからは見えない要塞内部を推測した。

「同じ物を作ることが出来ますか?」

「荷重が集まる金属部分が、どうなっているのか想像もつかん。すぐに真似るのは難しいな」

私の問いに、ガンゼ親方は首を横に振った。

「だが欲しい。あれが手に入れば仕事がはかどりそうだ」

真似るのは難しいとしつつも、建設業が本業のガンゼ親方は、作ってみたいと意欲を見せる。なんとしてでも頑張ってほしい。敵の技術の吸収は必須と言える。同じ物を作れるようにならなければ、技術力の差で負けてしまう。

「しかし魔王軍も厄介な物を作ってくれたものです。おかげで持ってきた攻城塔がほとんど破壊されてしまいました」

我がライオネル王国は五つの攻城塔を持ってきていたが、すでに全て破壊されてしまった。被害が大きいのはホヴォス連邦で、これまでに二十以上の攻城塔が起重機の餌食となっている。

しかしこちらもやられてばかりでいられないと、ヘイレント王国の投石機が、魔王軍の起重機を破壊しようと大きな石を放つ。

だが投石機で放たれた石は起重機の手前で失速し、壁にぶち当たり砕けた。

これは仕方がないことだった。投石機はそもそも精密射撃に向かない兵器だ。投げつける石の重さや形が毎回違うため、弾道が安定しないからだ。

投石機の攻撃に対して、ガンガルガ要塞の壁の上にも動きがあり、投石機が壁の上から顔を出す。だがその投石機は小さく、ヘイレント王国の投石機と比べるべくもなかった。

ガンガルガ要塞から投石機による反撃が放たれる。空を駆ける石の形状は、限りなく球体に近かった。

「丸いな？　あれは陶器か？」

「おそらくそうでしょう。投石機専用に作っているみたいです」

ガンゼ親方が空中を飛来する弾に目を凝らし、私は推測で答える。

放物線を描き飛来した陶器の弾は、ヘイレント王国の投石機の周囲に落下した。地面に当たると同時に陶器が割れて中身がこぼれる。陶器の中に詰まっていたのは液体だった。しかし空気に触れた瞬間、液体が発火し周囲にいた兵士達が炎に包まれる。

　周りにいた兵士が、燃える仲間を助けようと布や土をかけて火を消そうとする。だが火の回りが速く火力も強いため、消そうとする兵士が逆に火傷を負う始末だった。

　魔王軍の投石機はただの打撃兵器ではなく、発火する火炎弾であり、戦場のあちこちで火の手が上がり始めた。

「ただの油じゃねーな。何だ？　あれは？」

「さて、あれも中身は分かっていません。火もないのにどうして発火しているのかも謎です。少なくとも、私達が持っているどの薬品よりも、燃えやすい液体です」

　私も分からないと首を横に振る。

　ガンガルガ要塞を見ると次々に火炎弾が放たれ、ヘイレント王国の投石機を狙っていく。

　魔王軍の投石機は小型だが、弾は小さく中身は液体であるため軽量。飛距離は十分にあり、さらに重さと形が一定であるため命中精度が高い。火炎弾の攻撃にさらされ、ヘイレント王国の投石機は次々に炎上していく。

　攻城塔に続き投石機も使用不可能となり、最後の頼みは表門を攻撃しているハメイル王国となった。だが起重機や投石機は表門の上にも配置されている。破城槌の屋根は、水で濡らしてあり火矢程度では燃えることはない。だが火炎弾には対抗出来ず、兵士ごと焼き尽くされていく。

　殺されていく仲間を見て、ハメイル王国の部隊から五人の兵士が飛び出す。両手には分厚い盾を掲げ、体には布を巻き付けている。決死隊による自爆攻撃だ。

当初は一定の効果を見せたが、しかし今となっては悪手と言えた。

決死隊の接近を見て、表門の上に取り付けられた兵器が動く。それは二体の魔族が操る小さな穴が開いた箱のような物だった。台座が地面に据え付けられており、左右に稼働する。箱自体も上下に動き、箱の後ろに立つ魔族が操り、決死隊へ向けて穴のある箱の前面を向ける。

箱の横には手回し用の取っ手があり、もう一体の魔族が取っ手を回す。すると穴から矢が連続して射出され、表門を目指して走る決死隊に降り注ぐ。

射出された矢は盾を貫き決死隊に突き刺さる。決死隊はそれでも歩みを止めなかったが、連続して放たれた矢に体中を貫かれ、五人の兵士は表門のはるか手前で倒れた。

倒れた拍子に爆裂魔石が炸裂し、五人の体が吹き飛んだ。

私は目を瞑り、死んだ兵士達に向けて黙禱を捧げた。

「連弩か。かなりの連射速度と威力だな」

ガンゼ親方が表門の上に据え付けられた兵器を分析する。五人の決死隊を無惨に殺した箱の正体は、連射する弓、連弩の一種だった。

ただしこちらも私達が持つ連弩より高性能で、威力や連射速度がはるかに勝る。表門に近付こうにも、盾を突き破り、兵士達を皆殺しにしてしまう。

ガンガルガ要塞に取り付けられた兵器の数々を眺めていると、撤退を伝える太鼓がヒューリオン王国から発せられた。

攻城塔に投石機、破城槌と決死隊の攻撃も失敗に終わり、打つ手なしと判断したのだ。私も撤退の命令を出して兵士達を引かせる。

「しかし起重機に、燃える水、高性能の連弩か。魔族にいいようにしてやられているな。蜥蜴だ、爬虫類だと馬鹿に出来んな」

ガンゼ親方が口を尖らせる。

我ら人類は魔族のことを二足歩行する蜥蜴だと侮蔑している。しかし実のところ、彼らの方が技術的に優れている実態が明らかとなった。

「これが我々人類と魔族の現実です。ほとんどの人々は魔族の実態を知りません」

人類はあまりにも、魔族のことを知らなさすぎる。

「ガンゼ親方には魔族の技術を吸収していただきたい」

「やれやれ、無茶言ってくれるぜ。まぁ、この戦争が終わったらな」

ガンゼ親方は手を掲げて丘を下って行く。ガンゼ親方を見送った後、私は周囲を見回した。

今日はこの後に、連合軍の合同軍議が開かれることになっている。軍議には秘書官のシュピリを帯同させることになっていたが、周囲に姿が見えなかった。とはいえ私としてはシュピリがいないほうがやりやすい。護衛兼将軍役としてグランとラグンの双子がいればいい。

「グラン、ラグン。軍議に行くので、付き合ってくれますか?」

双子が兵を率いて戻ってきたので、私は二人を呼びつける。

「ああ、ロメリア様。軍議に行くのは少しお待ちください」

姿が見えなくて楽だと思っていた矢先に、シュピリが丘を登りやって来た。その手には一通の手紙が握られている。

「ロメリア様。ちょうど先ほど、王国から手紙が届きましたよ」

シュピリが手紙を差し出すので、私は封を開けて手紙を一読した。

「どのような命令が書かれているか、お聞きしてもよろしいですか？　ロメリア様」

「……ガンガルガ要塞を攻撃し、連合国に王国の威光を示せ。とのことです。もし消極的な行動を取るようならば、指揮官の権限を剝奪する。アラタ王直々の命令です」

手紙の内容を話すと、シュピリは満面の笑みを浮かべた。

「それは大変ですね、ロメリア様。こうなればなんとしても成果を上げないと」

シュピリは大変と言いつつも喜びを隠せないらしい。

「やれやれ、戦場での采配は好きにしていいと、言質はもらったはずなのですがね」

私は出征前のことを思い出した。

遠征の指揮官に選ばれた時、私は現地では好きにさせてもらうことを条件としてアラタ王に提示した。彼も了解したはずなのだが、遠く離れた王宮からこうして命令が届いてくる。

「それは仕方がないでしょう。ガンガルガ要塞に到着してすでに二十日が経過しているというのに、ロメリア様は敵を倒しておりません」

シュピリが批判とも取れる言葉を放つ。

だが事実でもある。確かにこの二十日の間、私は軍議で攻勢を主張せず、攻略の要である表門を一度も攻撃していなかった。連合各国が私に手柄を立てさせまいと連帯した結果だが、私も攻勢を主張しなかったので、その責任は私にあると言える。

「王宮だけでなく、国民の間でも、ロメリア様の批判が高まっているとのことです」

シュピリが聞いてもいないことを教えてくれる。

遠征に赴く時、誰もが私に喝采を送ってくれた。国民は連戦連勝する私の姿を思い描いていたのだろう。

「坑道戦術がうまくいかなければ、どう責任を取るつもりなのですか?」

シュピリの言葉に、私は目を見開き、正面から彼女を見据えた。

「あっ、いえ、これは国民がそう申しているということで、私は……」

私の視線に、シュピリは言い過ぎたと顔色を変えて言い訳を口にする。だが私が聞きたいことはそんなことではない。

「シュピリさん。貴方(あなた)、私が坑道戦術をしていると思っているのですか?」

私はシュピリから目を離さずに尋ねた。

坑道戦術とは、昔からある城攻めの方法だ。地面に穴を掘り、城や要塞(ようさい)の内部に侵入する。

もしくは壁の下を掘り進め、一気に地面を崩して崩落させ、壁そのものを破壊する戦術だ。

「秘書官である貴方には、戦術を教えなかったはずです。なぜ坑道戦術だと思うのです？」

私は鋭い視線をシュピリに向けた。

確かに私は、ガンゼ親方に依頼して穴を掘ってもらっている。しかし作戦の全容に関しては軍事上の機密として、必要最低限の人員にしか教えなかった。作業現場も巨大天幕で覆い、グレンとハンスの部隊に警備をさせ、作業員以外は誰も近寄らせなかった。

「そ、それは……そんなの、見れば分かります」

シュピリは視線を南にあるレーン川に向けた。レーン川には大量の土砂が投棄され、川幅が一部狭くなっていた。

「あれほど大量に土砂を川に捨てていては、誰が見ても分かります」

軍事機密を流出させたと言われぬよう、シュピリは顔を青くして弁明した。

私は恐怖に怯（おび）えるシュピリをひと睨（にら）みした後、表情を一変させて会心の笑みを浮かべた。

「シュピリさん。貴方、初めて役に立ちましたね」

私はシュピリを見ながら頷（うなず）く。初めてこの娘を連れてきてよかったと思った。

「え？　それは、どういうことですか？」

シュピリは私の表情の変化に、目を白黒させる。

「今は内緒です。そのうち分かりますよ。それよりも軍議に行きましょう。今日は荒れますよ」

「ちょ、ちょっと、お待ちください。ロメリア様」

踵を返して合同軍議に向かおうとする私を、シュピリが慌てて追いかけてくる。

私はグランとラグンを引き連れて合同軍議が開かれるヒューリオン王国の陣地を目指した。

ヒューリオン王国の陣地では、ヒルド砦の建設が進んでいた。堀が周囲を覆い、地面には何本もの木材が打ち込まれて壁が出来ている。壁の上には弓兵を配置する足場が組まれ、入り口には鋲が打たれた門すら存在した。内部には兵舎や馬小屋、さらに屋敷までが建てられていた。

ヒューリオン王国ともなれば、二十日で砦はおろか屋敷を建てることが出来るらしい。

軍議が開かれる屋敷に案内されると、円卓が置かれた大部屋に通される。

部屋に入るなり、ホヴォス連邦のディモス将軍の怒声が響き渡っていた。

「この度の敗北の原因は、全てヘイレント王国にある。投石器の援護が遅かったせいで、我が国の攻城塔が破壊されたのだ。ヘイレント王国には賠償金を請求したい！」

「何を言う！　貴様の攻城塔が脆弱なのを、我が国のせいにするな。むしろそちらが簡単にやられたせいで、我が国の投石器部隊が全滅したのだぞ。賠償金が欲しいのはこちらの方だ！」

ヘイレント王国のガンブ将軍が怒鳴り返す。

ディモス、ガンブの両将軍の隣にいる、レーリア公女とヘレン王女は大声に怯えていた。

「お二人共、落ち着いてください。我々が争って何になります」

ハメイル王国のゼブル将軍が仲裁に入る。

「他人事のように言われていますが、今回の攻撃の主攻はハメイル王国ですぞ！」

「そうだ！　敗戦の責任はハメイル王国にもある。そちらの兵士がだらしないから、我々が被害を被ったのだ」

ディモス、ガンブの両将軍が、今度はこぞってハメイル王国を非難する。

「なんですと！　我が兵士を侮辱することは許しませんぞ！」

「父上、落ち着いて」

仲裁に入ったはずのゼブル将軍も怒りに顔を一変させ、息子のゼファーが止めに入る。

すでに軍議の場からは、当初の和気藹々とした雰囲気はなくなり、互いに非難する場所と変貌していた。全ては攻略が進まないことが原因だ。

ガンガルガ要塞の防御は堅く被害が出るばかり、攻城兵器を悉く破壊されて攻略の糸口すら見えない。各国の将軍達からも余裕が消え、苛立ちは募る一方だった。

私は連合の盟主であるヒューリオン王国のレガリア将軍と、同じく大国であるフルグスク帝国のグーデリア皇女を見た。

両国の代表は仲裁せず静観している。

要塞攻略は進んでいないが、両大国はまだその全力を出してはいなかった。

ヒューリオン王国は自慢の太陽騎士団を宝物のように仕舞い込み、フルグスク帝国は噂の月光騎士団を陣地の奥に控えさせている。

大陸に鳴り響いた両大国の精鋭を駆使すれば、ガンガルガ要塞を突破することも可能だろう。しかし両大国は未だ動きを見せない。この期に及んで戦力の消耗を避けているのだ。

ヒューリオン、フルグスクの両国は、他の国につゆ払いをさせ、魔王軍が疲弊したところを一気に攻撃するつもりだったのだ。しかしガンガルガ要塞の堅い防御により、要塞内部の魔王軍は疲弊しておらず、十分余力を残している。この状況で全力攻撃をすれば、少なくない被害が出る。ヒューリオン王国とフルグスク帝国は、その被害を嫌い、少しでも他国に押し付けようとしていた。

被害を減らすことを考えるのは指揮官として当然だが、このままでは連合軍の存続すら危うい。盟主であるヒューリオン王国には指導力を発揮してほしいが、王弟であるレガリア将軍は沈黙し、ヒュース王子も語らない。

私は動かない盟主国にため息をつき、自分の椅子に座った。

「これはこれは、ロメリア様ではありませんか。いつも遅いご到着ですな」

椅子に座った私を見て、ハメイル王国のゼブル将軍が皮肉を言う。

「最後の到着となって申し訳ありません。しかし開始の時刻にはまだ早いと思いますが？」

「貴方がそのような態度ですから！　我ら連合軍の足並みが乱れているのですぞ！」

私が道理を話すと、ゼブル将軍が額に血管を浮き立たせて怒鳴る。

「そうだ！　ライオネル王国の士気の低さは目に余るぞ！　これまで攻略に全く貢献していな

い。貴方は何をしに、この連合軍に参加したのです！」

「全くだ。この連合軍の中で、貴方の軍は最も数が少ない。攻城兵器の数も少なく、我らの負担となっている。そのせいで攻略がうまく進んでいないのですぞ！」

ガンブ将軍とディモス将軍が揃って非難する。

後ろにいるシュピリが二人の面罵にうろたえているのが分かる。だがこんなものただの言いがかりでしかない。彼らにとっては、攻略が進まない理由になればなんでもいいのだ。

「確かに我が国は、今日までガンガルガ要塞の表門を攻撃してはいません。しかし私が補佐に徹したのは、皆様が攻撃を主張されたからお譲りしたまでのこと。私が譲った機会を活かせなかったのはどなたですか？」

私はゼブル、ガンブ、ディモスの三将軍を見る。

連合軍がガンガルガ要塞攻略を開始してすでに二十日余り、一日ごとに六国が順番で表門を攻撃した場合、それぞれ三回は表門を攻撃する権利がある。

しかし我がライオネル王国の順番になると、決まってハメイル、ヘイレント、ホヴォスの将軍の誰かが攻撃を主張し、他の国々も賛同したため、我が国から攻撃の機会は奪われた。

全ては私に手柄を立てさせないように、根回しがされていたからだ。

「それに私は以前に申したではありませんか。いつでもガンガルガ要塞を攻略して見せると」

私がゼブル、ガンブ、ディモスの三将軍を見ると、彼らは顔を赤く染めて、怒りの形相をあらわにする。

「ほ、ほほう。実に頼もしい言葉ですな」

「全くですな。ならばここは一つ、温存しておいたライオネル王国の力を見せていただこう」

「そうですな。それだけ自信があるのでしたら、ライオネル王国でやっていただこう」

ゼブル将軍が私を睨(にら)みながら口では笑い、ガンブ将軍も肉食獣の笑みを浮かべる。ディモス将軍が蛇のような鋭い視線を向けた。

「そんな！　我が国だけでガンガルガ要塞(ようさい)を落とせなど！」

それまで聞いていたシュピリが、悲鳴のような声を上げる。

私は手を掲げてシュピリを黙らせた。各国代表が集まる場所で、秘書官に発言されては困る。

「レガリア将軍、グーデリア皇女。御二方はどうお考えですか？」

私はこの軍議のまとめ役であるヒューリオン王国の王弟と、フルグスク帝国の皇族に尋ねた。

「ふむ……ガンガルガ要塞を一国で攻略しろというのは無茶であるな。しかし一国で落とせると豪語したのはそなただ」

グーデリア皇女は典雅な仕草を見せる。

「貴方(あなた)は助けが必要ならば言ってくれと言いましたね。ならば私も尋ねましょう。助けが必要ですか？　必要でしたら、我が国は助力を惜しみませんよ」

レガリア将軍が盟主国の代表として、度量の深さを見せる。

グーデリア皇女は言葉を曲げずに戦うかと問い、レガリア将軍は言葉を曲げるなら助けると申し出る。

「お心遣い痛み入ります。しかしガンガルガ要塞には、我が国だけで当たろうと思います」

「ロ、ロメリア様？」

私の宣言に、背後に控えるシュピリが声を上げる。他の国の代表もざわつく。

ヒューリオン王国のヒュース王子は目を丸くし、フルグスク帝国のグーデリア皇女が怪訝な視線を私に向ける。ホヴォス連邦のレーリア公女が呆れた顔を見せ、ヘイレント王国のヘレン王女は口をぽかんと開ける。そしてハメイル王国のゼファーは顔を青くしていた。

「言いましたな。もう取り消せませぬぞ。本当に、一兵たりとも援護には出しませせぬぞ」

ゼブル将軍が念押しをする。

「構いません。むしろ絶対に戦場に入れないでいただきたい」

「馬鹿馬鹿しい。出来るわけがない！　ガンガルガ要塞をたった五万で落とせるものか！」

「私には私のやり方があります」

ゼブル将軍に対して、私は言い切る。

「そのやり方とは、使い古された坑道戦術ですか？」

「さて、なんのことでしょうか？」

あざけりの顔を見せるゼブル将軍に、私はとぼけた顔を見せた。

「ふん。言っておきますが、貴方の坑道戦術は我らだけでなく、魔王軍にも筒抜けですぞ。川幅が狭くなるほど土を捨てていては丸分かりです。まさかバレていないとでもお思いで？　古典的な坑道戦術など、ガンガルガ要塞には通用しない！」

ゼブル将軍が机を叩くが、私は涼しい顔で前を見た。

「……どうやら、もう何を言っても無駄なようですな。好きにされよ」

「はい、そうさせてもらいます」

首を横に振るゼブル将軍に、私は会釈で答えた。

「ところで、一つ確認しておきたいのですが、我が国が一国でガンガルガ要塞を攻略するのですから、攻略出来た暁には、ガンガルガ要塞は我が国のもの。ということでよろしいですか？」

私が各国代表に尋ねると、部屋にいた全員が驚きの表情を見せた。

ガンガルガ要塞はディナビア半島の付け根に位置し、魔王軍の最大拠点であるローバーンに面する要所である。さらには北の旧ジュネブル王国にも繋がる陸路の中継地点でもあった。

このガンガルガ要塞を押えるということは、魔王軍に対する戦いの最前線に立つというだけでなく、旧ジュネブル王国を奪還した際には、関税や通行料を請求することが出来る。

その権益は大きく、ガンガルガ要塞が攻略された場合、ヒューリオン王国が要塞を所有することが、暗黙の了解として連合軍の間で決まっていた。

私が要求したことは、盟主国であるヒューリオン王国の顔を潰す行為だった。

「たしかに、一国で落とすのであれば、ガンガルガ要塞はその国が占有すべきですな」

レガリア将軍は否とは言わなかった。出来ないと思っているのだろう。

「ありがとうございます。それでは、明日の準備がありますので、失礼させて頂きます。皆様方におかれましては、くれぐれも私の戦場に立ち入らぬよう、よろしくお願いいたします」

私は一礼し、護衛のグランとラグン、シュピリを伴い軍議から退席した。そして陣地に戻るべく足早に移動を開始する。

「お待ちください！　ロメリア様！」

急ぎ陣地に戻ろうとする私を、シュピリが大声で止めた。

振り返るとシュピリが鬼気迫る表情を浮かべ、私を殺さんばかりに睨んでいる。

「ロメリア様、貴方、貴方は一体何を……一体、どうするつもりです！」

「ガンガルガ要塞を落とすつもりですよ。そのためにここに来たのです」

顔を赤らめるシュピリの問いに、私は分かりきった答えを返した。

「失敗したらどうするのです！　各国の前であれだけ大言を吐いて、失敗したらどうなるか！」

顔を赤くして怒っていたシュピリが、今度は恐怖に顔を青くする。

「確かに、失敗すれば私の立場はありませんね。ですが十分準備はしました。失敗しませんよ」

私は言い切った。言い切るしかない。

「しかし……坑道戦術は魔王軍に読まれていると、指摘されたではありませんか。今すぐ戻って、皆さんにお詫びするのです。そうすれば……」

「そんなことをして、なんになるのです」

謝りに行こうと私の手を摑むシュピリの手を、私は払いのけた。

「もう決まったことです。後戻りは出来ません。シュピリさん、貴方も腹を括りなさい」

「ああっ……」

シュピリは空を仰いだかと思うと、体をふらつかせて倒れそうになる。側にいたラグンが抱き止めたが意識を失っていた。仕方のない娘だ。

「ラグン。すみませんが、そのまま連れて帰ってくれますか？」

「素晴らしいご命令です」

ラグンはシュピリを背負うと思いきや、左手をシュピリの背中に回し、右手を足に回して抱き抱える。その持ち方で歩いて帰るのはつらいと思うが、どうやら平気なようだ。

「疲れたら交代するよ、ラグン」

「大きなお世話さ、グラン」

グランの申し出に、ラグンが笑って返答する。

「言っておきますが二人共、意識のない女性に破廉恥な真似をしてはいけませんよ」

私は釘を刺しておく。

「心外ですねロメリア様。そんなことしません。ねぇ、ラグン」

「無理矢理女性を手込めにしたことなど、一度もありません。なぁ、グラン」

双子が同じ顔で自身の誠実さを訴える。私は二人を呆れた目で見た。

グランとラグンは色男で鳴らしており、休日ともなればいつも違う女性を間に挟んで歩いている。兵士としては誰よりも信頼しているが、女性関係は全く信頼出来ない。だが二人の私生活に対して、私が口をはさむ権利はない。

二人で一人の女性を口説く双子も大概だが、二人に口説かれてそれを受け入れる女性にも問題がある。口説かれた女性を含め、三人が納得しているのなら、他人には何も言えない。

「しかしいつも二人で一人の女性を口説いていますが、独占欲など湧かないのですか？」

私は常々思っていた疑問を尋ねた。

グランとラグンは常に一緒にいる。二人は鏡写しのように同じ顔をしているというだけでなく、分かちがたい半身のように寄り添っている。常に同じ髪型に同じ服装をして、同じものを分かち合う。女性ですら共有出来るらしい。

しかしたった一つしかないものを、独占したいと欲したことはなかったのだろうか？　半身と言える双子とさえ共有出来ず、一人きりのものにしてしまいたい。そう思ったことはないのだろうか？

「ありますよ、ロメリア様」

「これまでに二つだけ取り合ったものがあります」

グランとラグンが、私を見ながら答えてくれた。

「へぇ、今をときめくグランベル将軍とラグンベル将軍が奪い合ったものとはなんです？　教えてもらえますか？」

私は興味津々で尋ねた。

「一つは母です。子供の頃、母だけが私達を見分け、そしてよく頭を撫でてくれました」

「二人同時に撫でてくれるのですが、その母の手を独り占めにしたかった」

グランとラグンが、微笑みを浮かべながら過去を語る。

双子の答えを聞き、私は頷いた。母の愛情を独り占めにしたい。子供ならば誰もが思うことだろう。もっとも、私は母親と折り合いが悪いので、そういった経験はないが。

「なるほど。しかし母親の愛情を独占することは出来ませんね」

「ええそれもありますが、私が母を独り占めにした場合、残されたラグンが可哀想に思えて」

「それはこっちのセリフだよ。グランが可哀想に思えたから、遠慮してあげたのさ」

グランとラグンが互いに言い争いを始める。二人のやりとりを見ながら、私は頷いた。

軍隊において双子の連携は完璧であり、離れていても感じ合っている節がある。だがその特性ゆえに、二人は自分が愛する者を手に入れても、充足や満足だけでなく、得られなかった方の喪失や悲しみも感じてしまうのだ。美しくも悲しい話だった。

私は踵を返して陣地に戻ろうとして、尋ね忘れていることがあったことに気付いた。

「そういえば、先ほど二つあると言っていましたが、もう一つはなんです？」

私はさらに踵を返し、半回転して双子を見る。

「それは……」

「秘密です」

グランとラグンが互いに微笑みを浮かべながら答えた。

「おや、私にも内緒ですか？」

「命令されるのであれば」

「もちろんお答えしますよ」

私が笑って尋ねると、グランとラグンも笑って答える。

「そうですか……では、やめておきます」

私は双子から答えを聞き出さなかった。

人は心に秘事を持つ。それは無理に明らかにすべきではない。秘されたことは秘されたま
ま、その人の心の中にあればいいのだ。

私は亡くなったアンリ王と、エリザベート王妃のことを思い出した。

建国式典でザリア将軍に殺された二人の行動は、私の理解を超えたものがあった。

エリザベート王妃はその身を挺して(てい)アンリ王を守り、アンリ王は傷付いたエリザベートを庇(かば)

って命を落とした。

二人が燃え盛る玉座で最期を共にした姿は、あまりにも悲しく美しい光景だった。

あの時二人が何を考えてあのような行動を取ったのか、私には分からない。そして分からなくてもいいことだ。

二人の中には愛があった。それだけ分かっていればいい。

それに私は人の秘密を探るより、やらなければいけない問題がある。

私は窪地にそびえるガンガルガ要塞を睨んだ。

とりあえず、あの要塞を落とすことが、私がしなければならないことだった。


空が白み始めると共に、天幕の外のあちこちから起床を促す声が響く。声につられて私も目を覚まし、寝台から体を起こした。

寝ぼけ眼で周囲を見回すと、白い布地で作られた天幕の内部が見える。地面には布が敷かれ机と椅子が置かれていた。端には鎧立てがあり、私の鎧一式と剣が立て掛けてある。入り口の前には衝立が置かれ、外から中が見えないようになっていた。

私は伸びをして寝台から出ると、薄い寝間着姿があらわになる。

「ロメリア様。おはようございます。入ってもよろしいでしょうか？」

「どうぞ、入ってください」

入室を許可すると、金髪にそばかす顔のレイラと黒髪に白い肌のテテスが天幕の入り口を潜り、衝立から姿を現す。二人とも白い服にフリルのついたエプロンを腰に巻いている。レイラは手に湯気を立てる桶を持ち、テテスは布や着替えの服を抱えていた。私の身支度をするための物だ。

しかし二人の後に続くはずの人物がいない。

「シュピリ秘書官はどうしました？」

私はシュピリの姿がないことを指摘した。

軍中では女性は少なく、癒し手を除けば私とシュピリ、そしてレイラとテテスの四人だけだ。私は指揮官として天幕を一つ占有しているが、レイラとテテス、そしてシュピリの三人は同じ天幕で過ごしてもらっている。そのため朝は私の天幕に三人でやってきて、私が身支度をしている最中、シュピリが一日の予定を確認することが日課となっていた。

「それが、その……」

「秘書官はまだお休みで、二度ほど声をかけたのですが」

私がシュピリの存在を問うと、レイラとテテスが顔を見合わせる。

そういえば昨日、彼女は心労のあまり倒れたのだった。

職務怠慢であるが、シュピリに心労をかけたのは私だし、それに今日一日はやることが決まっているため、確認することはほとんどない。

「構いません、身支度を始めてください」

私が天幕に置かれた椅子に座ると、レイラが机に洗面器を置きお湯を注ぐ。私は顔を洗った後に立ち上がり、両手を広げた。するとレイラとテテスが協力して私の寝間着を脱がせ、下着だけの姿となる。

四肢を晒す私に、レイラとテテスがお湯を含ませた布で体を拭き沐浴する。体を清め終えると、次に二人は私に肌着とブラウスを着せる。

「ロメリア様、上着はどちらにしましょう」

テテスが二つの上着を右手と左手に持ち、私に提示する。どちらも純白の衣装だった。

「白だけでなく、他の色の服もありますよ」

テテスが持参した他の服に視線を送る。私も目を向けると、確かに赤や青の服もあった。

「いえ、白で構いません。右の方を」

「ロメリア様は、白がお好きですねぇ」

私の指示に、テテスは呆れながら話す。

確かに私は白い服を着ることが多い。しかし白を好んでいるわけではない。むしろ白はあまり好きではなかった。汚れが目立つからだ。

私としては汚れが目立たない黒か茶色が好みなのだが、聖女らしくない、可愛くないと、あちこちから文句を言われる。そこで他の色にすると、今度は衣装がどんどん派手になっていく。過剰な装飾は好みではないため、聖女っぽい白が好きということにしているのだ。

「でもこの服もいい意匠ですよね、特にこの刺繍なんて手間がかかっていますよ」

テテスが白い衣を見る。確かに刺繍糸が服と同じ白であるため遠目には分からないが、近くで見ると刺繍やレースがふんだんに使われており、実に美しい。

これだけ手間がかかっていれば、一着で馬車一台分はするだろう。もっともこの服は救世教会から贈られた品なので、実質無料だ。救世教会では私のためにレースを編み、服に刺繍を施すことが流行となっているらしく、信者の女性が無償で服を作り送ってくれるのだ。

おかげで、一生着る物に困ることはなさそうだった。

服を着た後、私は再度椅子に座ると、テテスが私の顔に化粧を施し、レイラが髪をとかす。

化粧を施すテテスの手さばきは、疾風迅雷と言えるものがあった。何本もの刷毛を指の間に挟み、次々に私の顔に化粧を施していく。

あまり派手になりすぎないようにという私の注文を聞き、テテスは微妙におしろいを調整して陰影をつけ、頬紅も繊細な技法で淡く自然な仕上がりにしてくれる。最後に口に引く紅も端をにじませ、鏡で見ても本物の肌や唇の色に見えた。

「また腕を上げましたね、テテス」

鏡を見て私は感心する。もはや侍女の域を超え、貴族に化粧を施す専門の職業、化粧師として食べていけるほどの腕前だ。

「こう見えても、師匠には免許皆伝のお墨付きをいただいているのですよ」

「それは知りませんでした」

胸を張るテテスに私は驚く。

テテスが王国にいるとき、著名な化粧師（けわいし）のもとに出入りし、教えを乞うているのは知っていたが、そこまで認められていたとは知らなかった。

「ああ、ロメリア様、動かないでください」

髪を結うレイラが注意する。

鏡を見ると、髪型も完成しようとしていた。寝起きで乱れていた髪は、自然に見えつつも絶妙な曲線を描き、実に可愛らしく美しい。

舞踏会に行くわけではないのだから、ここまで仕上げる必要はないと思うのだが、レイラは髪型に一家言持っているらしく、新作の髪型にも意欲的だ。

「さぁ、出来ましたよ」

レイラが最後に髪の一束を整え終え、完成する。私は鏡を覗き込むと、そこには完璧な淑女がいた。

「どうです？」

私は立ち上がり、その場で一回転して尋ねる。

「大変お美しい」

「まさに絵巻物の如き美しさです」

レイラとテテスが賛辞の言葉を述べる。

実際、鏡を見てもかなり美しい私がそこにいる。髪とお化粧、服のおかげで五割増しにはなっていると思う。もっとも、元がそれほどよくないので、五割増しでもたかが知れているが。

「二人とも正直ですね。褒美として朝食を共にする機会を与えましょう」

「恐悦至極に存じます」

私が偉そうに話すと、二人は芝居がかった仕草で頭を下げる。

二人は次に朝食を運びこみ、朝食の用意がされる。メニューは硬い黒パンに萎びたキャベツのスープ。兵士達が食べている物と同じだ。ただし指揮官の特権として卵料理やチーズ、果物が並ぶ。

私はレイラ達に食料を分けて、一緒に食事をする。気心の知れた彼女達との食事は、唯一気が休まる時間だった。

楽しい食事の時間が終わると、外が騒がしくなってきた。食事を終えた兵士達が外に出てきているようだ。

「では二人共、鎧をお願いします」

私も準備をすべく、二人に鎧を着けるのを手伝ってもらう。

鈴蘭の意匠が施された純白の鎧で、胸と背中を覆い、同じく白の脛当てを装備する。最後に細身の剣を腰に佩き簡易軍装の完成だ。

本来なら鎧の下に鎖帷子を着込み、兜を被り籠手や肩当てもつけて完全防備する。だが全身を装甲すると重すぎて動けなくなるので、この格好が私の基本装備だ。

簡易とはいえ鎧を身につけ、剣を佩くと身が引き締まる思いだ。私は指揮官の顔となり天幕を出た。

天幕の外では、グランとラグンの双子将軍が控えていた。

「グラン、ラグン。準備の方は?」

「完全に完了しています」

私が問うとグランが報告する。見ると確かに、陣地には兵士達が整列していた。

「といっても、やることはあまりありませんが」

グランの隣にいるラグンが、短く付け加える。

確かに、今日の作戦ではグランとラグンにしてもらうことはあまりない。ただし、各国代表に対する見栄もあるため、兵士達には完全装備で、陣地に待機するように命じておいた。

私はグランとラグンを連れて円形丘陵を登り、前線で指揮を執るための本陣に移動する。

丘の上に築かれた本陣では、オットーにベンとブライ、ゼゼとジニ、ボレルとガット、そして土木作業の現場責任者であるガンゼ親方、魔法兵隊長のクリートが立っていた。

陣地警備を頼んだグレンとハンス、諜報を任せているカイル以外は揃っている。

「ガンゼ親方、準備は？」

「爆裂魔石の準備は完了した。作業員も全員退避させてある」

私の問いに、ガンゼ親方が力強く頷く。

「ゼゼ、ジニ、ボレル、ガット。連合軍各国の動きはどうですか？」

私はロメ隊の四人に尋ねた。

「はい、ロメリア様！　先程馬を走らせて、戦場を確認してきました！」

「戦場に連合軍の姿はありません。完全に無人です」

ゼゼが元気よく報告し、落ち着いたジニが顎を引く。

「各国の将軍はそれぞれの陣地で、ことの成り行きを見守っているようです」

「ただし、王子や王女達はハメイル王国の陣地に集まっているようです」

ボレルが各国の将軍達の動向を伝え、ガットが王族の居場所を報告する。

各国の王子や王女達が、なぜハメイル王国の陣地に集まっているのは謎だが、特に影響はないと判断して私は頷いた。

「ベン、ブライ。魔王軍の動きは？」

「ロメリア様。魔王軍に目立った動きはありません」

「ただ、表門に僅かに動きがあり、連弩と投石器が準備されているようです」

私の問いに、ベンとブライが細かく報告する。

二人の報告に私は満足した。

魔王軍の動きはこちらの予想通りだ。やはり彼らは優秀な軍人揃いだ。私達の作戦を予想し、最も効果的な手段を取ってくる。問題は私の作戦が、彼らの予想を上回っているかどうかだ。

私はガンガルガ要塞を望み、そして円形丘陵に築かれた各国の本陣を見る。

丘陵の上には五つの本陣が築かれ、連合各国の代表が私を見ている。いや、私が失敗するところを見ようとしている。

「では、皆さん。早速……」

「もうおやめください、ロメリア様！」

私が作戦開始の号令を告げようとすると、制止の声がかかった。私は声がした方向に顔を向けると、赤い服を着た秘書官のシュピリが立っていた。

我が秘書官はなかなかにひどい格好だった。髪は乱れ、昨夜はよく休めなかったのか目の下には大きなクマがあった。

「もう大丈夫ですか？　シュピリさん。今日は一日、休んでいて構いませんよ」

私は昨日倒れたシュピリを労る。

「休んでなどいられません。もうおやめください。攻撃は失敗します。各国に詫びてライオネル王国に帰りましょう。信頼は失うかもしれませんが、兵士が死ぬよりはマシです」

シュピリの言葉に、私は感心した。

兵士をどれだけ殺しても構わないから、手柄を上げろと言いそうな彼女だが、無駄な攻撃で人命を損なうべきではないと考えたのだ。

「そういうわけにはいきません。このために準備したのです。やめるわけにはいきません」

私は首を横に振り決意を伝える。シュピリはもう何を言っても無駄なのだとうなだれた。

私はガンガルガ要塞に目を向け、一度大きく息を吸い、そして吐く。

事前の調査や準備に抜かりはない。成功する確率は高いはずだ。しかし結局のところやってみるまで結果は分からない。ならば信じて進むだけだ。

私は獅子(しし)と鈴蘭(すずらん)の旗の下で剣を抜き、天を突くように掲げた。

「作戦開始！」

号令と共に剣を振り下ろすと、爆発音が戦場に響き渡った。


ハメイル王国のゼファーは、円形丘陵を登るとため息をついた。

丘の上から見えるガンガルガ要塞は、高い壁だけでなく新兵器とも呼べる起重機や投石器、連弩(れんど)により武装され、禍々(まがまが)しいまでの威容を誇っていた。

ゼファーは参謀の一人として連合軍に参加しているが、ガンガルガ要塞攻略のためにいい策を出せず、先ほども父であるゼブルに怒鳴られてしまった。

「よぉ、ゼファー。今日もため息か？」

声がした方向を見ると、日に焼けた肌と金髪を持つヒューリオン王国の王子ヒュースがいた。

ここはハメイル王国の陣地だが、ヒュースは放蕩王子の名に恥じぬ遊び人ぶりで、交流の名目で各陣地を遊び歩いている。特にゼファーとは歳が近いためによく訪ねて来る。

「これはヒュース王子、お出迎えせず失礼しました」

ゼファーはヒュースに頭を下げる。

予告のない来訪だが、大国の王子相手にそれを指摘は出来なかった。それにゼブル将軍はヒューリオン王国と繋がりを持てることを喜んでおり、しっかりと対応するように言い付けられている。おかげでゼファーの仕事は、半ばヒュースの接待係となっていた。

「ヒュースでいいと言っているだろう。それでため息だが、また親父さんに怒られたのか？」

「はい、今日も叱られてしまいました」

ヒュースは気安く声をかけてくれるが、ゼファーはわきまえて敬語で話す。

「ゼブル様はお前に期待しているのさ」

ゼファーの肩を叩いてヒュースが慰める。

「そんなに落ち込むなよ。愛しのあの人に、いいところを見せなきゃいけないんだろ？」

「なっ、ロメリア様は関係ないでしょう！」

ヒュースが茶々を入れ、ゼファーは顔を赤らめて否定した。

「私はハメイル王国のために頑張っているだけです」

「あの人とは言ったけれど、ロメリア様とは言っていないけど？」

ヒュースの半笑いの言葉に、ゼファーは顔をしかめる。

まんまと罠にかかってしまったが、実際ゼファーはロメリアに懸想していた。

柔らかな亜麻色の髪に優しげな顔、決意を秘めた瞳。あれほど美しい人に、ゼファーはこれまで会ったことがなかった。しかもこんな自分のことも気にかけ、怪我をした時はハンカチを差し出してくれるほどに優しい。

ゼファーは右手をポケットの中に入れた。

ポケットの中にはロメリアに貰ったハンカチが入っている。新しいハンカチをお礼として返したので、貰った物が残っているのだ。ゼファーはこのハンカチを毎日持ち歩いている。

「しかし、あの聖女様を狙っている男は多そうだぞ、がんばれよ」

ヒュースの指摘に、ゼファーは顔をさらにしかめた。

確かに、聖女ロメリアに思いを寄せる男は多いと聞く。あれほど美しい人なら当然だろう。

「でも今はお前の手柄より、本人の方が問題か。あの聖女様、大見栄を切っちまったからなぁ」

ヒュースが昨日のことを思い出したのか、呆れた声を出した。

ゼファーもその感想には同感だった。昨日軍議の席で、ロメリアはあろうことかライオネル王国のみで、ガンガルガ要塞を攻略してみせると豪語したのだ。

「あれで失敗したら、取りなし出来ないぞ」

「そうですね、父は昨日から失敗した時、どうやって糾弾するかを考えているようです」

ゼファーも同意のため息をつく。

ロメリアを非難することはしたくないが、ゼブル将軍には逆らえなかった。

「唯一の希望は、聖女様がガンガルガ要塞（ようさい）を攻略することだが、ゼファーは出来ると思うか？」

「さて、どうでしょう」

「ちゃんと答えろよ。国では一番の参謀なんだろ」

「ちがいます。ただ養成所の成績が良かっただけです」

ゼファーはヒュースの間違いを正す。

参謀を育成する養成所で、ゼファーは好成績を収めた。だがそのせいで周りからは名参謀だなどと言われているが、ただの偶然でしかない。

「それはいいから、お前の見立てではロメリア様は、ガンガルガ要塞を攻略出来るか？」

ヒュースが真っ直ぐな瞳で見る。

普段は気安く人懐っこいヒュースだが、時折人の心を覗き込むような目をすることがある。その視線に晒（さら）されると、ゼファーは嘘（うそ）を言えなくなってしまう。

「無理……でしょうね。出来ません」

ゼファーは首を横に振った。

「ロメリア様は坑道戦術を考えているのでしょう。それは明らかです」

ゼファーは、南にあるレーン川に目を向けた。

レーン川には、川幅が変化するほど大量の土が投棄されていた。あれでは穴を掘っていることがガンガルガ要塞からでも分かってしまうだろう。だが排土に気を使っても結果は同じだ。

「坑道戦術は地面に穴を掘り、内部に侵入する。もしくは壁の下に穴を掘って崩落させ、壁を崩すというものです。しかしこれは使い古された手であり、ガンガルガ要塞は対策が講じられています」

ゼファーは脳裏に、ガンガルガ要塞に備わる坑道戦術に対する設備を予想した。

ガンガルガ要塞は地下から易々と侵入されぬように、壁の下、地中にも穴を掘って壁を築き、地下からの侵入を防ぐ防御壁を構築しているはずだ。

要塞の内部に侵入することは出来ず、壁を下から崩すことも出来ない。おそらくライオネル王国は表門の近くにまで穴を掘り、その穴から飛び出すことで要塞に肉薄し表門を爆裂魔石で吹き飛ばす計画を立てているはずだ。

しかしこの作戦も、魔王軍には予想されている。

なぜならガンガルガ要塞の内部には縦穴があり、地中の音を拾い接近を察知する、音の物見櫓（やぐら）ともいえる備えがあるはずだからだ。

魔王軍はライオネル王国の軍勢がどの辺りから出てくるか、すでに見当を付けているだろう。魔王軍は穴の出口に連弩や火炎弾の照準を合わせているはずだ。

「では、ライオネル王国も終わりか。ロメリア様は策士としても一流ということだったが、評判倒れだったわけだな」

ヒュースの言葉に、ゼファーは表情を曇らせる。

ロメリアは伝聞では指揮官としても一流であると言われていた。実際、何度も兵を率いて魔王軍討伐の陣頭指揮を執ったという話なので、戦歴は十分と言えるだろう。その評判を考えればこの状況はなんともお粗末だ。

「男同士で、何を話しておるのだ？」

氷の如き冷たい声が響き、ヒュースと共にゼファーが後ろを振り向くと、そこには銀の髪に深い青のドレスを身に着けたフルグスク帝国の皇女グーデリアがいた。その右隣には金の髪を縦に巻き、青いドレスを着たホヴォス連邦の公女レーリアが取り巻きのように侍っている。さらに二人の後ろには、緑のドレスを着た女性がいた。黒い髪に大きな瞳を持つヘイレント王国の王女ヘレンだ。

「別に、男同士の内緒話さ」

ヒュースが適当に答え、グーデリアがわずかに微笑む。

グーデリアは厳冬の如く常に感情を見せないが、ヒュースといる時だけは、雪解けの季節を垣間見せる。

「ゼファー様。すまんが今日もここに厄介になっても構わぬか？　ここでレーリア様やヘレン様と共にロメリア様の戦術を観戦しようと思ってな」

グーデリアに直々に頼まれては、ゼファーとしては嫌とは言えず、頷くしかなかった。

ヒュースと同様、グーデリアもレーリアとヘレンを伴い、ゼファーの下にやって来る。もちろんゼファーに女性を惹きつける魅力があるわけではない。

彼女達の目的は、ヒューリオン王国の王子であるヒュースだ。

レーリアはグーデリアの覚えをよくしたいと、ヘレンを巻き込んで毎朝グーデリアに挨拶に伺っている。そしてグーデリアはヒュースを気にかけている。そのヒュースがゼファーのところにやって来るため、フルグスク王国の陣地に世界各国の王族達が集まるのだ。

ゼファーは内心ため息をついた。

正直各国の王族を相手にするのは気が休まらない。ロメリアの訪問なら大歓迎だが、ゼブル将軍が許すとは思えず、望まぬ客の相手ばかりさせられている。

「しかし、これでロメリア様の化けの皮が剝がれますわね、グーデリア様」

レーリアがへつらいの笑みを見せる。

「全くあの人は。国では聖女だと煽てられているようですが、軍議の席でもすまし顔で、イライラさせられました。今日でその顔が崩れるのかと思うと清々します」

レーリアの嘲笑を聞き、ゼファーは耳を塞ぎたい気分だった。

世界各国の王族を苦手としているゼファーだが、レーリアのことだけは嫌いだった。

自己主張の激しい髪型や、気の強そうな顔も好みではなかったが、何よりも嫌なのは強者に媚びる態度だった。

ヒュースとグーデリアに対して、まるで取り巻きのように媚びへつらう。一方で控えめなヘレンに対しては子分のように扱っており、大人しい相手には強気に出る性格が嫌いだった。

「おっ、聖女様のご登場だ」

ヒュースの声が聞こえ、ゼファーはライオネル王国が陣地を築く南に目を向ける。

獅子と鈴蘭の旗の間に、純白の鎧を身につけた亜麻色の髪をした女性が見えた。

遠目にも凛々しく、存在感が感じられる。自分とそれほど歳は離れていないはずなのに、なんて立派な人だとゼファーは改めて思う。

旗の下に立つロメリアは、配下の兵士達と話している。おそらくロメリア二十騎士達だろう。次に赤い服の秘書官と話し始めた。

あの話が終われば、ライオネル王国の攻撃が始まるはずだ。

「……妙です」

旗の下に立つロメリアを見ていると、ゼファーはおかしなことに気が付いた。

「ん？　何がだ？」

「ライオネル王国の兵士の姿が見えません」

ヒュースの問いに、ゼファーはガンガルガ要塞（ようさい）の前を指差した。

窪地にそびえるガンガルガ要塞の周りには、倒壊して焼け落ちた攻城塔や投石器の残骸以外には何もない。兵士は一人も窪地にいなかった。今から要塞を攻めるというのに、なぜライオネル王国の軍勢が展開していないのか。

「ん？　それは坑道戦術で下から攻めるからだろ？」

「下から攻めるんだから、上に兵士はいらないじゃない」

「それでも陽動のために、周りに兵士を置くべきです」

ヒュースとレーリアの素人考えに対し、ゼファーは首を横に振った。

戦争とは騙（だま）し合いである。どれだけ相手の意表を突けるかが、勝敗を分けるといってもいい。

これまで何度も戦場を経験しているはずのロメリアが、ゼファーが考える程度の陽動を、思いつかないわけがない。

ゼファーは不意に背筋に寒気を感じた。

自分はとんでもない思い違いをしているのではないか？　ロメリアは自分には考えもつかない戦術を練っているのではないか？

ゼファーは自分の考えに戦慄（せんりつ）し、旗の下に立つロメリアを見た。

獅子と鈴蘭の旗の下、ロメリアは剣を天に掲げ、今まさに命令を下そうとしていた。

ロメリアが剣の切っ先をガンガルガ要塞に向け、勢いよく振り下ろす。

直後、ガンガルガ要塞を囲む円形丘陵の一部が爆ぜた。

「な、何事！」

大気を震わせる爆音と衝撃にレーリアが驚き、裏返った声を上げた。

ゼファーが音の発生源を見ると、爆発が起きたのはロメリア達が立つ丘からやや離れた場所の、レーン川にもっとも近い丘だった。

ゼファー達が爆発に驚いていると、爆ぜた丘からさらに爆発が起きる。爆発は円形丘陵の外側へと伸びていき、レーン川に向かって連続して発生していた。

「なんだ、何が起きている！」

ヒュースが声を上げる。ゼファーはただ目を凝らして、爆発が起きている箇所を見た。

連続して爆発が起きた場所では深い穴が開き、大きな溝が生まれていた。

「溝が出来ている？」

ヘレンが驚いてつぶやく。

爆裂魔石の爆発で、あそこまで綺麗に溝が出来るとは考えにくい。事前に地下に穴を掘り、最後に上の土を、爆裂魔石で吹き飛ばしているのだ。

連続した爆発はレーン川へと進撃し、ついには川にぶつかる。爆発が川のほとりにたどり着いた時、今日一番の轟音と衝撃がゼファーの肌と鼓膜を震わせた。

爆音にもゼファーは視線を逸らさず、一部始終を見続ける。すると溝はレーン川と繋がり、川の水が出来たばかりの溝に流れ込む。

溝は水路となり、ガンガルガ要塞を囲む窪地に大量の水が流れ込んだ。

豊富な雪解け水を湛(たた)えたレーン川の流れは止まらず、水はガンガルガ要塞にも到達する。要塞の壁の上にいた魔王軍も流れ込んでくる水に驚いているが、水を相手に矢を放つわけにもいかない。

「む、ここまで水が来たか」

グーデリアが視線を下に向けると、ゼファー達がいる丘の下にも水が到達し、ついに窪地の全体に行き渡った。だがそれでも水の流入は止まらず、水嵩(みずかさ)はどんどん増していく。

「おいおい、これは」

ヒュースが感心しているとも、呆れているともつかない声を上げた。ゼファーもなんと言っていいか分からない。

目の前では水面から顔を出す、ガンガルガ要塞の姿が見えた。


周囲を水で覆われ、今や湖上の城となったガンガルガ要塞を眺めて、私は達成感に包まれた。

ガンガルガ要塞から反対側に目を向けると、爆裂魔石で吹き飛ばして生み出された溝がレーン川と繋がり、支流となって窪地に水を注いでいる。全て計算通りだ。

「嬢ちゃん、うまくいったな」

ガンゼ親方が豪快に笑う。

「全てはガンゼ親方のおかげですよ。よくこの難しい仕事を成し遂げてくれました」

私は今回の作戦における、一番の功労者を労った。

「今をときめく聖女様に言われると悪い気はしねーな。とはいえ、本番はここからだ。この状態を維持出来るように、あちこちを確認してくる」

ガンゼ親方は豪快に笑いながら丘を下り、新たに作った支流を点検しに行く。

水嵩は一番深い場所で大人の背丈の二倍ほどはあるようだ。水量としては十分だが、この状態を維持しなければいけない。

「どうですか、ロメリア様。完璧な仕上がりです。これぞ我が魔導の成果と言えるでしょう」

「ええ、そうですね。貴方がいなければ、この完璧な仕上がりはなかったでしょう」

魔法兵隊長のクリートが自らの手柄を誇るので、私は頷いて讃えておく。

この作戦には工兵の尽力が大きいと言えるが、魔法兵も頑張ってくれた。それにクリートの魔道具の改良も見過ごすことが出来ない。あれが無ければ工期はもう少し遅れていただろう。

もっとも十日で魔道具を改良するのは厳しかったらしく、仕事を終えたクリートは疲労から数日寝込んでいたが、今や軽口も復活した様子だ。ならばこき使える。

「魔導士クリート。あとは堤防となった円形丘陵を整備しなければいけませんね。円形丘陵を点検して、弱い箇所を固めて回ってください」

「え？　こ、この丘陵全てですか？」

クリートが声を震わせながら円形丘陵全周を見回す。

一周すれば膨大な距離となるだろうが、魔王軍が水攻めを解くために爆裂魔石で攻撃してくることが予想される。簡単に破壊されないように強化しておけば安心だ。

「お願いします。それを成しえるのは、天才である貴方と魔法兵しかいません」

私がにっこり笑って頼むと、クリートは膝から崩れ落ちた。

「この聖女は鬼だ、いや悪魔だ……俺を殺す気だ……」

クリートは焦点の合っていない目でつぶやいていたが、私は聞こえないふりをした。

大変な仕事だが、絶対にしなければいけない仕事なのだ。クリートに無理をさせてでもやらせる必要がある。

そしてやるべきことは他にもあった。ガンガルガ要塞へと続く支流には、陣地を横切っているため、通行のための橋を架けねばいけないし、水量を安定させるためにレーン川の上流に工兵を派遣して、上流の支流を塞ぐこともしなければいけない。だが何よりも優先すべきは、連合各国との話し合いだ。

「ロメリア様。これはどういうことですか！」

それまでへたり込んでいたシュピリが、勢いよく立ち上がり叫んだ。

「ガンガルガ要塞(ようさい)を攻撃したのですよ。私の狙いは初めから水攻めです」

「攻撃？　これが攻撃なのですか？　こんなの、見たことも聞いたこともありません」

私の説明に、シュピリは信じられないと目を見開く。

「東の方では、よく行われている城攻めの方法らしいですよ」

私は子供の頃に読んだ、東方の軍記物を思い出した。

東方では城や要塞を攻める際に、城や要塞の周囲を水で覆ったという記録が残っている。雨が多いとされる東方ならではの城攻めだろう。この辺りは東方ほど雨が多くないので、水攻めをした記録はない。ただ今回はガンガルガ要塞の特異な地形と、レーン川の雪解け水という条件が重なり、千載一遇の好機となった。

「しかしロメリア様。魔族は溺れ死んでおりませんよ」

シュピリがガンガルガ要塞を指差す。

指の先では魔王軍の兵士達が、続々と城壁を登って来るのが見えた。

確かに、ガンガルガ要塞は浸水しているとはいえ、水位の上昇は比較的緩やかだ。これで溺れ死ぬ者はいないだろう。

「溺れ死ぬことは期待出来ませんが、兵士は退避出来ても食料までは持ち運べません。大半は水に濡れて駄目になります。それにいくらガンガルガ要塞の壁が巨大でも、三万体もの兵士が生活するには狭すぎます」

私がガンガルガ要塞の壁の上を見ると、すでに溢れるほど魔王軍の兵士が集まっていた。彼らはこれから水が引くまで、吹き曝しの場所で生活しなければならない。あの数を考えれば、横になることだって出来ないだろう。

「それに何より、問題は水です。飲み水がない」

「水？　水なんて、周りにいくらでもあるではありませんか」

私の指摘に、シュピリが要塞の周りを覆う大量の水を指差した。

水攻めをしている最中なので、確かに水は周囲にあふれている。だが飲める水というものは、限られている。

「問題は排泄物です。三万体の魔族が出す排泄物は、どこに捨てられると思います？」

私は笑みを浮かべた。

普通ならば、排泄物は離れた場所に穴を掘って投棄する。しかし籠城中ではそうはいかない。

「そんなの、壁の外に……ああ、そうか」

答えた瞬間に、シュピリは私の狙いに気付いたらしい。

籠城中のガンガルガ要塞は、排泄物を壁の外に投棄することで処理している。当然この後も排泄物は壁の外に捨てられるだろう。だがそうなれば周囲の水は汚染される。常に流れる川ではないため、排泄物を捨て続ければ汚染は確実に進み、飲むことは出来なくなる。

「井戸も水没しているため使えません。彼らは食料もなく、吹き曝しの中で横にもなれない。

体力が落ちている時に汚染された水を飲めば、高確率で疫病が発生します。加えてあの過密状態。一度疫病が発生すれば、蔓延を防ぐことは出来ないでしょう」

私は壁の上に集まる、哀れな魔族達を見た。

「保って三十日といったところでしょうか。これで戦うことなくガンガルガ要塞は落ちます」

多少時間はかかるが、兵糧攻めを考えれば短い方だ。それにこれなら兵士を損なわなくて済む。費用対効果を考えればお得な方法だ。

「ですが、どうして私に教えてくださらなかったのです。話して下されば」

「敵を騙すにはまず味方からと言うでしょう」

非難の目を向けるシュピリをよそに、私は円形丘陵に陣取る連合各国の本陣を見た。

今回の敵はもちろん魔王軍だが、それ以上に厄介なのが連合軍そのものだった。手柄争いに躍起になっている彼らは、魔王軍以上に面倒な存在と言えた。私が水攻めを考えていると知られれば、妨害してくる可能性が高かった。

そのため、私の策が坑道戦術であると、敵と味方の両方に思わせる必要があったのだ。

「偽装には苦労しました。坑道戦術と思わせるために、ガンガルガ要塞に向けても、穴を掘っていたのですよ」

私はガンガルガ要塞の根元を指差した。

魔王軍にも坑道戦術だと思わせなければいけないので、ちゃんとガンガルガ要塞の手前まで穴を掘っておいたのだ。

しかもそこから水が漏れて出ると困るので、水漏れが起きないよう、土魔法で穴を固め細心の注意を払った。今となっては無用の長物なので、後であの穴は入り口を埋めておかないといけない。

「ですが、私は王に遣わされた秘書官です。その私にも秘密にするなんて」

「それは仕方がないでしょう。貴方が信用出来ないからです」

心外だとするシュピリを、私は蔑みの目で見た。

「貴方は感情が顔や態度に出すぎなのですよ。慌て驚き、苛立てば怒る。そんなことでは私の秘書官失格どころか、王に命じられた密命すら、果たせませんよ」

私が指摘すると、シュピリはそれをなぜ知っているのかと目を見開く。

おそらくシュピリは王から密命を受けている。王が直々に寄越したのだから、密命の一つぐらい与えているはずだ。最もその内容までは知らない。全てを知っているふりをして、カマを掛けただけだ。しかし動揺しやすいシュピリは、すぐに引っかかり顔に出る。

だがこの驚きぶりからすると、かなり重要な密命が下されているようだ。もしかしたら私の暗殺でも命じられているのかもしれない。

もちろん証拠はないため処罰は出来ない。だがその必要もない。今のシュピリに私は殺せない。恐ろしくもなかった。

「王の密命を受けたのであれば、もっと上手くやりなさい。本心と殺意を隠し、あらゆるものを利用しなさい。仕事をこなして私から信用を勝ち取り、油断させてここぞというところで裏切る。そうでなければ、一生私には届きませんよ？」

私は覗き込むようにシュピリを見る。

「あっ、ああ、ああっ……」

私の視線に耐え切れなくなり、シュピリはその場で崩れ落ちへたり込んだ。

怯えて座り込むシュピリを見て私は彼女に対する興味を無くし、視線をロメ隊に向けた。

「オットー、ゼゼ、ジニ、ボレル、ガット。連合各国に合同軍議を開きたいと伝令に向かってもらえますか？　グラン、ラグン。貴方達は護衛として付いて来てください。ベンとブライは留守を頼みます」

私はロメ隊の面々に指示を出す。この手の伝令や調整は秘書官であるシュピリの仕事だが、今の彼女は使えないだろう。

私の指示に、オットー達が丘を駆け下りる。私もグランとラグンを連れて合同軍議のための準備を始めた。

ゼファーは合同軍議の席でため息をついた。

浸水したガンガルガ要塞を見た時、ゼファーはただただ感心して言葉が出なかった。要塞を水攻めにするなど、信じられなかった。しかし効果は大きい。兵糧の大半が駄目になっただろうし疫病も発生するだろう。

おそらく三十日も水攻めを続ければ、魔王軍は戦力を維持出来なくなる。

難攻不落と言われたガンガルガ要塞に対し、ロメリアは一兵も損なうことなく大きな打撃を与えたのだ。その功績は誰が見ても明らかであった。

しかし、水攻めの後に開かれた軍議の席で、ロメリアに向けられたのは賞賛ではなかった。

「ロメリア様！　貴方は一体なんということをしてくれたのですか！　せっかくこれまで我らがガンガルガ要塞を攻撃し、追い詰めていたというのに！」

ホヴォス連邦のディモス将軍が、机を両手で叩き怒鳴り散らした。

「全くです。あのように水浸しにされては、我らが輸送した投石器も使えません。貴方は私の妨害をしに来たのですか！」

ガンブ将軍も首を横に振る。

だが両将軍の言うことはただの難癖に等しい。ガンガルガ要塞の攻略は遅々として進んでおらず、追い詰めてなどいなかった。

密林の蛇とも称されるディモス将軍や、人生の大半を戦場で過ごしたガンブ将軍が、他人の手柄を認めないために、ここまでみっともない真似をするのかとゼファーは内心失望した。

「あのようなことをされては、我々もガンガルガ要塞に手出し出来ない。せっかく攻略の糸口が見えていたというのに、これでは計画が台無しです！」

そして残念なことに、父ゼブルも同じ類いの人間らしく、無理のある文句をつけていた。

一方、三人の将軍に詰め寄られながらも、ロメリアは背筋を伸ばして涼しい顔をしていた。三将軍の言葉が、ただの言いがかりでしかないことが分かっているからだ。

ゼファーはヒューリオン王国のレガリア将軍に視線を送った。

さすがにレガリア将軍は落ち着いた態度を崩していない。しかし内心は複雑なはずだ。連合の旗振り役として、ヒューリオン王国には結果を出す責任がある。最低でもガンガルガ要塞を攻略しなければ、大国としての面子が立たない。要塞攻略の目処がついたことは、素直に喜ばしいだろう。しかしライオネル王国に手柄を奪われて、面白くもないだろう。

「あー、ちょっといいかな？」

このまま怒鳴り声が支配する軍議が続くのかと思われたとき、これまで沈黙していたヒューリオン王国の王子ヒュースが声を上げた。

「ロメリア様の行動だけれど、私は褒めるべきだと思う。これでガンガルガ要塞は落とせる」

「な、でも、それでは……」

ヒュースがロメリアの功績を讃えると、ディモス将軍が口籠る。

各国の代表は、ロメリアの功績を認めることが出来ない。しかし大国の王子であるヒュースの言葉を、正面から否定することもまた出来なかった。

「でもロメリア様。これは少し話が違うんじゃないかな？」

ヒュースは少し、という部分を強調した。

「話が違うとは？」

「うん、貴方は昨日ガンガルガ要塞を落としてみせると言った。でも、まだ落としていない」

ロメリアが尋ね返すと、ヒュースは笑みを見せる。

ゼファーはヒュースにも失望した。そんな誤謬を突く人だとは思わなかった。

「それに、この後もガンガルガ要塞を包囲し続けねばならない。それは連合軍が分担することになるのだから、水攻めの功績をライオネル王国だけのものとするのはおかしいのでは？」

「……なるほど。確かに、ヒュース王子の言う通りですね」

ロメリアは意外にも笑顔で頷いた。

「水攻めの維持を各国に負担してもらう以上、我々だけの手柄とするのは、問題がありますね。ならば、昨日申し上げたガンガルガ要塞の所有権、あれは撤回致しましょう」

ロメリアは気前がいいことに引いてみせた。

各国の将軍達は顔を綻ばせるが、ヒュースの目は逆に鋭くなる。

「しかしレガリア将軍、ヒュース王子。私は大手柄を立てたはずです。我が国の功績を忘れず、戦功一番であることを、ここで認めていただきたい。そうですね、この戦が成功に終わり、旧ジュネブル王国を平定した暁にはリント地方を頂きたい」

ロメリアは自らの手柄を誇示し、褒美の確約を申し出てきた。

リント地方と聞き、連合各国の代表が少しざわつく。特にディモス将軍とガンブ将軍が顔をしかめる。

今回の連合軍による大遠征は、真の目的として北方にあるジュネーバと名付けられた旧ジュネブル王国の土地を手に入れることにある。

ヒューリオン王国がガンガルガ要塞とその一帯を手に入れ、残り五つの国が旧ジュネブル王国の土地を五つに分割して分け合う予定なのだ。

旧ジュネブル王国で一番旨味がある場所といえば、大きな港町が幾つもあるブレナル地方だろう。そして二番目の土地が、ロメリアが挙げたリント地方だ。リント地方には肥沃な黒土が存在しており、旧ジュネブル王国の食糧庫として有名だった。

「お待ちください。今ここでそれを決めてしまうのは」

「さ、左様。旧ジュネブル王国を解放してもいないのですから……」

ガンブ将軍とディモス将軍が、時期尚早と止めに入る。

ゼファーには二人の気持ちが理解出来た。一番旨味のあるブレナル地方はフルグスク帝国に譲るしかないとして、誰もがリント地方を狙っていた。特にホヴォス連邦とヘイレント王国がガンガルガ要塞攻略を必死に競い合っていたのは、リント地方を手に入れるためだ。

だがそこでレガリア将軍が口を開く。

「いいでしょう。確かに貴方の功績が大であることは、私も認めるところです。此度の功績は特級戦功と呼ぶに値します」

レガリア将軍はロメリアを高く評価する。グーデリアも同意するように頷く。

ゼファーはなるほどと唸った。昨日ロメリアはガンガルガ要塞の所有権を主張して大国の怒りを買った。しかし全ては、今日譲歩するための布石だったのだ。

国家間の交渉では、何よりも面子が大事だ。ロメリアは先日強気だったかと思うと、今日は一転引いて見せた。さらにヒューリオン王国にガンガルガ要塞を、フルグスク帝国にブレナル地方を残したのだ。面子と取り分を確保出来たのだから、両大国に文句はない。

一方ゼブル将軍を含め、ディモス将軍とガンブ将軍は、交渉の主導権をロメリアに奪われている。三人共、交渉術では引けは取らないだろうが、ロメリアのことを年下の小娘と侮り、後手に回っている。

「しかしロメリア様。此度の手柄を特級戦功としましたが、リント地方を確約することは出来ません。戦いはまだ終わっておらず、浸水したガンガルガ要塞を救援するため、ローバーンから援軍が派遣されることでしょう。全ては魔王軍の攻撃を跳ね除け、ガンガルガ要塞を攻略した後に、改めて決定いたしましょう。しかしその時、特級戦功に値する国が存在しなければ、リント地方をライオネル王国に与えると約束しましょう」

レガリア将軍はロメリアの戦功を認めながらも、まだ手柄を立てる機会はあると、ディモス将軍とガンブ将軍に視線を送る。両将軍はまだ挽回出来ると、闘志を燃やしはじめた。

「それでは、各国の水攻めの維持の分担と、魔王軍の援軍への対策を話し合いましょう」

レガリア将軍が促し、ようやく軍議らしい軍議が始まる。

その後、各国の分担や魔王軍の援軍に対する対抗策が協議された。そして軍議が終わると、ディモス将軍とガンブ将軍はこれからだと闘志を燃やし、陣地へと帰っていった。

ゼファーの父、ゼブルは顔に苛立ちを浮かべ、部屋から出て行く。

ゼブル将軍と一緒に帰るべく、ゼファーは後を追いかけようとしたが、行く手を人影が遮る。亜麻色の髪に純白の鎧を着たロメリアだった。

「ロ、ロメリア様?」

ゼファーが声を裏返して名前を呼ぶと、ロメリアは優しげな微笑みを浮かべた。

「ゼファー様に、折り入ってお願いがあります」

「わ、私に、ですか！」

ロメリアに話しかけられ、ゼファーは声を震わせた。

「はい、ゼファー様にしかお頼み出来ず……」

「ロメリア様の頼みでしたら、何なりと！」

「ありがとうございます。実は内密のお話をしたいのですが……」

「私に内密の話ですか！」

控えめなロメリアの頼みに、ゼファーは天にも昇る気持ちとなった。

ついに自分の人生に春が来たか！

ゼファーは天から降り注いだ幸運を、喜ばずにはいられなかった。


ホヴォス連邦を代表する五大公爵家スコル家の長女であるレーリアは、連合軍の合同軍議が終わると、ホヴォス連邦の陣地へと戻り、自らの天幕に入った。

天幕の中には赤いドレスが並べられ、机には幾つもの帽子が積み重なり、箱の上にはさまざまな種類の靴が置かれていた。机の宝石箱からは色とりどりの宝石が取り付けられた指輪にネックレス、髪飾りがはみ出し輝きを放っている。

天幕は比較的大きな物だが、大量の服や靴に占拠され、窮屈に感じるほどだった。

レーリアは服や装飾品の間を通り抜け、自分の寝台に歩み寄る。寝台の上には使い古された、小さな熊のぬいぐるみが鎮座していた。

立ったまま寝台の熊を見下ろした後、レーリアは柳眉（りゅうび）を逆立て拳を掲げた。そして怒りのままに、熊のぬいぐるみを殴りつけた。

ぬいぐるみに詰まった綿に拳が跳ね返されるが、それでも構わずレーリアは殴りつけた。

「もう嫌！　もう嫌よ！　こんなところ！」

レーリアは叫びながら、熊を殴り続けた。

戦場にいることが、レーリアには我慢出来なかった。大きな天幕をもらい、大量の服を持っていても、なんの慰めにもならない。住み慣れた屋敷に帰りたかった。

レーリアは好んで戦場に来たわけではなかった。全ては家の没落が原因だった。

スコル公爵家は、ホヴォス連邦の根幹をなす五大公爵家の一つに数えられている。だが栄華を誇ったのも今や昔。レーリアの父であるスコル公爵が政治的に失脚し、その命運は風前の灯と言われていた。

スコル公爵は家を建て直そうと、あらゆる手を打った。その中の一つが、長女のレーリアを戦場に送るというものだった。

「どうして私が！　こんなところに！　こなきゃいけないのよ！」

叫ぶレーリアの拳に力がこもり、ぬいぐるみの腹がへこむ。

ごく普通の令嬢として生きてきたレーリアに、軍の知識などまるでなかった。それでもスコル公爵が、娘を戦場に送り込んだのには理由がある。

「全部あの女のせいよ。ロメリアさえいなければ！」

レーリアはロメリアの顔を思い出し、全力でぬいぐるみの腹を殴った。

ロメリアは魔王ゼルギスを倒す旅に同行しただけでなく、謀反を起こしたザリア将軍を討ち、救国の聖女と呼ばれている。その逸話はホヴォス連邦でも好意的に語られ、国民は自国にも同様の女性がいないものかと声を上げていた。

スコル公爵はその話を聞きつけ、レーリアを戦場に送り込み、ロメリアと同じことをさせようとしたのだ。

だがレーリアに、戦場で手柄を立てる手立てなどない。唯一の望みはロメリアが戦場で失敗することだった。もしロメリアが大きな失敗をして人々を失望させれば、レーリアが上手く出来なかったとしても、誰も気にしないだろう。

だがその望みも潰えた。

「どうしてあの女は！　成功するのよ！」

レーリアは叫びと共にぬいぐるみを殴る。

ガンガルガ要塞攻略が始まってから、ロメリアは何もせず時間を浪費しているかに見えた。しかし彼女は、ガンガルガ要塞を水攻めにするという戦術を隠していた。軍事に詳しくないレーリアにも、あれが凄いことだということは分かる。

ホヴォス連邦の国民もロメリアの手腕に喝采を送り、そしてレーリアに対しては、お前は何をしていたのかと、失望の目を向けるだろう。

「無茶言わないでよ！　私にどうしろというのよ！」

レーリアはぬいぐるみの足を摑むと、今度は勢いよく振り上げ、寝台に叩きつけた。

寝台の上で熊のぬいぐるみが横たわり、ボタンで出来た瞳でレーリアを見る。レーリアは肩で息をしながら、ぬいぐるみの瞳を見返した。

ぬいぐるみの視線を受けて、レーリアは手を伸ばし、今度は優しい手つきで抱きしめた。

「ごめんね、トント」

ぬいぐるみに付けた名前を呼びながら、レーリアは手にある柔らかな感触に身を委ねた。

子供の頃から一緒にいる友達を抱きしめていると、不意に泣きたくなってきた。

慣れない環境に、レーリアはすでに限界だった。

周りの兵士達と比べれば贅沢な暮らしなのかもしれないが、レーリアはついこの間まで、大きな屋敷に何人もの侍女や使用人に傅かれて生活していたのである。突然戦場に連れてこられ、周りに親しい友人もおらず、心が安らぐはずもなかった。

レーリアはため息をついて周囲を見回す。天幕の中には赤いドレスが幾つも置かれていた。

赤いドレスがレーリアの好みであったが、フルグスク帝国の皇女グーデリアが青を好むため、青いドレスを選び毎朝挨拶に伺っている。しかしグーデリアはレーリアに興味が無いらしく、知り合い以上の関係になれない。ヒューリオン王国の王子ヒュースに媚を売ってみたが、こちらもあまり相手にされていない。レーリアのやることは、どれもうまくいっていなかった。

「姫様」

天幕の布越しに、女性の声がレーリアの名を呼んだ。護衛の女戦士のマイスだ。

マイスの声を聞き、レーリアは背筋に寒気を感じた。

同じ女性の方が、気が休まるだろうという人選だが、レーリアはマイスのことを嫌っていた。いや、恐れていると言ってよかった。

元傭兵の男勝りの女戦士など、深窓の令嬢として暮らしていたレーリアには、あまりにも住む世界が違いすぎた。礼儀も言葉遣いもなっていないし、それにマイスの顔や体には幾つも傷がある。素肌を晒すことにも抵抗がなく、この間など下着姿で外を出歩いていた。

それに聞けばマイスは魔王軍が誇る大将軍と戦い、片腕を斬り落としたと言われている。そんな相手、同じ女だと思えなかった。

「何か？」

レーリアは熊のぬいぐるみを寝台に置き、天幕の布越しに言葉を返す。

「ヘイレント王国のヘレン王女が来たよ」

「ヘレン様が？　お通しして」

マイスの報告に、レーリアは居住まいを正して答え、ヘレンが来るのを待つ。

「お邪魔します、レーリア様」

ヘレンがマイスに案内されて、天幕の中に入ってくる。

「いらっしゃい、ヘレン様。今日はどうされたの？」

レーリアはヘレンを歓迎した。だがレーリアはあまりヘレンのことが好きでなかった。

悪い子ではないし顔も可愛いのだが、なんというか性格が合う相手ではなかった。控えめでおとなしく、本を読んでいるのが大好きといった様子だ。社交界の噂話や流行のドレス、新しい髪型や化粧のことなどちっとも知らない。話していて楽しい相手ではないのだが、この戦場で同世代の女の子は貴重だった。それはヘレンも同じらしく、よくレーリアを訪ねてくる。

「申し訳ありません。実は陣地が騒がしく、ここに逃げて来たのです」

「ああ、ここも同じです。ディモス将軍が張り切っていて」

ヘレンの言葉に、レーリアは頷いた。

魔王軍の援軍に備えて、ディモス将軍が気を吐いているのだ。

「それもこれも、ロメリア様のせいです。あの人のせいで」

「相変わらず、ロメリア様のことがお嫌いですね」

レーリアが忌々しいと顔をしかめると、ヘレンがため息をつく。

ヘレンはいい子だが、一つだけ気に入らないところがある。ロメリアのことを評価しているのだ。本が好きそうだし、おそらくロメリアを題材にした小説を読んでいるのだろう。

「言っておきますがヘレン様。本に書かれているほど、あの人は聖女ではありませんよ?」

「そうですか?」

「そうです！　会って一目で分かりました」

ぼんやりとした返事をするヘレンに、レーリアはきっぱりと言っておく。

「まず、いつも着ている真っ白な服ですが」

「綺麗ですよね、あの服」

「ええ、本当に綺麗ですよ、それは認めます。贅沢に絹を使い、細かく刺繍やレースを施してあります。あれだけの装飾を施せば、一着で馬車一台分はしますよ」

「そうなのですか？」

　レーリアの言葉に、ヘレンが気の抜けた返事をする。

「あの白い衣は一見すると清廉潔白で、清貧の鏡のように見えるかもしれませんが、実際は贅沢の極みですよ。しかも汚れが目立つ白なのに、服が汚れているところは見たことがありません。汚れたらすぐに取り換えているのです。衣装代にどれだけお金をかけていることか」

　レーリアは拳を握り締めた。ロメリアが着ている服一着で、レーリアが持つドレス数着分はするだろう。だがそれだけの価値はある。服に施されている刺繍やレースは本当に綺麗だ。

　レーリアは白が好みではないが、袖を通してみたいとつい思ってしまう。

「あと、あの髪型と化粧！」

「いつもお綺麗にされていますよね」

　レーリアが声を張り上げると、ヘレンがおっとりとした言葉を返す。

「ええ、本当にいつも完璧に整えられています。あのまま舞踏会にでも行けるぐらいに」

　レーリアはロメリアの髪型を思い出した。

綺麗にまとめられた髪は本当に可愛く、毎朝鏡の前で真似をしたくなってしまう。

しかし真似をするなどレーリアの矜持が許さず、いつも唇を噛んで耐えている。

「でもロメリア様は、お化粧はそれほどされていませんよね？」

ヘレンが顎に右人差し指を当てて首をかしげる。

「貴方は何を言っているのです。あれこそ完全に化粧の産物じゃないですか」

レーリアは首を大きく横に振った。

「確かに一見すると化粧をしていないように見えますが、そう見せる化粧術を施しているのです。おしろいや頬紅を使い、ちょっとずつ色調を変えて立体感を出しつつ、素肌のように見せているのですよ！　あれは相当手が込んでいますよ」

ロメリアの化粧に気付かないヘレンに、レーリアはいら立ちの声をぶつける。

「ええ！　そうなのですか？」

ヘレンは驚いているが、見る人に化粧をしていることを気付かせないというのは、大変難しい。一流の画家が画布に絵を描くように、繊細な技法を凝らしてようやく完成する。

「初めて会った時、どんな化粧をしているのか尋ねると『いつも簡単に済ませています』と言っていました。でも絶対に嘘です。相当腕のいい化粧師を、抱えているに決まっています」

レーリアは嫌悪に顔を歪めた。

念入りに髪型や化粧を整え、高価な服に身を包みながら、口では大したことはしていませんとのたまう女が、レーリアは死ぬほど嫌いだった。

「大体、小説や劇で描かれているのと、本人とでは大きく違うではありませんか」

レーリアは話しながら、小説や演劇で描かれている、ロメリアの姿を思い出した。小説や演劇では過剰に美化されており、全く別人と言っていい。

「それは確かにそうですけど、実物のロメリア様も、素敵だと思いますよ。ところでレーリア様も、ロメリア様の小説や劇をご覧になったことがあるのですね」

「そ、それは……あれだけ流行っているのです。話題に遅れるのが嫌で見ただけです」

ヘレンに揚げ足を取られ、レーリアは言い訳をした。

「では、そういうことにしておきます」

ヘレンが笑いながら視線を送る。レーリアは気まずく顔を逸らすしかなかった。

「ところでそのロメリア様ですけれど、こちらに来る時にハメイル王国の陣地を通過して来たのですが、ロメリア様がゼファー様と一緒に歩いているのを見ましたよ」

「へぇ、あの二人が？」

ヘレンが話してくれた情報に、レーリアは声を跳ね上げた。

レーリアの脳裏に、ゼファーの顔が思い出された。いつもおどおどしている冴えない青年だった。一応ハメイル王国の王族らしいが、男として見るべきところはないように見えた。

「もしかして、あの二人デキているのかしら」

「まさか、それはないでしょう」

久しぶりに聞いた色恋話にレーリアが声を弾ませると、ヘレンは首を横に振った。確かにロメリアとゼファーでは釣り合わない。だが二人が付き合ってくれた方が、レーリアにとっては都合がよかった。ロメリアに男を見る目が無いと笑うことが出来るし、そうでなくても人の恋愛話は格好の暇つぶしの種だ。

今頃二人でどんな話をしているのだろう。レーリアはハメイル王国の天幕で行われている話し合いに思いをはせた。

ゼファーは人知れずため息をついた。

ロメリアに内密の話があると言われ、ゼファーの心は天にも昇る気分となった。しかしその話は、ゼファーが思い描いたようなものでは決してなかった。

ゼファーがロメリアと共にいる天幕の中には、逢瀬の甘い雰囲気など欠片もなく、刃のような緊張が張り詰めている。

天幕の中にはゼファーとロメリアだけではなく、彼の父であるゼブル将軍と護衛の騎士ライセル、さらに数人の兵士が待機していた。そしてロメリアの側にも護衛としてグランベルとラグンベルの双子将軍が脇を固めている。

天幕には机と椅子が置かれ、ロメリアとゼブル将軍が座り、ゼファーは将軍の後ろで秘書官のように立つ。

ロメリアの頼みとはゼブル将軍との面会、そして内密の話とは、ゼブル将軍との話であった。

ゼファーは当てが外れたことにもう一度ため息をつくと、ゼブル将軍が聞きとがめ後ろを振り向きこちらを見る。その眼には怒りが込められており、額には血管が浮き出ていた。

ゼブル将軍はロメリアのことを嫌っている。そもそもハメイル王国とライオネル王国は戦争の歴史があり、仲がいいとは決して言えない。

さらに今回の連合軍では、ハメイル王国は大きな被害を出したにもかかわらず成果を上げることが出来なかった。逆に最も被害の少ないライオネル王国は、ロメリアの水攻めにより大手柄を上げる結果となった。

ロメリアはハメイル王国にとってすでに敵ともいえる存在で、ゼブル将軍は顔を見るのも嫌だと言う。当然ロメリアとの面会を持ち出せば、怒り狂うことは分かっていた。だがゼファーにはロメリアの頼みを断ることが出来なかったのだ。

「それで、息子を使って私と面会して、何の御用ですかな」

不機嫌を隠さずゼブル将軍がロメリアを睨む。

ゼファーがこの目にさらされれば、蛇に睨まれた蛙のように動けなくなってしまう。しかしロメリアは、敵意のこもった眼差しに対しても平然としている。

「お忙しい中、時間を作っていただきありがとうございます。では単刀直入に申し上げます。我が国と同盟を結びませんか？」

ロメリアは儀礼的な挨拶(あいさつ)を短く終えると、すぐさま本題を切り出した。

「これは異なことを。我ら連合軍はすでに同盟を組み、連帯しております」

ロメリアの同盟打診の提案を、ゼブル将軍は一笑に伏した。

「そんな緩やかな連帯ではありません。魔王軍との本格的な戦いに備えるため、ハメイル王国とは強固に連携していきたいと考えているのです」

「それはありがたい申し出ですが、お断りさせていただきます。さて、これで用件は済みましたかな？　ゼファー！　ロメリア様がお帰りだ！　お見送りして差し上げろ！」

ゼブル将軍は席を立って提案を断り、ロメリアに帰るように促す。

「私の提案を断っている余裕が、そちらにあるのですか？」

「なんですと？」

ゼブル将軍が睨(にら)み返す。

「昨日までの国家間の序列を並べると、筆頭は連合の盟主であるヒューリオン王国。二位が大国のフルグスク帝国。三位と四位はホヴォス連邦とヘイレント王国が奪い合い、五位がハメイル王国。そして最下位が我がライオネル王国といった着順でした」

ロメリアが冷静に国家間の力関係を説明した。

「しかし今日の軍議で、我が国は一躍三位に駆け上がり、現在の最下位はハメイル王国ですよ？」

ロメリアの言葉に、天幕の中の殺意が濃度を増す。ゼファーは顔を青くした。

「それは、挑発と受け取って構いませんかな？　ロメリア様？」

「そのように取られては困りますね。私は、我が国と手を組み、ホヴォス連邦やヘイレント王国を抜き、四位を目指してみないかと言っているのです」

ロメリアはゼブル将軍に向けて手を差し出した。

ゼブル将軍はロメリアの手を取ることはなかったが、全身から放たれる殺気が収まり、顔は怒りではなく冷徹な将軍のものとなった。

「……何を考えているのです。何が貴方（あなた）の狙いです」

「決まっています、魔王軍を倒すことです」

ゼブル将軍の問いに、ロメリアはまっすぐな瞳で見返す。

「魔王軍を倒すためには、ガンガルガ要塞（ようさい）を攻略しなければいけません。そのためには必ず送られてくる魔王軍の援軍を、撃破しなければいけない。しかし連合軍の現状では、それは難しいのではないかと考えています」

ロメリアが首を横に振る。

「我ら連合軍が、魔王軍に負けるとでも？」

「ヒューリオン王国とフルグスク帝国がいる限りは負けることはないでしょう。しかし両国は本気で戦う気概が見えません。ですが貴方達は違う。ハメイル王国はこれまで最も多くの血を流した。この連合軍の中で、最も信頼出来る国です」

犠牲を出したことを評価するロメリアの言葉に、天幕にいるハメイル王国の兵士達も表情が緩む。ゼファーも褒められて悪い気はしなかった。

「ロメリア様。貴方はなかなかに人たらしですな。確かに、ヒューリオン王国とフルグスク帝国は戦力を温存しているでしょう。しかし血を流していないのはその二カ国だけではありません。貴方の国も同じでは？」

ゼブル将軍はロメリアの口に騙されないと、首を横に振った。

「私には貴方こそ、本気で戦っているように見えない。我らを利用しようとしているのでは？」

「なるほど。確かに、そう取られても仕方ありませんね。しかし利用するつもりはありません。共に戦ってくれるのであれば、十分な見返りをお渡しするつもりです」

「見返り？　何が貰えるのですかな？」

ゼブル将軍が白けた顔でロメリアを見た。満足するほどの見返りなど用意出来るはずがないと、ゼブル将軍は考えているのだ。

「今日の軍議で、我が国は旧ジュネブル王国のリント地方を貰える約束を取り付けました。それは覚えておいでですか？」

ロメリアの言葉に、ゼブル将軍が頷く。

「同盟を締結し、共に戦ってくれるのであれば。リント地方をお譲りしましょう」

「なっ！」

これにはゼファーをはじめ、天幕にいるほとんどの者が驚いていた。驚かなかったのはロメリアと、その背後にいる双子の将軍だけだ。

「なっ、何を。本気ですか！」

ゼブル将軍は色を無くし、ゼファーも信じられなかった。

「もちろんです。ハメイル王国の勇戦に報いるのには、これぐらいの見返りは当然でしょう」

「しかしそのようなこと、アラタ王が認められますか？」

「私が説得しましょう。なんならヒューリオン王国を交えて証文を書いても構いません」

ロメリアは力強く頷く。

「なっ……」

ロメリアが本気であると気付き、ゼブル将軍は言葉もない。

「どうです？　我が国と同盟を結びませんか？」

ロメリアは再度ゼブル将軍に向かって、白い手を差し出す。

ゼブル将軍は一度唸り、そしてロメリアの手を受け取った。

第三章
～竜達の策謀～

魔王軍大陸侵略軍ローバーン鎮守府長官のガニスは、会議の最中、鱗（うろこ）に覆われた頬（ほほ）を僅（わず）かにゆがめ、左手で腹部を押さえた。胃が痛むからだ。

しかし着込んでいる黒い鎧（よろい）に阻まれ、痛む胃をさすることは出来なかった。

魔王ゼルギスが人間共に討たれ、すでに五年が経過しようとしていた。

だがこの五年の間で、魔族の故郷であるゴルディア大陸からの連絡は一度もなく、連絡船である魔導船（まどうせん）を見た者はいない。魔族は人間共の大陸に取り残され、故郷に逃げ帰ることも出来なかった。

魔王軍最大の拠点と言える、ローバーン鎮守府の長官として、ガニスは最高の地位にいると言ってよかった。だがそれは全ての責任が、ガニスにあるということだった。

ガニスは重圧と胃痛にたえながら、会議室の机に広げられた地図を見た。

地図には三方を海に囲まれたディナビア半島を中心に、詳細な地形が描き記されていた。

ディナビア半島の西端には、もはや都市とも言えるほど発展したローバーンの街並みが描かれている。ローバーンから東に進むと、ガニスが築いた『グラナの長城』が半島を横切る形で存在していた。

グラナの長城を越えてさらに東に進むと、険しいライン山脈が幾つも峰を連ねている、それらを越えると荒野が広がり、荒野の中心には綺麗な円形をした巨大な窪地が存在している。かつてそこに星が落ちたという伝説がある、ダイラス荒野と円形丘陵だ。

円形丘陵の南には、レーン川が流れておりスート大橋が架かっている。そしてすり鉢状の地形の中心には、魔王軍が人間共から奪ったガンガルガ要塞が存在していた。そしてこれこそが、現在ガニスの胃痛の原因と言えた。

また胃が痛み、ガニスは低く唸った。

「おや、どうされましたかな？　ガニス長官」

会議に列席する魔族がガニスの唸り声に気付く。財務長官の黒い衣を着たゲラシャだった。

「いや、考え事をしていた」

まさか胃が痛むからとは言えず、ガニスは誤魔化した。

「その考え事とは、ガンガルガ要塞のことですかな？」

ゲラシャが魔族特有の縦に割れた瞳孔を広げてガニスの内心を言い当てたが、そんなことは誰にでも分かることだった。ガニスが視線を地図上のガンガルガ要塞に戻すと、要塞の周辺には白い駒が、包囲する形で置かれていた。

白い駒は人間共の軍隊を意味している。

現在ガンガルガ要塞は、人間共の連合軍により攻撃を受けている。これまではよく防いでいたが、人間共はレーン川の水を引き込むことで、要塞を水攻めにするという手段に出た。

このままでは要塞にいる魔王軍の兵士が、戦うことなく飢えと病で死んでしまう。今すぐにでもローバーンから援軍を派遣すべきだった。

「確かに、これは困りましたなぁ。一体どうするおつもりですか？」

「何を言う。そもそも、もっと早くに援軍を送っておくべきだったのだ。そうすればこのような事態にはならなかったのだぞ」

ゲラシャに対し、ガニスは鋭い言葉を返した。

ガンガルガ要塞が包囲された時、援軍を出すのは軍事上当然の判断だった。堅牢な城壁を誇ろうと、単独で籠城した場合に勝ち目はない。兵糧攻めをされれば、どうしようもないからだ。

しかし、ローバーンでは援軍を送らない決定がなされた。

「お前が、援軍を送るべきではないと主張したのだぞ」

ガニスは眉間の鱗にしわを寄せ、ゲラシャを睨んだ。

ゲラシャこそ、包囲されたガンガルガ要塞に援軍を送るべきではないと主張した魔族だった。

「確かに前回の会議では、まだ援軍を送る必要はないと言いました。しかし前回の会議の時点ではガンガルガ要塞の防御は堅く、人間共を押し返しておりました。それに水攻めをされるなど、誰も予想しなかったではありませんか。敵の作戦を読み違えたのは、参謀部の責任では？」

ゲラシャは自分には非はないとガニスを見た。

ガニスは現在、残存する魔王軍を効率的に運用するため、参謀部の長を兼任している。

「確かに、人間共があのような策を取るとは、読めなかった」

これはガニスも、自分の非を認めるしかなかった。

城や要塞を水攻めにするという戦術は、ガニスも聞いたことがなかった。しかし敵の戦術を予想し、対策を考えるのが参謀部の仕事である。分からなかったでは済まされない。

「だから私は以前に申したのです。ガンガルガ要塞とジュネーバからは撤退すべきだと」

ゲラシャが地図を指差し、ガンガルガ要塞の北に広がるジュネーバを示した。

ガンガルガ要塞の北には、魔王軍が滅ぼしたジュネブル王国と呼ばれる国があり、現在ではジュネーバと名を変え、魔王軍の支配地域となっている。

「グラナの長城は高く、人間共を寄せ付けません。魔王軍全軍で守れば、ローバーンは安泰と言えるのです。わざわざガンガルガ要塞やジュネーバに戦力を割く必要がどこにあります」

ゲラシャは会議室で高らかに訴えた。

「私はここでもう一度申し上げます。ガンガルガ要塞やジュネーバからは撤退し、ローバーンの守備に全力を傾けるべきです。そうすればローバーンは、あと百年は安泰です」

ゲラシャの言葉に、青い衣を着た兵糧庁長官のダルバや、ローバーンの治安維持を担っている赤い衣を着た警備庁長官のズストラ、そして司法長官を示す黄色い衣を着たギランが頷く。

いずれもローバーンにおいて、大きな権限や権力を持つ幹部達だった。現在、ローバーンの会議室は、ガニスを中心とする派閥と、ゲラシャが中心となる派閥に分裂してしまっていた。

「この会議は、ガンガルガ要塞をどう救うかの会議だぞ」

「ですが、もし撤退しておれば、その必要もなかったのでは？」

ガニスに対して、ゲラシャが白い喉を膨らませて笑う。

この男は！　ガニスは怒りが湧き上がった。

現在ガンガルガ要塞は敵の攻撃を受け、兵士達が死に瀕しているのだ。だというのに、ゲラシャはこの窮地を政治闘争に利用していた。

「何度も言ったが、ガンガルガ要塞やジュネーバから手を引くことなど出来ん」

会議で怒ってはいけないと、ガニスは怒りを抑え込み、落ち着いた声で話した。

ガンガルガ要塞はローバーンの外にある重要な拠点であるし、ジュネーバは守りが薄いとはいえ、大事な支配地域だった。その二つを自ら手放すなどあり得なかった。

確かにゲラシャの言う通り、グラナの長城の壁は高く、ローバーンの守りは強固と言える。ここを魔王軍の全兵力で守れば、百年は言い過ぎでも、十年は持ちこたえられるだろう。

しかしガニスとしては、何のための長城なのかと言いたかった。

「グラナの長城は、閉じ籠るために建造したのではないぞ。攻撃に出るためのものだ」

ガニスは自らが陣頭指揮を執って、築き上げた長城の本来の目的を語った。

本拠地の防御を強化する目的は、最小限の戦力で守りを固め、残った戦力を攻勢に割り振るためのものだ。そしてこちらが攻撃に出るからこそ、敵は守備に力を割かねばならず、結果として攻め手を緩めることになる。攻撃のための防御、防御のための攻撃でもあるのだ。

「守ってばかりでは、先はないぞ」

　ガニスは牙の並んだ口を開き断言する。

　亀のように守りを固めれば確かに十年は安泰だろう。しかし一度甲羅に閉じ籠れば、次に首を伸ばした瞬間、すぐに叩き斬られてしまう。

「それに守りを固めれば、主導権を相手に渡すこととなる。敵に主導権を取られた結果、ガンガルガ要塞が水攻めにあっているのだ」

「おや、グラナの長城付近には、川などありませんよ」

「そんなことは分かっておる！」

　ゲラシャの小馬鹿にした態度に、ガニスはたまらず机を叩いた。

　人間共に主導権を渡せば、何をするか分からない。それはガンガルガ要塞で証明されているというのに、なぜそれが理解出来ないのか。

　ガニスは会議室にいる幹部達を見たが、ゲラシャは半笑いの表情を浮かべており、他にも同調して笑おうとしていた者が何体もいた。

　こいつらはダメだな。

　ガニスは会議室に居並ぶ幹部達を見て、まるで頼りにならないと見切りをつけた。

　考え方の問題ではない。事態に対する姿勢が、あまりにも違いすぎた。それは現在の服装にも如実に表れている。

　重要な会議に列席する際、魔王軍では軍装、もしくは役職に応じた礼装を身に着ける決まりがある。ガニスは愛用の黒い鎧を着込み、会議に臨んだ。遠く離れた場所とはいえ、敵が攻めてきているのだ。場合によっては、ガニス自身が軍を率いて出陣するための用意だ。

もちろんローバーン鎮守府長官であるガニスが、自ら兵士を率いるなどあり得ない。だがいつでも出陣する心構えは出来ている。また遠く離れていても、前線で戦う兵士達とは常に一緒に戦っている想いだったからだ。

しかしこの会議において、鎧を着ているのはガニスを含めほんの少数、ほとんどの幹部達は礼装で出席していた。この温度差は致命的だった。ここにいる者の多くが、ガンガルガ要塞での戦いを、対岸の火事のように考えているのだ。

これは、壁を高く築き過ぎたなと、ガニスは自らの失敗に気付いた。

この数年間、ガニスはローバーンの守りを強固にするため、防衛設備の充実に心血を注いできた。その結果グラナの長城は比類なき高さとなり、鉄壁の城壁となった。

しかし強固過ぎる城や要塞は、中にいる者に大きな影響を与える。絶対安全な場所にいるという安心感から、危険を冒す必要はないと考え、攻める気を失ってしまうのだ。

幾多もの戦場をくぐり抜けた魔王軍が、敵地ともいえる場所でこのような心理になるとは、ガニスも予想外だった。だがローバーンの幹部達は、戦場の匂いがしない会議室ですっかり牙を抜かれてしまっている。

あの者がいれば……。

ガニスはある魔族のことを思いながら、視線を会議室の端に向けた。

会議室の末席には、今は撤去されているが、以前は小さな椅子が置かれていた。

その椅子に座っていた魔族は、魔王軍にとって猛毒とも言える存在だった。

ガニス自身その魔族を嫌っており、この会議室から締め出した時は清々したものだった。

だがこの弛緩した会議室には、劇薬が必要だった。

やはり我々にはあの者が必要だ。ガニスは密かな決意を下した。


会議を終えたガニスは、その足で馬車に乗り、ローバーンの外れに向かった。

馬車の窓からは、陰鬱な円形の巨大な建造物が見えてくる。これぞローバーンに住む魔族が、その名を聞くことすら恐れるダリアン監獄の姿だった。

罪を犯した魔族が収容される場所であり、多くの魔族がこの監獄で獄死している。

馬車がダリアン監獄に到着し、ガニスは馬車から降りて監獄を見上げる。まだ日も高いというのに、どこか薄暗く感じられた。

ガニスは看守に案内されてダリアン監獄の中に入り、鉄格子が連なる狭い廊下を歩く。監獄の内部はカビ臭く、糞尿の匂いが充満していた。

看守に先導され、ガニスは一つの牢獄の前にたどり着いた。この牢獄は、かつてはゲルドバという魔族が捕らえられていた場所だった。

ガニスが中を見ると、鉄格子の向こう側には薄汚れた衣を着た一体の魔族が床に座っていた。

それは奇妙な魔族だった、床に座る体は異様に小さく、まるで子供ほどの背丈しかない。その顔には皺一つなく、頭はツルツルとしている。

顔や背格好だけなら、童とも思えるほどの姿だが、その佇まいからは、まるで幾千もの年輪を数える老木のような印象を受けた。

ガニスは看守を下がらせ、囚人と鉄格子を挟んで対峙する。ガニスを見た囚人の顔が歪み、肉が裂けたかのように口が開かれる。

「これはこれは。ローバーン鎮守府長官であらせられる、ガニス様ではありませんか」

囚人は口を大きく広げ、まるで三日月のような笑顔を浮かべる。

気味の悪い笑顔に、ガニスは顔をしかめたが、自分からこの顔を見に来たのだった。

「ああ、久しぶりだな、ギャミよ」

ガニスは囚人の名を呼んだ。

牢獄に囚われるこの男こそ、魔王軍最高にして最悪の頭脳を持つと言われる、元特務参謀ギャミであった。

「しかしガニス様ほどのお方が、このような汚い牢獄に足を運ばれては、大事なお体が汚れます。ローバーンの宮殿なり御殿なりにすぐにお戻りください」

ギャミは床に座しながら、深々と頭を下げる。

床に頭がつきそうなほどの平身低頭だが、その言葉は慇懃無礼の見本と言ってもいいほどの不遜さが感じられた。

「お前をこの牢獄に押し込んだことを、今も恨んでいるのか？」

ガニスはギャミに尋ねた。

ギャミをこのダリアン監獄に捕らえた者こそ、誰を隠そうガニスだった。ギャミにはガニスを恨む筋合いがある。

「いえいえ、私がガニス様をお恨みするなど、とんでもございません」

ギャミは顔を上げ、芝居がかった口調で大袈裟に首を横に振った。

「この愚かなギャミは、二年前に人間共に大敗を喫しました。多くの兵士を死なせ、大金をかけて育成した翼竜部隊千頭を失う大失態。もはや弁解のしようもございません」

芝居がかったギャミの口上は、さらに続く。

確かに、ギャミは二年前に、飼い慣らした翼を持つ竜、翼竜を用いて人間共の食料生産地域を攻撃するという作戦を立てた。しかし人間の反撃に遭い敗北し、多くの損害を出した。

「ガニス様の温情により、処刑を免れて生き長らえました。かくなるうえは、残りの人生を亡くなった兵士達の鎮魂に捧げる所存でございまする」

ギャミは深々と頭を下げ、そして動かなくなった。その頭を見てガニスはため息をついた。

このギャミという男、割とよく頭を下げるのだが、決して自分の不利な時には頭を下げない。二年前もそうだった。ギャミは敗北し、敗戦の責任を追及された。処刑されてもおかしくはなかったが、この時もギャミは一切の助命嘆願をせず、決して頭を下げなかった。

不利な時に頭を下げれば、弱みを握られてしまうと分かっているからだ。

逆にこの男は自分が有利な時には、軽々と頭を下げる。たとえ自分が頭を下げても、最終的には相手の方が頭を下げるしかないと分かっているからだ。

そして今、ギャミは頭を下げていた。

「やめよ。お前の芝居に付き合うつもりはない」

ガニスは頭を下げるギャミを睨んだ。

わざわざガニスがダリアン監獄まで足を運び会いに来たということは、ギャミの頭脳を必要としており、監獄から出すつもりであることは明白だ。

ギャミとしても、こんな監獄からはさっさと出たいはずだ。しかしそう言わず、ここに残ると言う。苛立たしい男だった。他者を苛立たせる天才と言えるだろう。

「全く。どうしてお前はそう性格が悪いのだ。俺はお前の命を救ってやったのだぞ」

ガニスは再度ため息をついて、頭を下げるギャミを見た。

ギャミは魔族の感覚では、醜い顔や体躯をしていた。さらに性格も最悪で、自分以外の相手を阿呆だと思っている。そんなギャミを多くの魔族は嫌っていた、ギャミが敗北した時には、多くの魔族が処刑せよと声高に叫んだものだった。

だがガニスは処刑の声を押し除けて、ダリアン監獄へ収容することで落ち着けたのだ。

「まぁいい、それよりもガンガルガ要塞が一大事だ。水攻めを受けている」

「ええ、そのようでございますね」

ガニスが前線の最新情報を伝えると、ギャミは驚きもせずに頷いた。

ダリアン監獄では差し入れや手紙は禁止され、面会も厳しく制限されているはずだった。だがいかなる方法を用いてか、ギャミは外の情報を得ているのだ。油断ならない男だった。

「このままではガンガルガ要塞は落ちる。そうなればディナビア半島の北、ジュネーバを維持出来ない。ゲラシャなどは要塞を放棄すればいいなどと言っておるが……」

「話になりませんな」

会議の内容をガニスが伝えると、ギャミが一言で切って捨てた。

「ガニス様。ジュネーバに兵士はどれだけおります？」

「少ない。兵は出せないだろう」

ガニスが答えると、ギャミは顔をしかめた。

二年前の計画ではジュネーバにも多く兵を配置し、ガンガルガ要塞が攻撃された時はローバーンからだけではなくジュネーバからも兵を出し、二方向から援軍を送る予定だった。

しかしゲラシャがガンガルガ要塞やジュネーバを放棄し、ローバーンでの籠城を声高に叫んだため、ジュネーバに多くの兵士を配置することが出来なかったのだ。

「ガンガルガ要塞からも兵は出られぬ。となると、ローバーンの戦力だけで人間共の軍隊と戦わねばならん。だが……」

「人間共も、当然その動きは警戒していましょうなぁ」

ガニスの言葉にギャミも頷く。攻撃を予想している相手を、短期間で突破するのは難しい。

「翼竜部隊、航空戦力は現在どれぐらいおりますかな？」

ギャミは自らが作り上げた部隊の状況を尋ねる。

ギャミは千三百頭の翼竜を品種改良して飼い慣らし、航空戦力として新たな部隊を創設した。

しかし二年前の敗戦で多くの翼竜を失い、三百頭にまで数を減らしていた。

「ああ、翼竜はこの二年で数を増やしておいた。現在では五百頭ほどいる」

ガニスは翼竜部隊が継続していることを伝えた。

翼竜部隊は、翼竜の飼育そのものに大金がかかることに加え、騎乗する兵士は風の魔道具が使用出来る、魔法兵でなくてはいけない。

魔道具は高価だし、魔法兵は希少であるため簡単に揃えることは出来ない。しかし翼竜は地形や城壁を飛び越えて移動が可能であるため、非常に有用な兵種と言えた。

「ただ、今は手元には残っていない。人間共の生産施設を襲撃している」

「ふむ、なかなか手堅い一手ですな」

ギャミが一言評し、ガニスは内心安堵した。貴重な航空戦力をそんなことに使うなと、馬鹿にされるかと内心不安だったのだ。

「残っている翼竜は五十頭だ。だからガンガルガ要塞救援に出せるのは、せいぜい五頭から十頭だ。あとまずい報告もある。人間共は山や峠に物見櫓を立てて、翼竜を監視している。弓兵で翼竜を攻撃する方法も考案され始めている。そのせいで何頭か翼竜を失った」

「当然ですな、事前に予想されていたことです」

ガニスの言葉に、ギャミは短く言葉を返して頷いた。

「ローバーンから派遣出来る兵力は十五万ほどだ。どうだ、ギャミ。それで勝てるか？」

「率いる将軍次第ですな。誰ですか」

「ダラス将軍だ」

「凡才ですな」

ガニスが配下の将軍の名前を言うと、ギャミは一言で切って捨てた。ひどい言い草だが、ガニス自身、ダラス将軍に頼りなさを感じている。だからこそ、ここへ来たというのもある。

「本来ならガリオス様に軍を率いてもらいたいのだが、お前も知っていると思うが、ガリオス様は今なぁ……」

ガニスは言葉を濁した。

二年前、ギャミは人間共に敗北し、命からがら逃げ戻ってきた。しかし体格に劣るギャミが一体で敵地を逃げ切ることなど出来ない。ギャミの逃走を支えた者こそ、魔王の実弟ガリオスであった。

魔王軍最強の男は、自身も死にそうなほどの深手を負いながらも生き延び、ギャミと共に敵地を切り抜けて来た。すでに傷は癒え、体力は完全に回復しているとガニスは聞いているが、このところガリオスには奇行が見られ、以前とは様子が変わっていた。

「二年前から、ガリオス様は変わられた。これはお前のせいでもあるぞ」

ガニスはギャミを非難の目で見た。

「ガリオス様を元に戻し、戦場へと連れ出せ。それはお前の仕事だ」

ガニスは看守から預かった鍵で、牢屋の扉を開ける。

ギャミは仕方ないと、ため息をついて立ち上がった。


ダリアン監獄から出たギャミは、空を仰ぎ見て笑みを浮かべた。

牢獄から出たこと、広い空を見られたことが嬉しいのではない。ローバーン鎮守府長官であるガニスが自分に会いに来て、牢獄から出さざるを得なかったことが嬉しかったのだ。

ギャミは自分の姿形が醜いことを自覚している。そして性格が悪く、嫌われていることも認識していた。前者は生まれつきであるため仕方がないにしても、後者は意図的に、わざとやっていることでもあった。

全ては自らの証明のためである。

生まれ落ちた瞬間から、ギャミはこの容姿のせいで、誰からも嫌われていた。親にすら嫌われ、道ゆく者にすら唾を吐かれた。しかし頭脳だけは、他の魔族よりも優れていた。ギャミはこれまで頭脳だけを頼りに生きてきたのだ。

そして今日、ダリアン監獄に囚われていたギャミを、ガニスが訪ねて牢獄から解放した。

ガニスは決してギャミの見た目を好んでいるわけでも、性格が気に入っているわけでもない。ギャミの頭脳が正しいから、必要だから会いに来たのだ。ギャミの頭脳は、この醜い容姿に勝ったのだ。ギャミは自らの能力で、自らの欠点を克服したことに満足した。

充足感に身を浸していると、慌ただしい足音がその余韻を乱した。

「ギャミ様～」

ギャミは気分を害し、顔をしかめて声がした方を見ると、そこには背が高い紫の体色をした女魔族と、背が低く黄色い体色をした女魔族が駆け寄って来るのがみえた。

紫の体色をした魔族がユカリ、黄色い魔族がミモザだ。この二体の女達はギャミが監獄に囚われる前に、側(そば)で使っていた者達だった。

ギャミが牢獄から出るのは二年ぶり、女を見るのも二年ぶりだ。しかし久しぶりに会う女達の顔を見て、ギャミは相変わらず器量が悪いなと微笑(ほほえ)ましく思った。

「ギャミ様！　監獄から出る赦しが出たのですね」

高い背丈を丸めて、ユカリがギャミに声をかけた。

ユカリは男の魔族を超えるほどの背丈を持っている。だが高すぎる身長を隠そうとしているのか、いつも猫背で姿勢が悪い。服の趣味も悪く、野暮ったいローブには子供が好むようなリボンやフリルがついている。大きな背丈には全く似合っていなかった。

顔も目が細く左右に離れており、口も大きく蛇のような印象を受ける。蛇に似ているというのは、魔族の美的感覚では醜いと同義であった。

「我ら一同、この日を心待ちにしておりました」

ユカリの隣にいるミモザが、姿勢を正して頭を下げる。

ミモザはユカリとは逆に、背が低すぎる魔族だった。

ギャミより少し高いが、それでも子供と言っても差し支えない背丈しかなかった。そして魔族の社会では、身長が高い分には問題ないが、低いことは致命的とされている。

ミモザは目鼻立ちがはっきりしており、顔だけなら美形の部類と言えたが、体型が子供と同じでメリハリがない。

黒のジャケットを着ており、大人びた服装を好むが、体型には全く合っておらず、子供が大人の格好をしているようにしか見えなかった。

こちらもユカリ同様、結婚相手に事欠く部類と言えた。

二体の女魔族は女として器量が悪かったが、容姿や体型の良し悪しで言えば、ギャミの右に出る者は数多いるが、左に出る者はまずいない。それにユカリとミモザは、容姿や体型の悪さなど問題にならない特技を持っていた。

「うむ、お前達。この二年世話になったな」

ギャミはユカリとミモザを労った。

ユカリは計算と事務能力に長けており、一体で数体分の書類仕事をこなすことが出来る。また情報分析を得意としており、断片的な情報から、全体を構築する能力を持っていた。

そしてミモザは、潜入の達人だった。

魔族の社会では、背が低い者は正規の職業に就けず、雑用や汚れ仕事などをさせられることが多い。ミモザは自らの矮軀を逆に利用し、雑用係のふりをしてあらゆるところに入り込む。そして会議に聞き耳をたて、重要書類を盗み見る。

二体とも能力に優れ、さらにこの二年ギャミに仕えることを辞めず、知りえた情報を食事のパンの中に忍び込ませて伝えてくれていた。しかも両名は二年の間、ギャミから金銭を受け取っておらず、無料で仕えていてくれたのだ。その働きはギャミであっても無碍には出来なかった。

「もったいないお言葉」

「恐悦至極にございます」

ユカリが高すぎる頭を深々と下げ、ミモザも腰を曲げる。

二体の凸凹した女魔族達が頭を下げるのを見ながら、ギャミは素早く周囲を見回した。そして他に魔族の姿がないことを確認し、内心で安堵の息を漏らす。

「ギャミ様、アザレアお嬢様でしたら、馬車を手配しております。すぐにこられると思います」

ミモザがギャミの視線の動きを見逃さず、聞いてもいないことを答える。

「う、うむ」

ギャミは顔を歪めて頷き待っていると、一台の馬車がダリアン監獄の前に停車した。

馬車からは黒い毛皮の長外套を着た魔族が、短い杖を片手に気品ある足取りで降りてくる。フードを頭から被り、顔には花の装飾が施された銀色の仮面を装着しているため、素顔は見えない。だが豊かな胸と引き締まった腰が、長外套の上からでも見てとれ、その魔族が女性であることは容易に判別出来た。

馬車から降りた女性は、ユカリとミモザの側に立つギャミを見る。すると銀仮面の下で翡翠に輝く瞳を見開き、杖を持ちながら長い手足を動かし駆け寄って来た。

淑女にあるまじき姿だが、息を弾ませやって来た女性は、仮面の上からでも分かるほど、喜びに輝いていた。

「ギャミ様！　お久しぶりです！」

美しい鳥のような声の女性に対し、ギャミは顔を引き攣らせながら頷いた。

「久しぶりですな。アスタロート男爵令嬢。いえ、今はもう爵位を継がれ、アスタロート男爵でしたかな」

ギャミは貴族に対する礼をとった。

「嫌ですわギャミ様。確かにこの二年で、行方不明だった兄が戦地で亡くなったことが確認され、私がアスタロート男爵家を継ぐこととなりました。ですが我が家は没落して久しく、残っているのは屋敷と二体の女中のみ。以前のようにアザレアと呼んでいただいて結構ですよ」

歌うように上機嫌に喋るアザレアは、輝きに満ちた緑の瞳をギャミに注ぐ。

「いえ、アザレア様。さすがに貴族となられた方を、呼び捨てにするわけには……」

ギャミはやんわりと距離を取ろうとしたが、アザレアは仮面の下から、親しみを込めた視線を送る。

アザレアの目をまっすぐ見ることが出来ず、ギャミは視線を逸らした。

傲岸不遜を座右の銘とし、数多の戦士や勇猛な将軍、はるかに身分が上の大貴族や王族に対してでも、一歩も引かぬと心に決めているギャミではあるが、このアザレアだけは苦手としていた。出来れば遠ざけたいと思っているのだが、そういうわけにもいかなかった。

「アザレア様にはこの二年、ご厚意を尽くしていただき、感謝の言葉しかありません。特に、ユカリとミモザの両名には助けられました。この恩には必ず報いるつもりです」

ギャミは深々と頭を下げた。

ユカリとミモザはギャミの部下として働いてもらっていたが、元々はアスタロート男爵家に仕えている女中である。この二年間、ユカリとミモザがギャミを支えてくれていたのは、両名の主であるアザレアの頼みであったからだ。

アザレアに対しては、苦手としていても礼を尽くし、恩を返さなければいけなかった。

「水臭いことをおっしゃらないでください。ギャミ様の行くところ、私はどのような場所でもついて行くつもりです。以前の通り命じてください」

アザレアはギャミに歩み寄り、顔を近づける。

全身から発せられる強い圧に、森羅万象恐れる者なしと自認しているギャミも、思わず顔を背ける。

「ゴホン。アザレアお嬢様。仮面を着けたままでございますよ」

側に控えるユカリが、わざとらしい咳払いをした。

「嫌だ、私ったら。久しぶりにギャミ様とお会いしたのに、仮面を着けたままだったなんて」

アザレアは慌てて銀の面を外そうとする。アザレアが身に着けている銀の仮面は通称『腐病の面』と呼ばれている物だった。

腐病とは魔族が罹患する皮膚病の一種で、命を失うことはないものの、この病に罹れば顔の皮膚が腐れ落ち、醜く爛れる病だった。

女性にとって死よりも恐ろしい病とされており、この病に罹ったが最後、結婚していれば離縁されても文句は言えず、未婚の場合は、今後一生結婚話はないと言われていた。

アザレアが身に着ける仮面は、爛れた顔を隠すために、腐病に侵された女性が被るものだ。

だがアザレアが銀の仮面を外すと、そこには傷など一つもない美しい顔があった。

鮮烈ともいえる真紅の体色は、陽光を反射して光り輝き、喉から顎にかけては雪のように白い肌が見え、赤い鱗をより際立たせていた。そして見る者を吸い寄せる瞳は、深緑の宝石の如き深い色彩を放っている。

かつて魔族の至宝とも謳われた、美姫の姿がそこにあった。

「仮面を着けたままお会いするなど、失礼しました」

アザレアが美貌の上に満面の笑みを浮かべ、ギャミへと向ける。

「い、いや。その仮面は嫌いではありません」

「本当ですか！」

ギャミは暗に仮面を着けろと言ったつもりだが、アザレアは身に着けている装飾品を褒められたと、手にした銀の面をぎゅっと握り締め、恍惚とした表情を浮かべる。

アザレアの上気した顔を見て、ギャミは内心ため息をつき、そしてアザレアが握り締める銀の仮面を見た。

アザレアが何年も前から愛用している、あの銀の仮面こそギャミがアザレアと出会うきっかけであり、全ての間違いの元凶だった。しかし今さら言っても仕方がない。ギャミは思考を切り替え、目の前の問題を片付けることにした。

「アザレア様。先ほどガニス長官より、ガンガルガ要塞救援のための援軍に、参謀として同行せよと命じられました。今すぐ準備を始めたくあります。お手伝いいただけますかな？」

ギャミは参謀の顔となり、アザレアと配下のユカリとミモザを見る。

「もちろんですギャミ様。杖をどうぞ。お車の準備も出来ております」

アザレアが杖を差し出し、馬車へと促す。

ギャミは杖を受け取ると馬車に乗り込み座席に座る。腐病の面を着けたアザレアもギャミの隣に座った。ユカリとミモザは馬車の中ではなく、外の御者席に座る。

「どちらに向かわれます？　参謀部に顔を出されますか？　それともお屋敷に戻られますか？」

「いや、ガリオス閣下の屋敷に回してください。閣下が在宅であればいいのだが」

尋ねるアザレアに、ギャミは首を横に振った。

先触れのない訪問は本来無礼とされるが、ガリオスはそのような些事を気にしない。だが気ままな相手ゆえ、屋敷を空けていることは十分に考えられた。

「ご安心ください。ガリオス閣下は現在ご在宅です。使いをやって確認してあります」

そつなく答えるアザレアに、ギャミは苦笑いをするしかなかった。

実に手回しがいい。ガニスがギャミと面会したと聞き、釈放されることを予想して馬車を手配する。さらにその足でガリオスのもとに向かうであろうと考えて、在宅を確認する。

ギャミのやることを理解しており、正直助かる。だがこの手回しの良さのおかげで、苦手としているアザレアを遠ざけることが出来ずにいた。

隣に座るアザレアを見ると、腐病の面を被った女は仮面の下の口元を緩ませ、笑みを浮かべていることが分かる。ギャミの隣にいることが、この上なく嬉しいらしい。

ギャミは表情を曇らせ前を見ると、御者席とを繋ぐ小窓が見えた。小窓からはユカリとミモザが時折こちらを覗き、幸せそうな主を見て微笑んでいる。

ギャミは居心地が悪くてたまらなかった。自分のことを嫌う者や憎む者などは掃いて捨てるほどいたが、好意を示してくる者は誰もいなかった。正直どう接していいのか分からない。全てを理詰めで考えるギャミにとって、アザレアの好意は計測不能であり、不気味ですらあった。

ギャミはため息をつき、ただ馬車がガリオスの屋敷に到着するのを待った。


魔王の実弟ガリオス。その家柄と実力を疑う者は誰もおらず、魔王と同等の暮らしが当然のように約束されていた。

だがそのガリオスにあてがわれた屋敷は、黒ずんだ石が積み重ねられた、無骨な砦のような建物だった。

実際、元は滅ぼされたローエンデ王国の兵舎である。

もちろんガリオスが望めば、壮麗な屋敷を造らせることも出来た。だが洗練された住まいはガリオスの趣味には合わない。何より魔族随一の巨体と怪力の持ち主であるため、華奢な調度品や家具ではガリオスの力に耐えきれず壊れてしまうからだ。

ガリオスの屋敷の前に馬車を止めたギャミは、アザレア達を待たせ、単独で屋敷に赴く。門番の魔族に取り次ぎを頼み、侍従に奥の部屋に案内される。

ギャミが巨大な扉の前に立つと、扉の向こうからは獣の如き唸り声が低く響いてきた。聞くだけで身も凍りそうな声だが、ギャミは恐れずに扉を開けて中に入った。

部屋に入ると大量の本が目に飛び込んできた。部屋の中は壁という壁に棚が設けられ、何冊もの本が並べられていた。書斎、いや、図書館といってもいいほどの蔵書量だった。

ギャミは本の密林に分け入り、唸り声がする方向に杖と共に足を進める。すると何冊も本が積み上げられ山となった箇所があった。そして本に埋もれる形で、ガリオスが床に寝そべっている。顔には巨大な本が載せられ、隙間からは唸り声が漏れていた。

唸り声の正体は、ただのイビキだった。

「ガリオス閣下。起きてください。閣下」

ギャミは顔に載せられた本をどけてガリオスに声をかけるが、起きる気配はない。

ため息を一つついて、ギャミは杖を振りかぶり、ガリオスの頭に勢いよく振り下ろした。杖が顔に当たるとイビキがぴたりと止まり、ガリオスの竜の如き眼が開かれる。

ガリオスが起き上がり、その双眸がギャミを捉えたかと思うと牙の並んだ口が広げられる。ギャミを丸呑みに出来そうな大顎からは、生臭い息が吐きかけられた。

「ふあぁ～もう朝か？」

「もう昼過ぎでございますよ」

「マジか。朝飯食い損ねた」

ガリオスが大欠伸をしながら、体をぼりぼりと掻く。

「ん？　ギャミか？　久しいな。二年ぶりぐらいか？」

「それぐらいになりましょうか。そういえば二年前のお礼を言えていませんでしたね。閣下、あの時は命を助けていただき、ありがとうございました」

ギャミは普段下げない頭を下げる。

二年前のセメド荒野の戦いで敗北したギャミは、翼竜でガリオスと共に逃走を図ったが、人間の魔法攻撃を受けて翼竜ごと川に墜落した。

濁流に飲み込まれたギャミがこうして生きているのは、自身も重傷を負いながら、ギャミを咥えて川を泳ぎ切ったガリオスのおかげである。

その後、ギャミとガリオスは徒歩でローバーンに戻った。しかしローバーンに帰り着くなりギャミは敗戦の責任を取らされて投獄、以来ガリオスと会う機会は一度としてなかった。

「礼なんていらねぇよ。ってか、そもそもお前に助けてもらわなかったら、俺もあそこで死んでいたから、礼を言うのは俺の方かもな」

ガリオスは笑って答える。

二年前の戦いで、ガリオスは両腕を切断されて体も切り裂かれる深手を負った。その時翼竜(プテラ)でガリオスを助け出したのは、他ならぬギャミである。

「お加減がよろしそうで何よりです」

ギャミがガリオスの体を見て頷(うなず)く。

失われた両腕は再生され、体の傷も見る限りは完治しているようだった。

「それで、最近は読書をされておられるとか」

ギャミは並べられた本棚や、周囲に積まれた本を見た。

ローバーンへと戻ったガリオスは、この二年余り、毎日のように本を読んでいるらしかった。

これは驚くべきことであった。ギャミはガリオスとは長い付き合いであるが、彼が本を読んでいるところはこれまで見たことがなかった。

この奇行は魔族の間で驚きを以て伝えられ、牢獄にいるギャミの耳にも届いていた。

「ああ、まぁな。本ってやつも、読んでみると面白いもんだな」

ガリオスは読みかけの本を手に取ると、頁を開き読書を再開した。

「それで、たった二年でもうこれだけの本を読まれたのですか？」

「ん？　大体はな」

ギャミが床に積み上げられた膨大な量の本を見上げると、ガリオスが興味なさげに答えた。

これまで戦うことしか頭になかったガリオスである。字が読めたのかと驚く者もいたし、人間との戦いに敗れ、頭がおかしくなったのだと言う者もいた。ギャミを牢獄から出したガニスも、ガリオスを以前のガリオスに戻せと言っていた。

しかしギャミにガリオスを変える力などない。書を読む者に出来ることはただ一つ、問うことだけだ。

「それで、閣下。答えは見つかりましたかな？」

「まだだ、見つからん」

「……そうですか」

ギャミにはガリオスが、書に何を求めているのかは分かっていた。だがその答えはガリオスが出すしかない。

「私はガンガルガ要塞に赴くこととなりました。人間の軍隊が攻めてきているのです」

「ん？　そうか。死なねー程度に頑張れ」

戦地に赴くギャミに対して、ガリオスは気のない返事を返す。これまで戦と聞けば喜んで駆け出していた男が、興味を完全に無くしていた。

これ以上の会話は読書の邪魔であると考え、ギャミは一礼して退室した。

ガリオスを無理やり外に連れ出すことは、ギャミにも出来ない。ならばガンガルガ要塞の救援は、ガリオス抜きで行わなければならなかった。

救援の策を練るため、ギャミはそのまま屋敷を辞そうしたが、大きな足音が廊下に響き渡る。目を向ければ数体の魔族がこちらに向かって歩み寄って来ていた。

「ガラルド様。お久しぶりでございます」

ギャミは相手を見て一礼した。

足音を響かせやって来たのは、ガリオスの長男であるガラルドだった。その背後には六体の弟達、ガレオン、ガオン、ガダルダ、ガストン、ガリス、イザークを従えている。

ガリオスの七体の息子達は全員母親が違うが、そのほとんどが父と同じく巨体揃いであった。特に長男のガラルドは、ガリオスに匹敵する体軀を備えている。ただし末っ子のイザークだけは他の兄達と違って背は小さく、まるで従者のように付き従っていた。

「ギャミ！　父上の様子はどうか！」

「お体のお加減はよさそうで、先程目覚められて、読書を再開なされました」

「父上にも困ったものだ。人間との戦いに負けてからというもの、書斎に閉じ籠り腑抜けになった！」

ガラルドは嘆かわしいと首を横に振った。

「だが安心しろ。次の戦にはこのガラルドも出るぞ。ガンガルガ要塞を包囲する人間共を撃破し、腑抜けになった父上の代わりに魔王軍を、いや、魔族全体を率いて見せよう」

ガラルドは自らが魔王になると宣言する。

「狡いですぞ、兄上。手柄を独り占めはさせませんぞ」

「そうです。我々も従軍します。戦場では兄弟は関係なく手柄は早い者勝ちですぞ」

ガラルドの言葉に、次男のガレオンや三男のガオンが威勢のいい言葉を返す。

「ハハッ、いいだろう。ならば戦場で競うとするか」

ガラルドは自信満々に笑う。

これまでガリオスの息子達は、その巨体に相応しい手柄を立てていたが、新たな魔王にと推挙する声はなかった。父であるガリオスの威光が、あまりにも強すぎたからだ。

しかし現在、ガリオスは部屋から出てこず、著しく評判を落としている。今ならばガラルド達が魔王を名乗ることも不可能ではなかった。

「そうだ、ギャミ、お前にいいものを見せてやろう。裏庭へこい！」

ガラルドはギャミの返事を待たずに、屋敷の廊下を歩きだす。

ギャミは今すぐにでもガンガルガ要塞救援の策を練らなければならないのだが、断るより見に行った方が早いと、仕方なくついて行く。

ガラルド達は大男であるため、小さいギャミはどんどん離されていく。ガラルド達はギャミを置いて先へ行くが、末っ子のイザークだけはギャミと歩調を合わせて歩く。

「申し訳ありません。今日監獄から出られたばかりだというのに、連れ回してしまって」

「いえ、構いませんよ」

頭を下げるイザークに、ギャミは首を横に振った。

七男であるイザークは、ガリオスの息子達の中でも身長が低かった。魔族としては平均的なのだが、他の兄弟がガリオスに匹敵する体軀を誇るため、どうしても小さく見える。

また、見た目もよろしくない。他の兄達は目鼻立ちがすっきりとしているが、イザークは鼻が低く潰れ、体もずんぐりとしており余計に矮軀に見えてしまう。性格も控えめで大人しく、外面だけでなく内面もガリオスには似ていなかった。

そのイザークが歩きながら、何度もギャミに視線を送る。

「何か御用でございましょうか？　イザーク様？」

話したいことがあるのだと、気付いたギャミは水を向ける。

「あ、その、私も兄上達と一緒に出陣し、初陣を飾ることとなりました」

「それはおめでとうございます」

イザークの報告に、ギャミは形ばかりの祝辞を述べた。

魔族では初陣は元服の儀と同義とされていて。イザークもこれで立派な男と言える。

「しかしイザーク様。そのことを話したかったのですか？」

ギャミはイザークの関心が、別のところにあることに気付いていた。

「いえ、違います。……ギャミ様。父上は本当にどうされたのでしょうか？　兄上達は父上が負けて塞(ふさ)ぎ込んでいると言っていますが、私にはそう見えません」

イザークの言葉に、ギャミは頷(うなず)く。

七男の考えは、それほど外れてはいなかった。

負けて腑抜(ふぬ)けになったとガラルドが言っていたが、ガリオスはそんな可愛げのある男ではない。そもそもガリオスは無敵無敗という訳ではなく、これまで何度も敗北を経験している。自分を試さずにはいられない男なのだ。

周囲の者がそのことを知らないのは、ガリオスにとっての最後の敗北が、十年以上も前の事だからだ。

「ギャミ様、父上はいつになったら部屋から出てくるのでしょうか？」

イザークが問うが、ギャミはその答えを持ち合わせていなかった。

ギャミにはガリオスが何を考えているのか、見当がついていた。しかしガリオスがいつ、どのような答えを出すのか、それは誰にも分からない。

「イザーク様。ガリオス様は竜の生まれ変わりなのです。竜の悩みは、竜にしか分かりません。いずれ部屋から出てくるでしょう。今は好きにさせておきましょう」

ギャミは小さく首を横に振った。

ガリオスが部屋から出てくる時、恐らく時代が動くだろう。今は待つしかない。

話を終えたギャミは、イザークと共に歩き、屋敷を抜けて裏庭に出る。

裏庭と呼ばれているが、実際は城壁に囲まれた練兵場であり、奥には大きな裏門が見えた。

「ギャミ、イザーク。遅いぞ」

遅れてやって来たギャミと末弟に、ガラルドが怒鳴る。

「そう言ってやるな兄上、チビは足が遅いのだ」

「ギャミはともかく、イザークはいつまでたっても大きくならない。本当に我らの弟なのか？」

四男のガダルダと五男のガストンが嘲笑（ちょうしょう）を浮かべる。兄達の嘲りに、イザークが俯（うつむ）く。

「それで、ガラルド様。見せたいものとは何でしょう？」

ギャミはガリオスの息子達のいざこざには興味が無かったので、ガラルドに尋ねる。

「そろそろ演習から戻ってくる頃合いだ。ほら、来たぞ」

ガラルドが練兵場の裏門を顎（あご）で示すと、兵士達が地響きのような足音を立て、裏門を抜けて裏庭にやって来る。その数は約六千体。しかも全員が、背の高い魔族ばかりで構成されていた。

「どうだ、見事であろう。父ガリオスの巨人兵団に匹敵する軍勢だ」

「これは見事でありますね」

行進を止め、整列する兵士達をガラルドが自慢する。ギャミは機嫌を損なわぬように頷（うなず）いた。

「次の戦では公平を期すために、これらの兵士を六体で千体ずつ率いて戦うことにした」

イザークを頭数に入れていないガラルドが、五体の弟達を見る。ガリオスの息子達は戦意をたぎらせ笑っている。

「そして見よ、まだあるのだぞ！」

ガラルドが裏門を指差す。

兵士の行進は終わったが、まだ地響きの如き足音は続いている。ギャミが目を凝らすと練兵場に十体の兵士が鎖を引きながら入ってくる。鎖の先を見ると、門の向こうから爬虫類（はちゅうるい）の巨大な顔が姿を現す。

岩のようなゴツゴツした肌に、小さな瞳。大きな口には何本も牙が並び、牙の隙間からは赤い舌を覗かせている。

竜。それも小型や中型ではない。家ほどの大きさがある大型竜だった。

突如現れた竜の首には鎖が巻かれ、兵士達が鎖を引っ張り裏庭へと誘導する。

竜が足音を響かせて練兵場の中に入ってくる。大きな頭に太い首、続く巨体を二本の後脚で支えている。長い尻尾が鞭（むち）のようにしなり、咆哮（ほうこう）は遠く離れたギャミの体を震わせる。

「暴君竜（ティラノ）ですか。久しぶりに見ました」

ギャミは感心した声を上げた。

ギャミ達の故郷であるゴルディア大陸では、竜は普通に生息しているが、この人間達の住むアクシス大陸には、小型竜と中型竜しか生息していなかったはずだ。

「わざわざ輸送したのですか？」

「卵を輸送して、こちらで孵（かえ）したのだ。立派に育ったものだ」

　ギャミが呆れて尋ねると、ガラルドは満足げに頷（うなず）く。

　地響きのような足音はまだ続いている。次に三本の角を突き出した三本角竜（トリケラ）が現れたかと思うと、背中に剣のような突起の列を二つも備える剣竜（ステゴ）が裏門をくぐる。その次に巨大な腕と大きな口を持つ怪腕竜（ディノ）が登場し、背中に扇のような鰭（ひれ）を持つ棘竜（スピノ）が続く。そして最後に長い首と同じく長い尻尾、柱のように巨大な四本脚を遠雷のように響かせ、雷竜（ブラキオ）が入ってきた。

　大型竜が六頭も勢揃（せいぞろ）いする光景は、実に壮観だった。

「すごいだろう。しかもあの竜には乗れるのだぞ」

「本当ですか？」

　ガラルドの言葉を、ギャミは信じられなかった。

　竜は基本的に懐かない生き物だ。ギャミは翼竜（プテラ）部隊を作り上げたが、品種改良と調教を行いようやくものにすることが出来たのだ。しかし集められた竜達をよく見ると、その背には鞍（くら）らしきものが取り付けられている。巨大な雷竜（ブラキオ）の背中には鞍だけでなく大きな籠（かご）まで取り付けられ、何体もの兵士が入れるようになっていた。

「父上が調教したのだ。竜も我らにとっては飼い犬も同然よ、乗るところを見せてやろう」

　ガラルドは五人の弟達と共に、勢揃いした竜に向かって歩いて行く。確かに竜は調教されており、近づいても噛（か）みつかない。おそらくガリオスが力で教え込んだのだろう。

　ガラルド達は鎖の手綱を摑（つか）んで、竜の背に飛び乗る。

暴君竜にガラルドが跨がり、次男のガレオンが雷竜によじ登る。三男のガオンが怪腕竜に飛び乗り、四男のガダルダが三本角竜の手綱を握る。五男のガストンが剣竜の鞍に座り、棘竜には六男のガリスが騎乗する。

どうやらそれぞれ乗る竜が決まっているらしい。ただし竜が六頭しかいないため、末っ子のイザークには行き渡らないようだ。

「おい、イザーク。お前の竜も連れてこいよ」

六男のガリスが叫ぶ。どうやらイザークも、ここにはいないが竜を持っているらしい。だがイザークは見せるのが嫌なのか動こうとしない。

「早くしろよ」

五男のガストンに言われ、仕方なくイザークは馬屋の方に歩いていく。どうやら馬屋を竜舎として使っているらしい。しばらくするとイザークが竜を連れて戻ってきた。

「ほほぉ、装甲竜ですか」

イザークの左隣を歩く竜を見て、ギャミは頷いた。

装甲竜はその名の通り全身が硬質の鱗で覆われ、背中には何本も角が突き出ている。さらに長くしなる尾の先には、巨大な鉄槌の如き鱗の塊が付いていた。その特徴から、装甲竜はげんこつ竜とも呼ばれている。

装甲竜の尾の一撃は大木を楽々とへし折る威力だが、中型の竜で馬車ぐらいの大きさしかない。さらに体の作りが平べったいため、余計に小さく見えた。

「相変わらずお前の竜は小さいな。チビのお前にはお似合いだよ」

三男のガオンが笑い、他の兄弟も同調する。

兄達の嘲笑を受け、イザークがうなだれたまま左手で装甲竜の頭を撫でる。装甲竜はよく懐いており、俯くイザークを見て、元気付けるように舌を伸ばして左手を舐めた。

「イザーク様。その竜はご自身で育てられたのですか?」

「はっ、はい。ルドは父上から卵を貰い、大事に育てました」

「それは素晴らしいですね」

イザークは装甲竜を見て答える。ルドという名前らしい。ギャミは興味深く頷いた。

「ガラルド様。大変結構なものを見せていただきました。皆様のお力があれば、ガンガルガ要塞救援は達成出来たも同然と言えましょう」

「うむ、任せろ」

ギャミの言葉に、ガラルドが自信満々に頷く。

「それではイザーク様。また後ほどお会いしましょう。では、私は仕事があるのでこれで失礼させていただきます」

ギャミはイザークに頭を下げ、ガリオスの屋敷を辞する。

屋敷を出たギャミは急ぎ足で、停めていた馬車に乗り込む。

「次は第七練兵所に向かってくれるか？」

　ギャミは車内の小窓から、外の御者に行く先を告げ、アザレアの隣に座る。

「アザレア様。用意していただきたい物があります」

「はい、何なりと」

　ギャミが声をかけると、アザレアは嬉しそうに手帳を取り出す。

「まずは全身鎧と盾を六千、ガラルド様達に送ってください」

「六千揃いですね。ガリオス閣下のご子息とはいえ、大盤振る舞いですね」

「それぐらいしてやらねば、戦場で役に立ちそうにありません」

　アザレアに頼みながら、ギャミは先ほど見たガラルド達の部隊を思い出していた。

　ガリオスが作り上げた巨人兵団に匹敵すると豪語していたが、正直足元にも及ばぬというのがギャミの感想だ。巨人兵団はただ大きいだけではない、ガリオスが選りすぐった最強の兵士達だった。ただ体がでかいだけの兵士とは比べものにならない。

　しかしせっかく作ったのだ、それなりに役に立ってもらわなければ戦争に勝てない。全身鎧と盾で武装し、装甲巨人兵としてやれば、少しは役に立つだろう。

「装備の確保はなんとかしてみせます。しかし代金の方はどうしましょう」

　アザレアは六千もの鎧兜を調達してみせると言った。どうやって揃えるのかは知らないが、彼女が出来ると言って、出来なかったことは一度としてない。だが代金の方は頼んだギャミが用意しなければならない。

「代金はガニス長官に回しておいてくれ」

「了解しました」

ギャミの答えに、アザレアが腐病の面の下で含み笑いをして手帳に記入する。

「あとガリオス様の七男、イザーク様が装甲竜を飼育されていましたが、その時の育成方法と、あと装甲竜の卵があれば手に入れていただきたい」

「育成方法と卵ですね」

アザレアがさらに手帳に書き込む。

ガリオスの息子達には、あまり見るべきものがなかった。大型竜には驚いたがそれだけだ。数を揃えることが出来れば面白いかもしれないが、育成にかかる費用や時間を考えれば、割に合うとは思えない。だがイザークが育てたという、あの装甲竜は面白かった。

ギャミは品種改良の末、翼竜を手懐けることに成功した。しかし簡単な道のりではなかった。竜は魔族にも懐くことはあまりない。そのためギャミは多くの翼竜の卵を孵化させ、その中でも魔族に従順な個体を選び交配させ、さらに従順な個体を選別する方法を繰り返した。

そして数世代をかけて、ようやく調教が可能となったのだ。

だが先ほど見たイザークの装甲竜は、イザークを気遣う素振りを見せて、慰めるように手を舐めていた。驚異的な従順さと言える。

「今度は装甲竜を育てられるのですか？」

「ものになるか分かりませんが、研究はしてみようかと」

アザレアの問いに答えながら、ギャミの頭脳は装甲竜の運用と戦術を思考した。

装甲竜が戦場で役に立つかは分からないが、戦争とは何よりも準備がものをいう。兵士の数を集めることも重要だが、相手が持っていないもの、これまでになかったものを生み出すこともまた重要だ。相手が持っていない道具を使うだけで、その分優位に立てるからだ。

ギャミが思考を巡らせていると、馬車が第七練兵場に到着した。ギャミが馬車から降りると、黒い毛皮の長外套を着たアザレアも続く。

「ギャミ様、私もご一緒してよろしいですか？」

アザレアがやや甘い声を出す。

正直あまりべたべたしてほしくはなかったが、この後の仕事には優秀な秘書官が必要だった。作戦は考えて命令すれば、それで終わりというものではない。武器や食料の調達など、踏まなければならない手順はたくさんある。だがギャミの頭脳は他にも考えなければいけないことが多くあった。ギャミの簡潔な命令を理解し、万事整えてくれる秘書官の存在は必須だった。

「よろしくお願いします」

「ではギャミ様、まいりましょうか」

アザレアは背筋を伸ばし、ギャミを促す。

アザレアを伴い第七練兵場に入ると、広大な敷地の中には幾つもの兵舎や広場があり、兵士達が武器を振るい訓練に明け暮れていた。

この練兵場では、ギャミが考案した部隊の訓練が施されているはずだった。二年前にギャミは牢獄に捕らえられたが、兵士の訓練は今も続けられているはずだ。

目当ての魔族を捜してギャミが練兵場の中を歩くと、広場で訓練中の兵士達が走っていた。体力の限界まで厳しく鍛えられているらしく、兵士達の足取りは危うい。すると一体の兵士が倒れた。教官役の魔族が倒れた兵士に駆け寄る。

「貴様、何をしている！　神聖な練兵場の土で横になるな！　貴様のようなゴミが横たわるのは百年早い！　土が汚れる！　さっさと立ち上がって走らんか！」

教官は倒れた兵士に手を貸すどころか叱咤した。兵士は泣きながら立ち上がり走りだした。

「相変わらず厳しいな、ゾルムよ」

「その声はギャミか」

ギャミが罵倒していた教官に声をかけると、茶色い体色の魔族ゾルムはすぐに振り向いた。老齢ともいえるゾルムの顔には、皺だけでなく多くの傷が刻まれていた。

「生きておったのか、この世界の害悪め。死んでおればそれだけで世の中がよくなるものを！」

「ゾルムこそ、相も変わらず口が悪い。歳を取ったのだから、少しは丸くなれ」

憎まれ口を叩くゾルムに、ギャミも負けずに言い返す。

ゾルムとギャミは古い仲であり、共にゼルギスに仕え、魔王軍の礎（いしずえ）を築いた間柄だ。ゾルムは度重なる負傷により一線を退いたが、現在は教官として兵士の育成に当たっている。

「それでゾルムよ、頼んでおいた兵士の育成はどうなっている」

「訓練は順調だ。あそこを見ろ、一番端の部隊だ」

ゾルムは広場を指差す。そこには一万体を超える魔王軍の兵士が隊列を組んでいた。槍（やり）を構える歩兵が前進し、騎兵が砂塵（さじん）を舞い上げ、弓兵が矢を放つ。広場では実戦さながらの形で演習が行われていた。

ギャミが視線を一番端に向けると、そこには歩兵部隊千体と弓兵部隊二千体がいた。

三千体の歩兵と弓兵は、動きが機敏で訓練が行き届いていることが見て取れた。その練度は正規兵と見比べても遜色はない。しかし一点だけ、正規兵と大きく違う点があった。どの兵士も身長が小さいのだ。他の兵士と見比べても確実に頭一つ分以上は小さく、兵士の適性検査で落とされる者達ばかりだった。だがこれぞギャミが考案した部隊だった。

「お前が提案したとおりに、兵士の適性検査に身長で落ちた者を集めて、訓練を施した。周りからは小鬼兵などと呼ばれているが、いちいちもっともなので、そう呼んでいる」

ゾルムは自虐的に笑うが、背の低い者に訓練を施し、兵士とするのは重要な仕事だった。

現在魔王軍は、圧倒的な兵員不足に悩まされている。軍団を率いて人類諸国家を侵略していた大将軍が敗北したため、大幅に戦力が低下しているのだ。

もちろん魔王軍は可能な限り若者を動員して鍛え上げているが、絶対数が足りていない。そのためギャミが打ち出したのが、適性検査で落ちた者を兵士として訓練することだった。

「ゾルムよ、戦力としてはどうだ、使えそうか？」

「小さいからな、一対一で俺に勝てる者はおらんよ。だが使える。背は低いがそれ以上に士気が高い。どうやら連中、戦場に立てることがうれしいらしい」

「ああ、初陣に出られることを喜んでいるのか」

ギャミはなるほどと頷いた。

魔族の男は、まず戦場でその力を示さなければならない。初陣は男を示す元服の儀式でもあるのだ。そのため適性検査で兵士になれなかった者達は、半端者と蔑まれる傾向にある。ギャミも若い頃はよく馬鹿にされた。

身長が理由で戦場に立てなかった者達にとって、小鬼兵は自分を証明出来る場なのだ。

「小鬼兵を指揮するのは誰だ？　これは小鬼兵ではないのだろう？　うまくやれているか？」

ギャミは、小鬼兵を指揮している者に目を凝らした。

小鬼兵は作られたばかりであるため、戦歴のある指揮官はいない。必然普通の兵士から指揮官を募ることになるが、小鬼兵をチビだと馬鹿にしている者では困る。

「指揮官はゲドル三千竜将だ。初めは嫌がっていたが、今は自慢の部隊だと喜んでいる」

ゾルムが小鬼兵を指揮する指揮官を指差す。背の高い緑の体色を持つ魔族だった。

三千竜将とは、三千体の兵士を指揮出来る指揮官だ。ゾルムが任せているのなら安心出来る。

「しかし三千体だけか？　四千体はいると思ったのだが？」

ギャミは小鬼兵の仕上がりには満足していたが、数には満足していなかった。

「訓練が終わった小鬼兵はまだいるが、そのうち千体は別の部隊を組織することにした。あれを見ろ」

演習をする兵士達の方向をゾルムが指差すと、その先には騎兵部隊に交じって、馬ではないものに跨（また）がる部隊があった。

二本の大きな後脚で体を支えるその生き物は、茶色い鱗（うろこ）で全身を覆われており、後脚に大きな爪と、口には鋭い牙を持つ頭。獣脚竜（ラプトル）と呼ばれる中型の竜だ。その背には武装した魔族の兵士が乗っていた。

「ギャミよ、あれはお前が品種改良を施していた獣脚竜（ラプトル）だ。竜騎兵と呼ばれている。訓練も順調だ、千体なら実戦に出せる」

翼竜（プテラ）での品種改良と調教がうまくいったので、ギャミは同じことを獣脚竜（ラプトル）に施し、馬の代わりに出来ないかと考えていたのだ。この二年で数が増えたらしい。

「竜騎兵はいいが、乗っているのは小鬼兵か？」

ギャミが目を凝らしてみると、獣脚竜（ラプトル）の背に乗る兵士は普通の兵士より小さかった。

「初めは普通の兵士を乗せていたが、こちらの方がいいのだ。まぁ見ていろ」

ゾルムが自信満々に頷(うなず)くので、ギャミは獣脚竜(ラプトル)に注目し続けると、二足歩行の竜が走り出した。獣脚竜(ラプトル)は大きく長い足を力強く動かし、ぐんぐん加速していく。その先には木材で組まれた障害物が置かれていた。その高さは家の屋根ほどもある。かなり高いが獣脚竜(ラプトル)は一気に接近すると、大地を蹴(け)り跳躍した。宙を跳ぶ獣脚竜(ラプトル)は、障害物を楽々跳び越えて地面に着地、そのまま何事もなかったかのように走り抜ける。

「見ての通り獣脚竜(ラプトル)は俊敏で機動性が高い。身の軽い小鬼兵の方が持ち味を生かせると気付いた。ただ、馬と比べて航続距離や運搬能力は低い。そのあたりは一長一短だな」

ゾルムの言葉にギャミは頷きながら見ていると、竜騎兵は次々と障害物を跳び越えていく。その中に赤い体色の獣脚竜(ラプトル)に跨(また)がる竜騎兵がいた。他の獣脚竜(ラプトル)と比べて格段に速く、跳躍力も他より優れている。獣脚竜(ラプトル)の大きさは他と変わらないので、乗り手の違いだろう。

「あの赤いのに乗っているのはレギス千竜将(せんりゅうしょう)という奴だ。小鬼兵ではないが腕がいい。獣脚竜(ラプトル)の能力をよく引き出している。指揮能力もあるから竜騎兵を任せている」

ゾルムが赤い体色の魔族レギスを指差す。

「だが竜騎兵を連れて行くなら餌が大変だぞ。獣脚竜(ラプトル)は肉しか食わんからな」

ゾルムは竜騎兵の欠点を口にした。

獣脚竜(ラプトル)は肉食のため、餌が飼い葉やそのあたりの草で済む馬と違い、餌代が嵩(かさ)んでしまう。

「アザレア様。獣脚竜(ラプトル)用の餌の手配を頼みます」

「了解しました、ギャミ様」

ギャミが頼むと、アザレアがまた手帳に書き込んでいく。

小鬼兵と竜騎兵。二つの部隊を眺めながら、ギャミは大きく頷いた。


第七練兵場で小鬼兵と竜騎兵の仕上がりに満足したギャミは、次にローバーンの中心部からやや西にある、自身の屋敷へと向かった。

屋敷と言っても普通の民家でなく、元は木材の加工を行う工房だった。大きな作業場の隣に、小さな民家がへばりつくように建てられている。

屋敷の前に馬車を停めたギャミは、アザレア達と別れて久しぶりに帰宅した。

小さな民家の扉を開けて中に入ると、机や椅子が置かれ、並んだ棚には本がつまっていた。我が家に戻るのは二年ぶりだが、部屋は埃一つなかった。おそらくアザレア達が定期的に来て、清掃してくれていたのだろう。

ギャミは清掃の行き届いた部屋を抜けて、隣の作業場に向かう。作業場の扉を開けると、そこは大量の木箱が積み上げられ、様々な道具や工具が散乱していた。

ここはギャミが研究し、製作している様々な道具や兵器が置いてある場所だ。こちらは清掃されておらず、ギャミが一歩踏み入れると埃が舞い上がった。どこに何が置いてあるか分からなくなるので、この部屋だけは片づけないようにと言いつけていたからだ。

ギャミは荷物の中に飛び込み、埃まみれになりながら木箱を開けていく。

「確かこの辺りに……あった！」

ギャミが荷物の中から探し出したものは、一枚の設計図だった。紙には円筒形の大きな筒の下に、船がぶら下がった絵が描かれている。

これはギャミが考案した兵器だ。まだ実戦で試したことはないが、実験は何度か繰り返している。この兵器を用いれば、堤防となっている円形丘陵を吹き飛ばせるだろう。

だが仮にこの作戦がうまくいったとしても、戦争そのものに勝てるかどうかは分からない。

すでにギャミは脳内で、何度か仮想戦を繰り広げている。だが結果はあまり芳しくなかった。状況があまりにも厳しすぎる。

まずガンガルガ要塞が水攻めを受け、身動きが取れないのが痛い。さらに北のジュネーバに援軍を出す兵力がないことも問題だった。

もし水攻めがなく、ジュネーバからも援軍を出せるのであれば、ローバーン、ジュネーバ、ガンガルガ要塞の三方向からの攻撃が可能となる。そうなれば敵は一点に戦力を集中出来ず、西から攻撃する援軍はだいぶ楽が出来たはずだった。しかしジュネーバとガンガルガ要塞が動けないため、ギャミが率いる援軍は正面から人間の連合軍と戦わねばならない。

「問題はヒューリオンの太陽とその団長。フルグスクの月光と皇女。そしてライオネルの鈴蘭か……」

ギャミは難敵を指折り数えた。

連合軍だけあって敵は手駒を揃えている。総数四十五万の大兵力だ。特にヒューリオン王国が率いる太陽騎士団と、その団長のギルデバラン。フルグスク帝国の月光騎士団と卓越した魔法の使い手とされる皇女グーデリアは侮れない戦力を保持している。そしてライオネル王国の聖女ロメリアは、二年前のセメド荒野の戦いでギャミに土をつけた相手である。

一方ギャミの手駒は、十五万体の兵士に大型竜が六頭、装甲巨人兵が六千体。小鬼兵が三千体に竜騎兵が千体。五頭の翼竜。あとは実戦で試してもいない、目の前の兵器だけだ。

「駒が一枚足りぬか……」

ギャミはつぶやき頬を掻いた。

何度考えても手駒の数が足りなかった。ガリオスを使えるといいのだが、動かない竜を動かすことは出来ない。

あと使える手は、刺客を送り込むぐらいしか思いつかない。だがこちらは確実性に欠ける。

「それでもやるしかないか……」

ギャミはつぶやき、勝つための策を練った。

第四章
～魔王軍の援軍がやって来た～

鈴蘭の旗の下、私は円形丘陵の上から、今や湖上の城となったガンガルガ要塞に目を向けた。

水面に浮かぶその姿は、一見すると絵画のような光景であったが、見た目ほどいいものではなく、私は鼻腔に腐敗臭を嗅ぎ取りハンカチで鼻を覆った。

「ロメリア様。さすがに臭ってきましたな。昨日は投げ込まれた死体が、百を超えたそうです」

護衛の兵士を連れた、ハメイル王国のゼブル将軍が話しかける。

ガンガルガ要塞の周囲に目を凝らせば、水面には魔族の死体が、何体も浮いていた。

水攻めを開始してすでに二十日が経過していた。要塞の内部では疫病が発生したらしく、病死した者を壁の上から外へ投げ捨てる光景が見られるようになっていた。

天から私に与えられた、味方に幸運を敵には不調をもたらす奇跡の力『恩寵』の効果か、このところガンガルガ要塞では死者の数が急増しており、歯止めが利かなくなっているようだ。

「そろそろ、魔王軍に降伏を勧告すべきかもしれませんね」

「降伏勧告ですか。魔族が我らの話を聞きますかな？」

ゼブル将軍は、魔族との交渉に懐疑的だった。

これまで人類と魔族の間で、正式に停戦や降伏、捕虜の交換などの条約を結んだ記録はない。

人類は魔族のことを二足歩行する蜥蜴だとして、話し合いの相手と思っていない。その一方で魔王軍も侵略軍であるため、降伏しても殺されるだけだと考え、交渉や降伏を行わないのだ。

「魔王軍に話を聞いてもらわねば困ります。全滅するまで抵抗されては、こちらの被害が馬鹿になりません。降伏しても生き延びられる。魔族にそのことを教えてやれば、降伏する者や部隊から逃亡して投降する魔族も出てくるでしょう。そうなれば戦いやすい」

「いやはや貴方は、慈悲深いかと思えば合理的で狡猾だ」

私が降伏勧告の効果を示すと、ゼブル将軍が吹き出す。

笑われたのは心外だが、ゼブル将軍はこれで少しは乗り気になってくれたようだ。ならば降伏勧告の草案を詰めるべく、私達は天幕に向かった。丘を下ると、陣地にある広場では兵士達が武器を振るい訓練を行っていた。ただしそこにはライオネル王国の兵士だけでなく、ハメイル王国の兵士も交じっていた。両国の同盟を強化するため、合同訓練を行うことにしたからだ。

訓練を行う兵士の中には、隣にいるゼブル将軍の息子であるゼファーの姿もあった。

ゼファーは木剣を手に、ロメ隊のジニを相手に模擬戦をしている。ゼブル将軍がいい経験になると、毎日訓練に参加するようゼファーに言い付けたためだ。それはいいのだが、そこには別の問題が付随してきていた。

「ゼファー！　がんばれ！」

ゼファーに声援を送るのは、ヒューリオン王国のヒュース王子だった。その隣にはフルグスク帝国のグーデリア皇女が佇み、さらにホヴォス連邦のレーリア公女とヘイレント王国のヘレン王女の姿もある。連合国の王族達が、なぜか私の陣地に勢揃いしていた。

原因はヒュース王子が歳の近いゼファーに会いに来て、そのヒュース王子に付きまとうようにしてグーデリア皇女が、そしてクーデリア皇女に付いて、レーリア公女とヘレン王女が一緒に来るのだ。

面倒ではあるが、連合国の王族を無碍には出来ず、歓迎するしかなかった。

ゼファーとジニの模擬戦に目を向けると、ゼファーが木剣を振るい、果敢に攻撃している。その動きは気弱な外見に反して鋭く、息もつかせぬ連続攻撃を繰り出している。

一方ロメ隊のジニも負けてはいない。ゼファーの連続攻撃を最小限の動きで避けていく。

「ふむ。ジニ殿の動きは素晴らしいですな。見切りがいい」

「ゼファー様も、なかなかではありませんか」

ゼブル将軍はジニを称賛するが、私はゼファーの動きのよさを褒めた。ロメ隊のジニには劣るが、並の兵士以上に動けている。

「いえ、あいつはだめです」

ゼブル将軍が首を横に振ると、模擬戦をする息子に鋭い声をかけた。

「ゼファー！」

父の声を聞いた途端、それまで軽やかに動いていたゼファーの剣さばきが急にぎこちなくなった。ジニの攻撃が防げなくなり、ついにはジニに木剣を払い落とされてしまう。

「まったく、あいつは……」

敗北したゼファーを見て、ゼブル将軍は唸った。

「少し厳しいのでは？　もう少し時間をかけてあげれば、伸びると思いますよ」

親子の問題に口出しすべきではないが、少しゼファーが可哀想だった。

「太平の世であればそれも構いません。ですが今は乱世です。待っている時間はありません」

ゼブル将軍の表情は厳しい。いや、人類の置かれている状況が厳しいのだろう。

「さて、ロメリア様。降伏勧告の草案をまとめましょう」

「いいえ、ゼブル将軍。残念ですが、その予定は延期になりました」

気を取り直したゼブル将軍が、話し合いを進めようとするが、私は首を横に振り西の空を見た。西の空には、三本の狼煙が真っ直ぐ空に伸びていた。

西には魔王軍の一大拠点であるローバーンが存在している。魔王軍の援軍に備えるため、見張りの兵士が配置してあった。あの狼煙は魔王軍の接近を知らせるものだ。

「どうやら、敵が来たようです」

私の体は戦慄に震えた。ここでの戦いも、ようやく本番を迎えるのだ。

円形丘陵の上に築かれたヘイレント王国の本陣では、王女であるヘレンが緑のドレスを着て椅子に座り、所在なさげに視線をあちこちに送っていた。

周囲ではガンブ将軍が怒声を上げて命令を下し、兵士達が忙しく行きかっている。誰もが殺気立っており、温室育ちのヘレンは物々しい空気に、身がすくんでしまう。

だが真に恐れるべきは、周囲にいる兵士達ではなかった。

ヘレンが西方を覆う森に目を向けると、森の中からは続々と黒い鎧を着た魔族が現れ、素早く陣形を組み上げていく。ガンガルガ要塞を救援するためにやって来た、魔王軍の兵士達だ。

彼らこそまさしく本当の敵、ヘレン達を殺すために派遣された魔王軍の軍勢だ。ヘレンは今さらながらに自分が戦場にいることに気付き、体が震えるのを止めることが出来なかった。

「ヘレン様。安心してください」

側に控える護衛の騎士ベインズが、黒髪の下に優しげな笑みを見せる。

ベインズはヘレンの乳母の子供であり、同じ乳を飲んで育った間柄だ。ヘレンには二人の兄と一人の姉がいるが、実の兄姉より親しみを感じており、兄のように慕っている。

「貴方は私が守ります」

「ありがとう……ベインズ」

乳母兄の言葉にヘレンは安堵する。

「とは言っても、本当はロメリア二十騎士、グランベルとラグンベルあたりに守ってほしいというのが貴方の本音ですかな?」

「もう、やめてよ」

ベインズが笑い、ヘレンは顔を赤く染めて怒った。

ヘレンの趣味は読書であり、恋愛小説を好む。最近はライオネル王国からもたらされる、ロメリアを題材にした恋愛小説が好みで、発売された本は全巻所有している。

今回の遠征では、ヘレンが同道することが半ば勝手に決められてしまったが、ロメリアが来ると知り、ヘレンは内心喜んでいた。

実物のロメリアは小説とは少し違っていたが、ロメリア二十騎士は物語の通りロメリアに絶対の忠誠を誓っており、その姿を見ることが出来て満足だった。ヘレン一推しのレイヴァンに会えなかったことは残念だったが、グランベルとラグンベルの双子は、物語の挿絵に描かれる以上に美男子で、しかも小説の通りいつも一緒にいる。その姿は実に尊い。

「お二人に声をかければよろしかったのに」

「そんなこと、出来る訳ないでしょう」

「ああ確かに。女性から声をかけるのは、淑女の嗜みに反しますね」

「何を言っているの、違います。ああいうのは、遠くから見ているのがいいのですよ」

ヘレンは乳母兄に対して、分かっていませんねと顔をしかめた。

ベインズの言ったことは無粋の極みだったが、話しているとヘレンの心がほぐれた。そして呼吸を整え、背筋を伸ばす。

ヘレンがここにいる目的は、ロメリアのように兵士達を鼓舞するためだ。自分にロメリアと同じことが出来るとは思えないが、怯えた顔を見せて、士気を下げることはしたくなかった。

戦場を見ると兵士達が整列し、陣形が整う。戦いを控える兵士達に、ガンブ将軍が激励の声をかける。勇ましい声に兵士達は鼓舞されたらしく、あちこちで声が上がる。

兵士達の士気が高まったのを見て、ガンブ将軍は頷き、振り返ってヘレンを見る。

「王女様。お言葉をいただけますか？」

ガンブが恭しく礼を取る。ヘレンは軽く頷き、立ち上がって前へと進み出た。

丘の上に立つヘレンに、兵士達の視線が集中する。幾万もの瞳に見つめられ、ヘレンは喉が干上がるほどの緊張に包まれた。

ただ人々に見つめられるということが、これほどの重圧とは夢にも思わなかった。しかしここで無様な姿を見せることは出来ない。嘘でも胸を張り、声を出さなければいけなかった。

ヘレンは唾を呑み、喉を濡らす。一言、ただ一言だけ絞り出せればそれでよかった。

「勝利を！」

注目する軍勢の前で、ヘレンは右手を掲げ、勝利を求めた。

ヘレンの短い言葉に、兵士達が沸き立ち大歓声が上がる。

大喝采を受けてヘレンは倒れそうになったが、ここで倒れてはなるまいと足に力を入れる。

「頑張りましたね」

「ロメリア様の真似をしただけです」

褒めてくれるベインズに、ヘレンは真実を話した。

先程の言葉は、小説にあった一幕の再現だ。実際にロメリアが同じことを言ったのかは分からないが、求められていることは同じだと考え、後は役者にでもなったつもりでやっただけだ。

「それでもお見事でしたよ、ヘレン王女。立派でしたぞ」

話を聞いていたガンブ将軍が、長い髭を頷かせる。

この老将軍がヘレンを孫のように可愛がりつつも、王族としては何一つ期待していないことに、ヘレンは気付いていた。しかし先程のことで、どうやら見直してくれたらしい。

「そうでしょうか？」

ヘレンは首を傾げた。自分では頑張ったとは思っている。だが褒められるほどのことをしたとは思えない。

「兵士が戦う理由はさまざまです。国のため、名誉のため、金のために戦う者もおります。重要なのはその理由に対して、命を懸ける価値があると、信じ込めるかどうかです。少なくとも、兵士達の何人かは、今日ここで命を懸ける意味を見出だしたようですよ」

ガンブ将軍が、気炎を揚げる兵士達を見る。

ヘレンは役目を果たせたことをうれしく思うが、一方でそんな重いものを背負うことになるとは予想しておらず、顔を強張らせた。

ヘレンは改めて魔王軍を見る。どれほどいるのかも分からないが、今から戦争が始まるのだ。

「十五万といったところですね」

ベインズが魔王軍の数を教えてくれる。連合軍の兵士の数よりも少ないことに安心したが、魔王軍の兵士の力量は、人間の兵士の倍に相当すると聞いている。魔王軍の数を倍にしてもまだ連合軍の方が数は多いが、絶対安心とは言い切れない。

「不安ですかな？　ヘレン王女」

「いえ、そんなことは……」

ガンブ将軍がヘレンの心を見抜く。だが戦いを控える将軍を前に、不安とは言えない。

「ご安心ください。この戦いは我らにとっては有利です。まず後ろのガンガルガ要塞(ようさい)」

ガンブ将軍は、背後にそびえるガンガルガ要塞を指差した。

「ロメリア様のおかげで、ガンガルガ要塞から敵が打って出てくる可能性は無くなりました。挟み撃ちに合う心配はありません。さらに魔王軍が西からやって来ることは分かっておりましたので、円形丘陵の西側には、防御のための陣地構成が既になされてあります」

ガンブ将軍が陣形を組む兵士達の前を指差すと、確かに柵や土塁が積み上げられている。

「守りを固めれば、余程のことがない限り、簡単に突破されることはありません」

ガンブ将軍は自信満々に頷(うなず)く。

「そして今回の陣形では、ハメイル王国が最左翼に位置し、その次がライオネル王国、そしてホヴォス連邦と我がヘイレント王国が中央を、最後にフルグスク帝国とヒューリオン王国の軍が右翼を担当しております。左翼がどうなるかは分かりませんが、右翼は必ず勝利します」

ガンブ将軍につられて右翼を見ると、大陸最強騎士団と名高いヒューリオン王国の太陽騎士団とフルグスク帝国の月光騎士団が見えた。

「我々は地の利を生かし、敵の攻撃を引きつけて、耐えればいいのです。あとはヒューリオン王国とフルグスク帝国が敵を突破し、勝利するという算段です」

ガンブ将軍の説明に、ヘレンはなるほどと頷く。

前を見れば魔王軍も、向かって右、彼らにしてみれば左翼に戦力を多く配置していた。魔王軍も右翼を警戒しており、敵味方の考えが一致していることが分かる。

ヘレンはガンブ将軍の説明に安心しかけたが、その安らぎを打ち砕くように、遠雷の如き音と衝撃が響きわたり、西を覆う森からは鳥達が飛び立ち、木々がへし折れる音が聞こえてくる。

「なっ、なんです？　これは？」

地面から伝わるこれまで聞いたことがない音と衝撃に、ヘレンは血の気が引く思いだった。

それは足音のように一定の間隔を持ち、こちらに近付いて来ていた。

何かが来る。

ヘレンが拳を握り締めていると、足音が森の手前にまで迫る。

誰もが息を呑み、森を凝視する。すると木々の間から、巨大な爬虫類の顔が姿を現した。

大きな頭は岩の様な鱗で覆われ、ヘレンを丸呑みに出来そうな巨大な口には、何本もの牙が並んでいた。初めて目にする悪夢の如き恐ろしい姿だが、ヘレンはそれが何なのか知っていた。

「竜！」

ヘレンは驚き、これまで気炎を揚げていた兵士達も、彫像の様に固まり声をなくす。

それは間違いなく、竜と呼ばれる生き物だった。しかしヘレンの知る竜は、馬ほどの大きさしかない。だが森から首を出した竜は、家屋の屋根にも届くほどの大きさだ。

竜が足音を響かせて前に進む。長く太い首に大きな胴体が続く。前脚は異様に小さいが、逆に後脚は太く、その巨体を二本の脚で支えていた。

「あの姿、暴君竜（ティラノ）なの！」

ヘレンは震える声で竜の名を叫んだ。

大昔から伝わる神話では、ヘレン達が住むこの大地にも、多くの竜が棲（す）んでいたとされる。

しかし傲慢な竜に神が怒り、星を降らせて竜を絶滅させたと記されている。

これまでその神話のことを、おとぎ話の類いだとヘレンは思っていたが、目の前の竜は、神話に描かれている暴君竜（ティラノ）と呼ばれる竜の姿そのものだった。

巨大な暴君竜（ティラノ）が、全身を震わせ咆哮（ほうこう）を上げる。千人の絶叫よりもなお大きな声に、ヘレンは身をすくませ声も出なかった。

戦慄（せんりつ）するヘレンの耳に、足音はさらに続く。

梢（こずえ）をへし折り、三本の角を掲げる三本角竜（トリケラ）が現れたかと思うと、背中に剣を生やしたような剣竜（ステゴ）が森から飛び出てくる。その隣からは、長く巨大な腕を振り回す怪腕竜（ディノ）が草木を薙（な）ぎ払って登場し、森の別の場所からは背中に帆のような背鰭（せびれ）を持つ棘竜（スピノ）が突進して来る。そして極め付けに、木々の天井を突き破り、巨大な竜の首が森の上に現れた。長すぎる首と尻尾、船のように巨大な胴体を持つその竜は、太い足で大地を踏みしめ、雷のような足音を響かせる。

「雷竜（ブラキオ）か！　おのれ魔族め、魔大陸から、竜を運びおったな」

神話に描かれたままの竜を見て、ガンブ将軍が忌々（いまいま）しげに顔を歪（ゆが）めた。

魔族の国は、海を渡った別の大陸にあると言われている。彼らの国では今なお竜が生き残り、蠢（うごめ）いているのだ。

森から這（は）い出てくる六頭の竜達。その首には鎖が巻かれ、背中には魔族が騎乗していた。暴君竜（ティラノ）の背には巨体を誇る魔族が乗り、弓を小脇に抱え、鞍（くら）に大きな棍棒（こんぼう）を括（くく）り付けている。三本角竜（トリケラ）の背には白、緑、黄色と三色に輝く杖を持つ魔族が跨（また）がっている。棘竜（スピノ）の背では、槍（やり）を持つ魔族が雄叫（おたけ）びを上げていた。怪腕竜（ディノ）の背では、双剣を持つ魔族が剣を高らかに掲げている。剣竜（ステゴ）の背に乗る魔族は、両端に刃が付いた双頭の槍を振り回し威嚇（いかく）していた。

そして巨大な雷竜（ブラキオ）は、首の根元に槍を背負い、弓を持つ魔族がいるだけでなく、大きな背中に巨大な籠（かご）が取り付けられていた。籠の中には四体の魔族が乗り込み、弓を構えている。

竜の後ろからは、さらに全身を鎧（よろい）で武装した大柄の魔族が続く。装甲されたその姿は、装甲兵、いや、装甲巨人兵とも言うべき威容だ。

魔王軍の兵隊の列はまだ止まらない、装甲巨人兵に引き続き、さらに竜が出てくる。だが続いて現れた竜は、六頭の大型竜とは違い、ずっと小さな竜だった。

小さいといっても、どれも馬ほどもある大きさで、二本の後脚で体を支えている。後脚には巨大な鍵爪があり、口にも残忍な牙が見てとれた。

「あれは、獣脚竜（ラプトル）！」

あの竜はヘレンも剝製（はくせい）で見たことがあった。岩場に生息する中型の竜で、決して人に懐くことはないと言われている。だが魔族は背に跨（また）がり、馬の代わりとしていた。竜騎兵とでも呼ぶのだろうか？　その数は千頭にも達しようとしている。

大型竜が移動し、連合軍の前に一頭ずつ配置される。

ハメイル王国の前には、背中に剣のような突起を持つ剣竜（ステゴ）が陣取る。ライオネル王国の前には、大きな爪と長い腕を持つ怪腕竜（ディノ）が移動した。ホヴォス連邦の前には、雷竜（ブラキオ）が遠雷の如き足音を響かせている。フルグスク帝国の前には三本の巨大な角を持つ三本角竜（トリケラ）が巨体に似合わず軽やかな足取りを見せる。ヒューリオン王国の前には、背中に帆のような鰭（ひれ）を持つ棘竜（スピノ）が移動した。そしてヘレンのいるヘイレント王国の前には、よりにもよって暴君竜（ティラノ）が歩いて来る。

「ガ、ガンブ将軍」

ヘレンは声を震わせながらガンブ将軍を見ると、老将軍の顔には不敵な笑みがあった。

「下らん！　底が見えたわ！　ご安心ください、ヘレン王女。あんなものは見せかけです」

ガンブ将軍は、魔王軍の大型竜を一笑に付した。

「なるほど、あの大型竜は恐ろしく見えるでしょう。騎士百人分の力があると見て間違いありません。しかし百人止まりです。あの竜が何十頭、何百頭といるのであれば確かに脅威ですが、この戦場にいるのは六頭。後方に隠していたとしても、全部で十頭が限界でしょう。六百から千人程度の戦力が増えただけです」

ガンブ将軍は冷静に戦力を測定し、過大評価も過小評価もしていなかった。

「むしろ後から現れた装甲巨人兵や、獣脚竜（ラプトル）に乗った竜騎兵の方が脅威でしょう」

巨大な大型竜に目を奪われていたヘレンに対し、ガンブ将軍は装甲巨人兵や竜騎兵に目を向け、警戒していた。

「兵士達よ、喜べ！　敵が竜を持ってきてくれた！　竜殺しの英雄として名を残せるぞ！」

ガンブ将軍は強大な敵の出現を、手柄を立てる好機だと激励を飛ばす。竜の出現に戦意を削がれていた兵士達も、この言葉に盛り返す。

ヘレンは他国の本陣に目を向けると、それぞれの国でも兵士達が声を上げ、竜を殺すのは自分だと叫んでいた。あの恐ろしい竜に向かって行けるというのだから、信じられない勇敢さだ。

西に目を向けると、森の中から小柄な歩兵部隊に守られて、竜の旗を掲げた一団が現れる。あの中に魔王軍を指揮する将軍がいるのだろう。

森の手前に竜の旗が翻（ひるがえ）り、魔王軍の本陣が築かれる。

ヘレンが目を凝らすと、竜の旗の下には赤く立派な鎧（よろい）を着た魔族がいた。その横には白い衣を着た、子供のような背丈の魔族も見える。

赤い鎧の魔族が、おそらく敵の将軍だろう。威風堂々とした佇まいだ。一方その隣にいる小柄な魔族は、杖を振るい魔族達に向かって忙しく命令していた。そしてここにも、一頭の竜がいた。ただしこちらは他の大型竜や獣脚竜とは違い、全身を硬そうな鱗で覆っているものの、体は平べったく、目も丸くてなんだか可愛かった。神話では確か装甲竜と呼ばれていた種類だ。

傍らには、なんだかずんぐりした魔族が立っており、竜の頭を撫でている。

ヘレンが魔王軍全体に視線を戻すと、魔王軍の兵士達が動きを止める。魔王軍も陣立てが終わり、綺麗な四角い陣形がヘレン達の前に幾つも並んでいた。

重装歩兵の構える盾が壁のように並び、幾本もの槍が天を突く。歩兵の後ろには弓兵が列をなしている。歩兵部隊と歩兵部隊の間には、騎兵部隊が待機し嘶きを上げる。大型竜は騎兵部隊の後ろに装甲巨人兵と共に待機していた。本陣の周囲には予備兵として、他より小柄な魔族が竜騎兵と共に整列していた。

竜の旗の下、赤い鎧を着た魔族が手を掲げる。すると周囲にいた喇叭兵が金管を天に掲げ、高らかに吹き鳴らす。魔王軍の兵士達が一斉に雄叫びを上げ、大地を震わせ前進を開始する。

喇叭の音と雄叫びを聞き、ヘレンは息を呑んだ。

ガンガルガ要塞を背にしたダイラス荒野で、ついに戦端が開かれたのだ。

前進を開始する魔王軍を前に、ヘイレント王国の軍勢とホヴォス連邦の軍勢は動かず、柵と土塁の前で待機し、盾と槍を連ねて守りを固める。

「弓兵、放て！」

接近する魔王軍の歩兵部隊に、ガンブ将軍が弓兵での攻撃を指示する。

弓兵が天に向けて弓を構え、一斉に矢を放つ。無数の矢が接近する魔王軍に降り注ぐが、魔王軍は盾を掲げて矢を防ぐ。大半は盾で防がれるが何割かの矢が命中し、魔族が倒れていく。

お返しとばかりに魔王軍からも矢が応射され、連合軍に降り注ぐ。こちらも盾で矢を防ぐが、何人かの兵士が倒れる。

傷を負った兵士を見ていられず、ヘレンは目を伏せた。癒しの力を持つ癒し手としてすぐにでも助けてあげたいが、今はどうすることも出来ない。

俯くヘレンの右耳に、大きな鬨の声が聞こえた。顔を上げて右翼を見ると、ヒューリオン王国とフルグスク帝国の兵士が前進を開始していた。

防御に徹するヘイレント王国と違い、両大国は果敢に前進し敵を撃破するようだ。

太陽の旗と月の旗を掲げる軍勢が、竜の旗を翻す軍勢に襲いかかる。両軍激しくぶつかり合い一進一退の攻防が続く。

先に均衡を崩したのはヒューリオン王国だった。ぶつかり合う前線の後方から、味方を押し退けて金色の鎧を着た騎兵部隊が進み出る。彼らが魔王軍の歩兵に触れた瞬間、あれほど強固に抵抗していた歩兵の列が一撃で破壊された。

金色の騎兵部隊の前進は止まらず、そのまま紙を切り裂くように、魔王軍の歩兵の隊列を貫通、あっさりと中央突破を果たした。

「見ましたか！　あれこそヒューリオン王国の太陽騎士団です」

「あれが噂の……本当に太陽みたい……」

ベインズが大陸中に知れ渡っている騎士団の名前を教えてくれる。ヘレンはただ感嘆の声を漏らした。

ヒューリオン王国の最強騎士団と言われている太陽騎士団は、一人一人が勇者や英雄を名乗ってもおかしくないほどの精鋭の集まりと言われている。綺羅星の如き戦士達が一箇所に集められた騎士団は、まさに恒星のような輝きを発していた。

そして太陽騎士団に率いられ、ヒューリオン王国全体が勢いを増す。太陽騎士団が開けた風穴に歩兵部隊が突撃し、魔王軍を押し返していく。

ヒューリオン王国の快進撃を見て奮起したのが、隣で戦うフルグスク帝国の軍勢だった。歩兵部隊の隙間から、白銀の鎧を着たフルグスク帝国の騎兵部隊が前進を開始する。

フルグスク帝国の動きを見て、魔王軍でも騎兵部隊を繰り出す。騎兵同士の激突になるかと思ったが、フルグスク帝国の騎兵部隊が、敵のはるか手前で青白い輝きを放つ水晶の剣を抜く。そしてまだ刃が届く距離ではないにもかかわらず、剣を振りかぶり一斉に振り下ろした。

次の瞬間、水晶で造られた刀身が光ったかと思うと、先端に凝縮された光が、切っ先から飛び出す。一直線に進む光の矢は、疾走する魔王軍騎兵部隊を貫き、軍馬の列が倒れる。

「何あれ？　ベインズ、あれも魔法なの？　すごい威力！」

「光の魔法を見るのは初めてですか？　あれこそフルグスク帝国が誇る月光騎士団ですよ」

興奮するヘレンに、ベインズが教えてくれる。

「あの水晶の剣は、光の魔法を放つことが出来る魔道具です。光の魔法は数ある魔法の中でも最高難度を誇ると言われていて。その魔道具の製作にも、通常の数倍の資金と時間がかかるとされています。ですが発動が素早く、何より相手の盾や鎧をたやすく撃ち抜く威力があります」

ベインズの解説を聞き、ヘレンはただ頷いた。

月光騎士団の光の魔法に晒され、魔王軍騎兵部隊の前列は一瞬で壊滅。倒れた仲間に足を取られ、魔王軍は隊列を大きく乱す。そこに水晶の剣を掲げた騎兵部隊が突撃し、水晶の刃を無慈悲に振り下ろしていく。

「魔法の斉射により敵の陣形を崩し、そのまま騎兵突撃を行うのは、月光騎士団が得意とする必勝戦法です。しかし貴重な魔法兵と高価な魔道具を持つ兵士を、前線で戦う騎兵として運用するなど、フルグスク帝国にしか出来ないでしょう」

ベインズの言葉に、ヘレンは何度も頷く。

魔法兵はどの国でも貴重とされ、後方に配置するのが常識だ。しかし資金と人材が豊富なフルグスク帝国となれば、最前列に置くことが出来るのだ。

太陽騎士団と月光騎士団は、無人の野を行くが如く、魔王軍の防御を突き破り進んでいく。

だが太陽騎士団の行く手を、巨大な影が遮る。背中に帆のような背鰭を持つ棘竜だ。

一頭で騎士百人分の戦力を持つと評された竜は、遠く離れたヘレンにまで届く咆哮を上げる。

その棘竜に対し、太陽騎士団の中から、黄金の鎧に身を包む一人の騎士が飛び出す。竜を前に単身突撃する姿は、絵巻物の如く勇ましいが、あまりにも無謀だ。

「そんな！　一人で竜と戦うなんて無茶です」

「いいえ、大丈夫です！　あの騎士は太陽騎士団の団長ギルデバランです！」

ヘレンは悲鳴のような声を上げたが、ベインズが力強く語る。

雄牛の如く竜に突進するギルデバランは、手に持つ大剣を掲げる。棘竜に乗る魔族も槍を振り、ギルデバランを迎え撃つ。

棘竜の巨大な口と魔族が振るう槍を前に、ギルデバランが大剣を横に振り抜く。

世界を切り裂くが如き一閃が放たれる。

ギルデバランが駆け抜けた後には、棘竜の首だけでなく、背に乗る魔族の胴体までも両断され、棘竜の巨体が大地に倒れる。

「さすがは太陽騎士団の団長ギルデバラン。竜を一撃か！」

ベインズが興奮した声を上げ、見ていた兵士達も歓声を上げる。

「よし！　いいぞ、さすがギルデバランだ！　敵は勢いが削がれた！　今だ、押し返せ！」

ガンブ将軍もギルデバランを褒め称え、ヘイレント王国の兵士達に声をかける。兵士達も味方が竜を倒したことに勢いを増す。

「よし、潮目が変わった。我々も騎兵を出すぞ！　騎兵部隊――」

ガンブ将軍が騎兵部隊に命令しようとすると、本陣にいた兵士の一人が駆け寄って来る。

「ガ、ガンブ将軍！　あれを！」

「ええい、一体何事だ！」

命令を邪魔され、ガンブ将軍が駆け付けた兵士を睨む。当の兵士は驚きに目を見開き、戦場とは反対の東の空を指で示す。

ヘレンもつられて背後を振り返ると、後ろには湖上の城となったガンガルガ要塞が静かに鎮座している。要塞に変化はない。だがその空を見ると、ヘレンも驚きに目を丸くした。

「なんだ？　あれは？」

ガンブ将軍も顔をしかめる。

ガンガルガ要塞の上空に、奇妙な物体が浮かんでいた。

宙に浮かぶ真っ白な球体は、白昼の月にも見えた。ヘレンが目を凝らすと、球体の下には十人乗りほどの小型の船がぶら下がっていた。

ヘレンが注視し続けると、球体の形が次第にはっきりと見えてきた。月にも見えた球体は、正確には円筒形をしており、布で出来ているのか風船のように膨らんでいた。ぶら下がる船の中には十体ほどの魔族が乗り込んでいるのが見える。船の内部には緑色の巨大な魔石があり、二体の魔族が魔石に魔力を供給して、風を生み出していた。

「空に浮かぶ船だと！」

ガンブ将軍が驚きの声を上げる。ヘレンも飛空船とも呼べるその存在が信じられなかった。

「こちらに向かって来ている？」

ヘレンは、目を凝らしてつぶやいた。

飛空船は高度を下げながらも、ヘレン達のいるこの場所に向かって来る。その速度は速い。みるみるうちに大きくなる。

「いや、あれは落ちるぞ！」

ガンブ将軍が、徐々に降下する飛空船の軌道を予想する。

確かに、降下速度が速すぎて、水で覆われたガンガルガ要塞(ようさい)の手前に落下するように見えた。その予想は正しく、飛空船はヘレン達のはるか手前で着水した。船の竜骨が水面を切り裂き、水飛沫(しぶき)を上げる。水を押しのけて船が進む中、乗り込んでいる魔族達が斧を持ち、風船のような上部の筒と、船をつなぐ綱を切る。綱が切られたことで風船部分だけが浮かび上がり、風船に取り付けられた魔石と、魔力を供給していた二体の魔族が上昇していく。

一方、船に残った魔族は斧を櫂(かい)に持ちかえ、船から身を乗り出して一斉に水を掻(か)く。船は水の上を滑るように進み、真っ直ぐヘレン達がいるこちらに向かって来る。船に乗る魔王軍の兵士の数は十体余り。船の船首には箱が大量に取り付けられていた。

「いかん！　弓だ！　矢を放て！　あれを近付けさせるな！」

ガンブ将軍が叫び、本陣にいた兵士達が慌てて矢を放つ。だがそもそも本陣の兵士には弓を持つ者がほとんどおらず、数本の矢が船体に突き刺さるのみ。

「爆裂魔石だ！　退避だ、退避せよ！」

ガンブ将軍が振り返り、丘の下に布陣する兵士達に向かって叫ぶ。

ヘレンは意味が分からず、ただ向かい来る船を前に立ち尽くす。

「伏せて！　ヘレン！」

ベインズが叫び、ヘレンを抱き締めるように押し倒す。ヘレンの目には船から飛び降りる魔王軍の兵士と、乗り手がいなくなってもなお、真っ直ぐにこちらに向かって来る船が見えた。

堤防となっている円形丘陵に船が激突する。直後、閃光(せんこう)と轟音(ごうおん)。そして身を千切られるような衝撃がヘレンを襲い、視界が黒く覆われる。

「……レン！　無事ですか？　ヘレン！」

「べ、ベインズ？　こ、これは！」

意識を失っていたヘレンが目を開けると、ベインズが必死に呼びかけていた。

ヘレンが身を起こすと全身が痛んだ。だが周囲の光景を見て、痛みなど吹き飛んだ。

円形丘陵の一部が吹き飛び、大きな穴が開いていた。周囲には船の残骸が散乱しており、船に爆裂魔石が取り付けられ、爆発したのだと理解出来た。

ヘレンは崩れた丘陵を呆然と見る。

穴からは水が漏れ出し、丘の下に流れ込んでいた。

「退避だ！　退避せよ！　丘を登れ！　堤防が決壊するぞ！」

叫んでいるのはガンブ将軍だった。崩れた丘陵を挟んだ向こう側で、兵士達に丘を登るように指示している。だがその声に被せて、鳥のような声が聞こえてきた。

ヘレンが声のする方向を見ると、船から飛び降りた魔王軍の兵士が手に袋を持ち、崩れた丘陵に向かって来るのが見える。

「いけない！　逃げて！」

ヘレンもガンブ将軍と同じく、丘の下に布陣する兵士達に向かって叫んだ。

軍事に疎いヘレンにも、向かい来る魔王軍の兵士達が、何をしようとしているのかが分かった。彼らが手にする袋の中に入っているのは爆裂魔石だ。崩れた丘を完全に破壊するつもりなのだ。

水飛沫を上げながら魔王軍の兵士が走り、崩れた丘に向けて手にした袋を投擲する。袋が落下すると同時に二度目の爆発が起き、ヘレンは衝撃を受けて再度倒れた。

「ああっ……」

すぐに身を起こしたヘレンは、絶望に顔を歪めた。

丘陵の一部は完全に崩壊して、大量の水が外へと流れ出していた。流れ出た水は濁流となってヘイレント王国の兵士を呑み込んでいく。

死んでいく兵士達にヘレンは涙を流したが、その涙を凍らせるような冷気が頬を打つ。

「今度は何！」

すぐさまヘレンは冷気がした方向を見る。冷気はヘイレント王国の右隣、北に位置するフルグスク帝国から発せられていた。円形丘陵の上では皇女グーデリアが右手を掲げ、青白い光を全身から放っている。放たれた光は帯となってヘレンの頭上に注がれていた。

ヘレンが見上げると、頭上には視界を覆うほどの巨大な氷柱が三本も浮かんでいた。

グーデリアが掲げた右手を振り下ろすと、三本の氷柱が穴の開いた円形丘陵に落下、水の流れを堰き止めて、さらに周囲の水を凍結させていく。

「すごい、なんて魔法なの！」

ヘレンはただ驚嘆した。

大量の水を瞬時に凍結させるなど信じられなかった。ただ、流れ出る水はまだ完全には止まっていなかったが、濁流の勢いは確実に弱まり、流された兵士達が水から這い上がる。だが命からがら水から逃れた兵士の頭を、巨大な口が齧り取った。

いつの間にか前進してきた暴君竜が、水から這い上がった兵士を、その牙で噛み砕いていく。さらに魔王軍が襲いかかり、ヘイレント王国の兵士達が次々に殺されていく。

「ああっ、兵士達が……」

「ヘレン、ここは危ない！」

涙するヘレンの手を、ベインズが摑み引っ張る。しかしその直後、二人が立つ丘陵に亀裂が走る。度重なる衝撃に加えて水がせき止められておらず、丘が削られ脆くなっているのだ。

「危ない、ヘレン、逃げて！」

ベインズが叫ぶが、次の瞬間ヘレンの足場が崩れた。ヘレンはベインズの手を握り締めたが、手が滑り宙に投げ出される。

ヘレンは悲鳴と共に、濁流に呑み込まれた。


ホヴォス連邦の公女レーリアは、青いスカートをたくし上げ必死に走っていた。

「誰か！　助け、助けて！」

レーリアは走りながら叫んだ。すでに靴は脱げ、体中が泥だらけになっている。レーリアの周囲には魔王軍の軍勢が現れ、目につく人類全てを殺そうとしているからだ。

戦争が始まってしばらくすると、空を飛ぶ船、飛空船が現れた。飛空船は堤防となっていた円形丘陵を吹き飛ばし。流れ出た大量の水が、ヘイレント王国の軍勢を呑み込んだ。

流れ出た水はホヴォス連邦にも迫り、あわや全滅の危機に陥ったが、フルグスク帝国の皇女グーデリアの大魔法により、流れ出る水が凍結され、全滅の危機は回避された。しかし流れ出た水はホヴォス連邦の足場を泥濘（でいねい）へと変え、兵士達の足を掬（すく）った。そこに魔王軍が雷竜（ブラキオ）と共に攻撃を仕掛けてきた。

巨大な雷竜（ブラキオ）は、動く災害と言っても過言ではなかった。ただ歩くだけで、兵士達の陣形が破壊され蹴散（けち）らされる。さらに雷竜（ブラキオ）の背中には籠（かご）が取り付けられ、弓を持つ兵士が乗っており、上から次々に矢を射かけてくる。陣形を踏み潰す移動要塞（ようさい）に、泥水で機動力を奪われたホヴォス連邦の軍勢は為す術（すべ）もなく蹂躙（じゅうりん）された。

ホヴォス連邦の軍勢は魔王軍の攻撃を支えることが出来ず、陣形が突破されて、レーリアがいた本陣にも魔王軍が現れた。

レーリアは命からがら逃げ出し、円形丘陵の上を南へと走った。

「ちょっと、誰か助けて！　助けなさいよ！」

レーリアは声を荒らげて助けを呼んだ。

だが声に応える者はいない。周囲にはホヴォス連邦の兵士達がたくさんいるが、彼らは目の前の魔王軍と戦うのに必死で、レーリアを助ける余裕がない。

護衛の女戦士マイスもいなければ、兵士達を指揮するディモス将軍とも離れ離れになってしまった。レーリアは後ろを振り向き、本陣に戻るべきかと考えたが、背後はすでに味方より魔王軍の方が多い。ホヴォス連邦の本陣は見えず、五つの星が煌（きら）めく旗も倒されていた。

「どうなるのよ、これ！」

悲鳴に近い声をレーリアは上げた。

本陣が潰される。軍事に疎いレーリアにも、これがまずい状況であることは理解出来た。

「と、とにかく逃げないと……」

レーリアは、生き延びることをまず考えた。自分に出来ることはそれしかない。

南へと目を向ければ、ライオネル王国の旗が見えた。ロメリアに借りを作るのは癪だが、今はそんなことを言っていられなかった。

とにかくライオネル王国の本陣を目指し、レーリアは南に向かって走り始めた。すると円形丘陵の外側を、ホヴォス連邦の騎兵部隊が、歩兵を引き連れて南下するのが見えた。

騎兵部隊を率いる者の姿を見て、レーリアは目を輝かせた。ホヴォス連邦のディモス将軍だった。

「ディモス！　ディモス将軍！　私です！　レーリアです！　助けて！」

レーリアは必死で声を張り上げ、手を振りながら円形丘陵を下った。丘陵の下には流されてきたヘイレント王国の兵士が何人も倒れていたが、助けている余裕はない。自分の命が最優先だった。

「助けて、私はここです！」

レーリアが声の限りに叫ぶと、ディモス将軍が声に気付きレーリアを見た。

目が合ったことにレーリアは安堵したが、ディモス将軍はすぐにそっぽを向き、そのまま南下し走り去ってしまう。

「ちょっと、どうして？　なんで！　私はここよ！　戻ってきて！」

レーリアは何度も叫んだが、ディモス将軍や騎兵達は無視して行ってしまう。

「なんで……どうしてよ……」

レーリアは絶望に立ち尽くした。

ディモス将軍は間違いなくレーリアの姿を見たはずだった。騎兵を数人でも寄越してくれれば、助けることは出来たはずなのに。

「……まさか！　お父様が？　お父様が私を切り捨てたの？」

見捨てられた理由を考え、レーリアは最悪の答えに気付いてしまった。

レーリアはこの戦場で、ロメリアのような聖女となるべく連れてこられた。しかし軍事に関して何も知らない自分に、戦果など挙げられるはずもない。だが戦いの最中、レーリアが敵の手にかかり死んだとすれば、国のために命を投げ出した悲劇の聖女とすることが出来る。

レーリアの父スコル公爵は、娘の命と引き換えに、家を立て直すことを選んだのだ。

「そんな……お父様……どうして……」

レーリアはその場にへたり込んだ。父親に見捨てられたことが信じられなかった。

絶望がレーリアを支配しかけたが、押しつぶされる寸前、怒りが萎えた足腰を奮い立たせた。

「冗談じゃない！　お父様の都合で、殺されるなんて御免よ！」

父に対する怒りで、レーリアは立ち上がった。

絶対に生き延びてやると前を向いた時、レーリアの視界に見知った者の姿が見えた。

「え？　ヘレン？」

レーリアは驚いて二度見した。泥に塗れているが、円形丘陵の麓で倒れた兵士の体をゆすっているのは、間違いなくヘイレント王国の王女ヘレンだった。

「ベインズ。しっかりして！　ベインズ。目を開けて！」

ヘレンは倒れた兵士に、涙ながらに声をかけていた。

レーリアはヘレンが声をかける騎士を知っていた。ヘレンがいつも連れている騎士ベインズだ。生きてはいるようだが、意識を失っていた。

「ヘレン？　貴方、どうしてこんなところに」

「レーリア？　助けて！　水に落ちた私をベインズが助けてくれて……でも私をかばったせいで頭を打って意識が戻らないの。お願い、助けて！」

レーリアが歩み寄ると、ヘレンは泣き顔を向けて助けを求める。

助けを求められて、レーリアは歩みを止めた。

状況は理解出来た。おそらく濁流に落ちて流された二人が、ここに流れ着いたのだろう。だがレーリアにヘレンを助けることなど出来ない。控えめに見ても、今の自分は誰かを助けている余裕はない。父親に切り捨てられ、ディモス将軍にも見捨てられた。

それに非力なレーリアに男性は担げないし、治療も出来ない。助けろと言われても無理だ。

さらに言えばヘレンのことを好きかといえば、それほどでもない。友達というよりは子分や取り巻きに近い感覚だ。命を懸けてまで、助けなければいけない間柄ではない。

「わた、私は……」

レーリアは、一歩後ろに下がった。

自分に出来ることはない。今は自分が生き残るだけでも精一杯なのだ。

レーリアは拳を握りしめて決断した。

「しっかりしなさい、ヘレン！　立って！　ほら、そっちを持って」

泣くヘレンを叱咤し、レーリアは倒れているベインズの右腕を左肩に担いだ。

レーリアは自分のとった行動が意外だった。だが先ほど途方に暮れて泣いているヘレンを見た時、父親に切り捨てられ、誰も手を差し伸べない自分の境遇と重ねてしまった。

「ありがとう、レーリア様」

「レーリアでいいわよ。今さら敬語もないでしょ。私もヘレンって呼んでいたし」

泣きながら礼を言うヘレンに、レーリアは砕けた口調で話す。

「それよりも、一生感謝しなさいよ。この貸しは大きいからね」

レーリアは着せられるだけの恩を着せた。大きな態度をとっている間は自分を保てた。

「うん、ありがとう」

「だから、泣かないの。ほら、しっかり持って」

泣くヘレンを、レーリアは叱咤する。

この丘を登って、なんとしてでも生き延びる。レーリアはヘレンと共にベインズを抱えて丘を登ったが、一つの影が三人の行く手を遮った。黒い鎧に身を固めた、魔王軍の姿だった。

ホヴォス連邦の兵士は皆が殺され、誰もいなかった。

魔族の縦に割れた瞳孔が、レーリアとヘレンを見る。

「あっ、ああ……」

ヘレンが声を震わせる。一方レーリアは内心ため息をついた。

こうなることは分かっていた。今の自分に他人の面倒を見ている余裕はなく、人助けなどしていれば、魔王軍に追い付かれることは明白だった。だがレーリアに後悔はない。

「ヘレン」

左肩にベインズを背負いながらレーリアは、右手をヘレンに差し出した。ヘレンも左手を伸ばしレーリアの手に指を絡める。

互いの手は震えていた。死ぬのが怖くないわけがない。だがヘレンの手の震えを感じていると、レーリアは自分の恐怖が半分になった気がした。

友達と死ねるのなら、そう悪い人生ではなかったのかもしれない。

一体の魔族が血に濡れた槍（やり）を掲げる。レーリアとヘレンは堅く手を結びながら、恐怖のあまり目を瞑（つむ）った。

肉を貫く音が戦場に生まれた。

獅子（しし）と鈴蘭（すずらん）の旗の下で、私は己の不覚を悟った。

「ロメリア様！　堤防が！」

本陣に控えていた秘書官のシュピリが、魔王軍の攻撃により破壊された円形丘陵を見る。

魔王軍は飛空船とも言うべき新兵器で、円形丘陵を破壊しにきた。

誰もが予想しなかったことだが、私は気付いてしかるべきだったと、自分自身を責めた。

飛空船など予想外の代物だが、しかし空からの攻撃は予想出来たのだ。

魔王軍は翼竜（プテラ）部隊を持ち、空から一方的に爆撃を仕掛けることが出来る。しかし戦争が始まった時、なぜか空爆は行われなかった。

魔王軍が爆撃を行わない理由はただ一つ、空に私達の注意を向けたくないからだ。なぜ空に注意を引きたくないのか？　本命とされる攻撃を空から行うからだ。

翼竜（プテラ）が姿を見せなかった時点で、空から何かが来ることは予想出来たのだ。

私は唇を噛（か）みしめて破壊された円形丘陵を見ると、崩れた場所からは水が流れ出し、ヘイレント王国の軍勢を呑み込んでいく。

「いけない、このままでは」

私は即座に水の流れを予想した。

流れ出た水はヘイレント王国の軍勢を呑み込み、下流である南へと流れる。このままではホヴォス連邦の軍勢も水に呑み込まれ、いずれここにも流れ込んでくるだろう。

私が丘の下を見ると、眼下には五万人の兵士達がいた。

将軍であるオットーが、ベンとブライと共に一万五千人の重装歩兵を率いて、魔王軍の攻撃を受け止めている。オットーの左翼には、グランがゼゼとジニを引き連れ、一万人を指揮していた。右翼では、ラグンがボレルとガットと共に一万人の兵士に命令を出している。

グランとラグンの部隊は弓兵だったが、現在は半数が弓を槍に持ち替え、こちらも魔王軍と激しく交戦していた。

「オットー、グラン、ラグン。前進してください。前進です！」

私は前線で戦うオットー達に、とにかく前進を命じる。流れてくる水から、兵士達を逃がさなければいけなかった。

丘の下にはまだ兵士達が残っていた。予備兵として手元に置いていた一万人の歩兵に、五千人の騎兵、そして魔法兵三百人だ。

「カイル、グレン、ハンス、クリート！　予備兵を丘の上に、水から逃がすのです」

私の指示に、カイル達は慌てて頷き、兵士達に丘の上に登るように指示する。だがとても間に合うとは思えなかった。どれだけの兵士が水に呑み込まれるか、想像もつかない。

悔しさに歯を嚙み締めると、冷風が私の頰を打つ。北に目を向けると、フルグスク帝国の陣地から膨大な魔力が放たれ、穴が開いた円形丘陵の上に巨大な氷柱が三つ出現した。

冷気を発生させていたのは、右手を掲げる銀髪のグーデリア皇女だった。皇女が掲げた右手を振り下ろすと宙に浮かんでいた氷柱が落下、流れ出る水を堰き止め凍らせていく。

「すごい、なんて魔力だ！」

ライオネル王国の宮廷魔導士でもあるクリートが、驚嘆の声を上げる。

大量の水を凍らせるなど、信じられない力だった。しかしおかげで全滅の危機は回避された。

私は戦場を見ると、流れ出る水は勢いを弱めている。だがヘイレント王国の軍勢は半分以上の兵士が水に呑み込まれ、ホヴォス連邦の軍勢も足場に水が流れ込み、泥濘に沈んでいる。

そこに大型竜が突撃して来た。

水から這い上がったヘイレント王国の兵士が、暴君竜に襲われている。泥水に足を取られたホヴォス連邦の軍勢を、さながら移動要塞となった雷竜に蹴散らされていた。

私は前を見ると、こちらでも大型竜が動き始め、双剣を握る魔族が怪腕竜の背に乗り前進してくる。ハメイル王国の軍勢にも剣竜が迫り、魔王軍が攻勢を仕掛けてきた。

このままでは陣形の中央部を担う、ホヴォス連邦とヘイレント王国の両軍が殲滅される。中央部の瓦解は連合軍の全滅を意味していた。

「カイル、貴方はここで指揮を頼みます。私は丘の上からグレンとハンスを率いて北上し、ホヴォス連邦を援護します。貴方は一万の予備兵を丘の下から北上させ、攻撃を受けているホヴォス連邦を援護してください」

私は将軍のカイルに指揮権を譲り、予備兵を率いてホヴォス連邦の援護に向かうと決めた。

「オットー達には無理をさせることになりますが、頼みます」

「ご安心ください。予備兵がなくとも十分戦えます」

私が指揮を頼むと、カイルは力強く頷いてくれる。

「グレン、ハンス。騎兵の準備を！」

「お待ちくださいロメリア様！　他国を助けるために、行かれるのですか！」

グレンとハンスに命令する私に対し、秘書官のシュピリが声を上げる。この劣勢の状況で、大事な予備兵を他国の援護に回す判断が信じられないのだろう。

確かに連合軍は、足の引っ張り合いばかりしてきた。軍議でも私やライオネル王国を蔑ろにする、敵同士のような間柄だ。しかしもはや、そんなことを言っている状況ではない。

「このままでは連合軍は崩壊し、下手をすれば全滅します。私達が生き残るためにも、彼らを救わないといけません」

私の全滅という言葉を聞き、シュピリが表情を一変させる。

「事態はそこまで差し迫っています。クリート魔法兵隊長」

私は本陣に待機しているクリートを見る。彼の率いる魔法兵三百人が最後の予備兵だ。

「貴方達は前進し、怪腕竜（ディノ）に攻撃を仕掛けてください」

私は命令しながら、前線を指差した。

指の先では強大な腕を持つ怪腕竜（ディノ）と、重装備に身を固めた装甲巨人兵が前進してきていた。

「し、しかし。私達だけで竜を倒すのは……」

いつも大口を叩くクリートが、今回ばかりは言葉を濁す。

「貴方達にそこまで頼んではいません。攻撃を仕掛け、援護するだけで十分です」

私も竜を倒す魔法までは、期待していない。

「オットー！　怪腕竜（ディノ）が来ます。貴方が相手をしてください。しかし無理に倒さなくても構いません。竜を引き付ければそれで十分です！　いいですか、倒す必要はありません！」

私が叫ぶと、オットーは前線で戦槌（せんつい）を掲げる。

予定ではグレンとハンスを、怪腕竜（ディノ）にぶつけるつもりだった。ほとんどの予備兵を他国の援護に使ってしまうため、怪腕竜（ディノ）に対する手駒が足りない。

「では後を頼みます」

私はカイルに指揮を任せ、自分は馬に跨（また）がる。馬の鞍（くら）には鈴蘭（すずらん）の旗が差してあった。

「グレン、ハンス！　準備は出来ていますか！」

「いつでも」

グレンが不敵に笑いながら答える。彼の背後には騎兵部隊五千人が待機していた。

「では行きますよ！」

「お前ら！　ロメリア様に続け！」

私が馬の腹を蹴(け)り走らせると、グレンが兵士達に号令し、騎兵部隊がついてくる。

丘の上を北に向かって疾走(しっそう)すると、丘の下ではカイルの予備兵が北上し始める。しばらく進むと、丘の上にも少数だが魔王軍の兵士が現れ始める。

私は馬の腹を蹴りさらに加速させる。非力な私では敵を倒せない。だが相手が少数の歩兵であれば力はいらない。馬が蹴散(けち)らしてくれる。

私が馬で突撃すると、魔王軍の兵士達が驚いて避ける。そこにグレンとハンスが率いる騎兵部隊が続き、槍(やり)で串刺しにし、馬で踏み殺していく。

周囲を見ると、雷竜(ブラキオ)が我が物顔で闊歩(かっぽ)し、ホヴォス連邦の前線は大混乱に陥っていた。すると混乱する前線を切り離すように、後方の部隊が分離し、騎兵部隊を先頭に戦場から離脱を始める。先頭で騎兵部隊を率いるのは、五つの星の旗を掲げるディモス将軍だった。

ホヴォス連邦の全軍は救えぬと判断し、約半数を切り捨てたのだ。

素早い決断とも取れるが、まだ挽回可能な状況で、数万を見捨てるのはどうかと思う。

私はディモス将軍の判断に顔をしかめ、丘の上を馬で走らせる。すると行く手に一体の魔族が、背中を見せて立っていた。魔族の前には二人の女性が、兵士を担ぎ立ち尽くしている。

二人の女性は、ホヴォス連邦のレーリア公女とヘイレント王国のヘレン王女だった。

「グレン！」

私が叫ぶと、後ろを走っていたグレンが私を追い抜き、一体の魔族に肉薄する。そして通り抜けざまに槍を振るい、一撃で仕留めた。

肉を貫く音の後に、一体の魔族が倒れる。

「レーリア様、ヘレン様、無事ですか！」

私は馬を急停止させると、目を瞑っていたレーリア公女とヘレン王女が目を開ける。

「ロ、ロメリア様？」

ヘレン王女が驚きに目を見開くと、安堵からかその場にへたり込んだ。レーリア公女はそのまま棒立ちとなり、肩に担いでいた兵士が滑り落ちる。

二人が担いでいた兵士は、ヘイレント王国の騎士ベインズだった。息はあるようだが、意識がないらしい。だがレーリア公女とヘレン王女には、目立った外傷はない。

「ご無事で何より。兵をお貸ししますので我が陣地へ……いえ、ハメイル王国の陣地へお逃げください」

私はもっとも南に布陣するハメイル王国を見た。

この戦争がどうなるか分からないが、最悪レーン川を渡って撤退もあり得る。スート大橋に一番近い、ハメイル王国の陣地にいれば安心だ。

「感謝します、ロメリア様」

ヘレン王女が涙ながらに礼を述べるが、レーリア公女は何が気に入らないのか、柳眉(りゅうび)を逆立て私を睨(にら)んでいた。

「待ってください。ロメリア様はこれからどうするおつもりですか？」

「私ですか？　私はこれよりホヴォス連邦とヘイレント王国の援護に向かいます」

やや険のあるレーリア公女に答えながら、私は半壊している両国の陣地を見た。

ホヴォス連邦はディモス将軍が主力部隊を率いて戦線から離脱したため、指揮する者がいなくなっている。ヘイレント王国は決壊した堤防の水により多くの兵士が流され、陣地が完全に崩壊していた。両軍を援護しなければ中央部分が壊滅する。

「助ける？　貴方(あなた)が？　私達を？」

「助け合わねば負けます」

レーリア公女は私の行動が信じられないようだが、協力せずに勝てるほど魔王軍は弱くない。

「話があれば後ほどお伺いします。今はハメイル王国の陣地までお下がりください」

「待ちなさい！　私も行きます！　連れて行きなさい」

「ええ？　本気ですか！」

突然一緒に行くと言い出すレーリア公女に、私は驚いた。

私に対する対抗心からだろうが、女性を戦場に連れて行くわけにはいかない。

「空いている馬はありません。どうしてもと言うのなら、私の後ろに乗ってください」

私は自分の後ろを指差した。私との二人乗りを、断るだろうと思っての提案だ。

「分かったわ」

だが予想に反して、レーリア公女は私の馬に飛び付き、スカートをたくし上げてよじ登る。

「これでいいでしょ！」

私の後ろに乗ったレーリア公女が、憎らしい笑みを見せる。

「ああ、もう！　どうなっても知りませんよ！」

どうしてそこまでするのか分からないが、今はとにかく時間が惜しい。私はレーリア公女を後ろに乗せて、馬を走らせた。

「ちょっと、下の歩兵のこと、置いていっているわよ！」

背後でレーリア公女が叫ぶ。確かに丘の下を進軍する歩兵部隊は、馬の機動力に追いつけず距離が開いていく。

「これでいいのです。歩兵は鉄床、騎兵は槌！」

丘の上を北上していた私は、左に方向転換して一気に丘を下る。背後のレーリア公女が悲鳴を上げるが、私は速度を緩めず一気に駆け下りる。目指すは魔王軍の歩兵の列だ。

「ここっ！」

私は叫びながら魔王軍の戦列を見定め、一点を目指して手綱を操る。

「ちょっと！　どこ行くつもりよ！」

背後でレーリア公女がまた叫ぶ。

「大丈夫、あの戦列には隙間が出来ます」

「ちょ、本当!?」

私の自信満々の言葉に対し、レーリア公女が悲鳴を上げる。

驚くのも無理もない。魔王軍の歩兵の列には、馬が入れる隙間もない。しかしあの部隊は、この後二つに分裂する。

前にいる魔王軍の歩兵部隊は、ホヴォス連邦の陣地を蹂躙するために前進していた。だが南から迫るライオネル王国の歩兵部隊に気付き、一部が方向転換しようとしていた。魔王軍の歩兵部隊には、意識の切れ目とも言うべき隙間が出来ている。私にはそれが見えた。

レーリア公女の悲鳴を置き去りにして、私が歩兵の列に真っ直ぐ馬を走らせると、魔王軍の歩兵部隊が動く。前進する者、方向転換する者がそれぞれ移動し、ぴったりと閉じていた兵士の列に、馬一頭分の隙間が生まれる。

そこはまさに、私が進もうとしていた場所だった。

私は亀裂のような隙間に馬をねじ込み、強引に押し広げて進撃する。

背後でレーリア公女がまた悲鳴を上げる。だが彼女を臆病と笑うことは出来ない。何せ敵のど真ん中に突っ込んでいるのだ。目に映るのは全て敵。幾百の刃が煌めき、私達を斬り裂こうと四方八方から向かって来る。だが刃が私達に届くことはない。半馬身後ろを走る二人の兵士が、私達を殺そうとする魔族の頭を貫き、腹を斬り裂いているからだ。

後ろを振り返るまでもない。右後方にいるのがグレン、左後方にいるのがハンスだ。さらに後続に五千人の騎兵部隊が続く。

私は走り続けると魔王軍の列が途切れ、敵陣の突破に成功した。私は敵がいない場所まで進んで振り返ると、すぐ後ろにはグレンとハンスがいた。二人共息は荒く、槍や鎧は血に塗れている。

さらに後方に目を向けると、私達が駆け抜けて来た魔王軍の歩兵部隊が見えた。そこには何体もの魔族の屍が横たわっている。悪くない戦果だった。

「すごい、なんで？　どうしてこんなことが出来るの？」

レーリア公女は見たことが信じられないようで、興奮気味に私に話しかける。

「さて、なぜでしょうね？　でも、なぜか分かりました。あそこに隙間が出来ると」

私はレーリア公女が満足する答えを、持ち合わせていなかった。

兵士を指揮する者には、戦いの推移を先読みする能力が求められる。なぜなら命令を下しても、兵士が命令を実行するまでには、どうしても時間差が出来てしまうからだ。

そのため指揮官は時間差を考慮し、戦場の推移を先読みして命令を下さなければならない。

私も最初は出来なかった。しかし前線で指揮を執(と)るうちに、なんとなく先読みが出来るようになっていった。そしてある時、戦場全体の流れだけでなく、兵士達の意識や動き、隙がある部分、弱っている場所が分かるようになった。

なぜこんなことが出来るようになったのかは、私にも分からない。

理由はないとする私の答えに、レーリア公女は呆気(あっけ)に取られていた。

戦場に目を移すと、丘の下を北上していたカイルの予備兵が、魔王軍と交戦していた。戦況はこちらに優位に進んでいる。私達に中央突破され、魔王軍歩兵部隊は浮足立っている。

「ロメリア様、次はどこを狙います?」

返り血を浴びたグレンが、戦意をたぎらせる。

「次の敵はあれです」

私はホヴォス連邦の陣地を闊歩(かっぽ)する、雷竜(ブラキオ)を指差した。

雷竜(ブラキオ)は青い鎧(よろい)を着た巨体の魔族に操られ、ホヴォス連邦の陣形を蹴散(けち)らしている。そして雷竜(ブラキオ)に続き千体の装甲巨人兵が進撃し、ホヴォス連邦の兵士達を皆殺しにしていた。雷竜(ブラキオ)と装甲巨人兵を倒さない限り、ホヴォス連邦の兵士達は救えない。

「グレン、あの竜を倒せますか?」

「最っ高のご命令です!」

グレンは意気揚々と槍(やり)を掲げる。グレンはやる気だが、問題は周囲にいる装甲巨人兵だ。彼らの防御は、簡単には崩せない。さらに、連中は私達の存在に気付き、後方の兵士達が反転して、こちらに向けて防御陣形を組み替えている。後ろから攻撃して、楽に倒せる状況でもなくなった。

「敵は重装備です。『第九波濤陣(はとうじん)』を使います。ハンス、陣形変更を！」

「了解しました。陣形変更！　第九波濤陣！　急げ！」

私の命令にハンスが号令をかけ、兵士達が一斉に動きだす。騎兵が横陣を組み、九つの騎兵の列が出来上がった。私とグレン、ハンスは最後尾の九列目に入る。

「ねぇ、何をするつもりなの？」

唯一陣形の意味を知らないレーリア公女が尋ねるが、実際に見た方が早い。

「すぐに分かりますよ。第一の波濤、突撃！」

私の号令に、整列していた百人の騎兵部隊が、魔王軍の装甲巨人兵に向かって走り出す。百人の騎兵が装甲巨人兵と激突したが、その防御を崩せず、すぐに反転して後退する。

「第二の波濤、突撃！」

私は即座に第二陣を突撃させる。

「何よ、ただの波状攻撃じゃない」

目の前で繰り広げられる騎兵の突撃に、レーリア公女がつまらなそうにつぶやく。

確かに、第九波濤陣は九回に分けられた波状攻撃だ。ただし、第一波が百人による突撃だったのに対し、第二波は二百人に増強されている。そして第三波第四波と数を増やしていき、最後の第九波には残った全兵力を割り振る攻撃だ。

私は次々に騎兵を繰り出すが、魔王軍の装甲巨人兵は第八波を耐え抜く。だが私が生み出す波は九回目が最も強い。

「第九の波濤！　突撃！　我に続け！」

私は兵士達に号令し、馬を全速で走らせる。

騎兵達の先頭に立ちながら、私は波状攻撃を耐え抜いた装甲巨人兵の列を見る。

私は敵の隙や弱点を見抜き、戦場の動きを予測することが出来るようになった。しかし防御を固め、隙のない相手の隙は、いくらなんでも突けない。だが無ければ作ればいいだけのこと。

徐々に強くなる波濤の攻撃を受けたことで、装甲巨人兵の鉄壁の防御にも綻びが出来ている。一体の魔族が傷付き、今にも倒れそうだ。

「そこっ！」

私は倒れそうな魔族に向けて、馬を突撃させる。

馬の突撃を魔族は支えきれず、押し倒され踏み潰される。馬の脚から、骨を砕き肉を踏み潰す感触が伝わるが、これで戦列に穴が開いた。

装甲巨人兵が、突撃して来た私達に槍を向け串刺しにしようとする。

「ロメリア様に近寄るんじゃねぇよ！」

「そういうこと」

グレンが槍を払って装甲巨人兵を薙ぎ倒し、ハンスが鎧の隙間を狙って突きを繰り出す。そしてロメ隊の二人が開けた穴に、後続の騎兵が雪崩れ込む。

「ここはもういいです。グレン！　貴方は竜を！」

私は周囲に味方が増えたことで安全を確認すると、雷竜を指差した。

「了解！」

「ハンス、貴方も付いていってあげてください」

グレンが嬉々として雷竜に向かって行く。だがグレンだけでは不安だったので、私は鎧の上に着けているポーチが付いたベルトを外し、ポーチをハンスに投げて渡した。

「爆裂魔石が入っています。うまく使ってください」

私のポーチを受け取ったハンスが頷き、グレンの後を追いかける。

「ねぇ、二人だけで大丈夫なの」

レーリア公女はたった二人で、あの大きな雷竜を倒せると思えないのだろう。

「あの二人なら、大丈夫だと思いますよ」

私はグレンとハンスを見守る。

雷竜退治を任されたグレンは、意気揚々と馬を走らせて雷竜の左後方から接近する。そして柱のように太い左後脚に、自慢の槍をお見舞いした。

しかし雷竜は痛痒にも感じないのか、その足取りに変化はない。

「ったく、鈍い野郎だ！」

グレンがもう一度槍を繰り出そうとしたが、頭上から降り注ぐ矢に攻撃を阻まれる。雷竜の背中に取り付けられた大きな籠から、魔族が身を乗り出しグレンに向けて矢を放っていたのだ。

「うるせぇんだよ」

グレンが矢を放つ魔族を睨むと、視線の先に槍が飛来し、魔族の腹に突き刺さった。絶命した魔族が籠から落ちる。槍を投げたのはハンスだった。

「グレン、さすがに一人じゃ無理だよ」

「ちぇっ、俺一人じゃ頼りないってか？」

グレンが私に視線を送る。私は頑張れと頷き返しておいた。

「グレン、君一人でも倒せると思うけど、この竜は早く倒さないと」

「わーったよ、まずは上の魔族をどうにかしねーとな。俺が上に登るから、注意を引いてくれ」

グレンが口を尖らせたが、仲間の援護を拒否するほど馬鹿ではない。彼の指示にハンスは頷き、腰の剣を抜いて馬を走らせ、雷竜の右前脚に移動する。そして雷竜の柱のような脛を剣で斬りつけた。だが分厚い皮膚に阻まれ、出血すらしない。しかしハンスは諦めず、もう一度同じ場所を攻撃した。

二度目の攻撃で、前脚から血が噴き出す。だが巨大な雷竜からすれば、ほんのかすり傷だ。

しかし痛みは感じたのか、雷竜(ブラキオ)は長い首を下に曲げて、自分の足元を覗き込む。

「やぁ、こんにちは」

雷竜(ブラキオ)と目が合ったハンスは挨拶(あいさつ)をする。雷竜(ブラキオ)は返事代わりにハンスを踏み潰そうとする。

鉄槌(てつつい)の如き雷竜(ブラキオ)の一撃、掠(かす)るだけで吹き飛ぶような攻撃だが、ハンスは巧みに馬を操り、雷竜(ブラキオ)の足元で踊るように馬を走らせて降ってくる足を回避する。

雷竜(ブラキオ)が同じ場所で足踏みをするので、雷竜(ブラキオ)の手綱を握る青い鎧(よろい)を着た魔族が、足元のハンスに気付いて矢を放つ。

矢の攻撃に晒(さら)され、ハンスはたまらず雷竜(ブラキオ)の足元から逃れる。

私はハンスではなくグレンに目を向けた。グレンはハンスが魔族の注意を引いている隙に、雷竜(ブラキオ)の左脚に馬を寄せた。そして愛用の槍をベルトに突き刺して背中に回し、雷竜(ブラキオ)の太腿(ふともも)に飛び付きよじ登った。

雷竜(ブラキオ)の背中に手をかけたグレンは、一気に駆け上がると腰の槍を引き抜く。籠の中で弓を引く魔族がグレンに気付き、慌てて弓を向けようとする。だがグレンの方が早かった。グレンは素早く接近すると、次々と魔族を槍で突き刺して籠から叩き落としていく。

「グレン！　上です！」

籠の中の弓兵を一掃したグレンに、私は頭上を指差し注意した。

グレンは、自分に降りかかる影に気付いて槍を掲げる。グレンが見上げた先には、青い鎧を着た魔族が、槍(やり)を構え飛びかかって来ていた。

グレンは魔族の槍を受けたが、巨体の魔族は恐るべき膂力(りょりょく)でグレンの体を弾き飛ばした。

吹き飛ばされたグレンは、雷竜(ブラキオ)の背にしがみ付きながら相対する魔族を見上げる。

青い鎧(よろい)を着た魔族は、雷竜(ブラキオ)の手綱を握っていた兵士だった。おそらく名のある魔族なのだろう。他の魔族と比べても頭一つ分は大きく、鎧の上からでも隆々とした筋肉が見て取れた。

巨体の魔族は、槍を小枝のように振り回してグレンに迫る。

グレンは立ち上がり、槍を薙(な)ぎ払い攻撃するも、迫り来る魔族の槍に簡単に弾かれてしまう。

巨体の魔族は力任せに槍を振り回す。グレンは全力で対抗するも、力負けして後ろへと追い詰められていく。

「ちょ、大丈夫なの」

私の背後で、レーリア公女が声を震わせるが、今は見守るしかない。

グレンの得意技は力を込めた薙ぎ払いだ。しかし相手は破格の巨体を持つ魔族、力では敵(かな)わない。グレンの攻撃は軽々と弾かれてしまう。

力の圧力に押されてグレンは徐々に後退し、ついに尻尾の付け根まで追い詰められる。

「このままで、終われるかよ！」

追い詰められたグレンは、大振りの薙ぎ払いを放った。

しかし間合いを測り損ねたのか、払った槍は空を切る。空振りかと思った瞬間、グレンがその場で横に一回転し、遠心力の乗った一撃を放つ。

魔族は槍で受けるも、今度は魔族の槍が弾かれる。

「どーだ！　これなら力でも勝てんだろ！」

魔族の槍を弾いたグレンは、怒声を上げながらさらに回転攻撃を連続する。

遠心力の加わった攻撃は魔族の膂力を上回り、魔族の槍を次々に弾いていく。

攻撃を続けるグレンに、魔族は付き合っていられないと、数歩後ろに下がった。

回転攻撃は大振りなため、その軌道は読みやすい。魔族はグレンの攻撃をやり過ごし、背中を見せた瞬間を狙い、鋭い突きを放った。

しかしその瞬間、背中を見せるグレンが腕を引き、石突を脇から背後に伸ばして突きを防いだ。さらに回転を止めず、半回転して攻撃へとつなげる。

魔族は慌てて後退するが、グレンの攻撃は止まらない。自分自身が回転するだけでなく、手に持つ槍を旋回させ、薙ぎ払うだけではなく突きも繰り出す。さらに攻撃に緩急をつけ、頭や足なども狙い始める。

「ただグルグル回るだけの攻撃だと思ったか？　アルやレイに勝つために編み出した旋風陣だ！　勢い上げていくぜ！」

グレンは威勢よく啖呵を切ると、その宣言通り回転は勢いを増し、攻撃はさらに多彩さを見せる。その動きはさながら、戦場に吹き荒れる小旋風。止まらない連続攻撃に魔族は後退を続け、弓兵が乗っていた籠にまで追い詰められる。

魔族は籠を飛び越えさらに後退するが、グレンは回転を止めず、籠を粉砕して前進する。

これ以上退路はないと、魔族は左手を前にして、突きの構えを取った。

回転よりも早く突きを放ち、グレンを突き殺そうというのだ。

グレンの回転を見切り、魔族が狙いすました突きを放つ。だがその瞬間、グレンが回転を止め、魔族の突きを叩き落とした。そして跳ね上げた槍を魔族の左手首に突き刺す。

手首が半ば断ち切れる一撃に、魔族が苦痛の声を上げた。

「お前、力はスゲーけど、槍の腕前はいまいちだな」

グレンは、苦痛に唸る魔族を見下ろす。

相手は破格の巨体を持つ魔族だ。その力で槍を振り回せば、これまで敵などいなかっただろう。技を磨き、工夫を凝らす必要も無かったのだ。だが一度自分の優位が崩れれば、対抗する手段を持たないのだ。

一方グレンは爆発力や力ではアルやオットーに劣り、素早さと正確さではレイとカイルに負け、技巧ではグランとラグンの後塵を拝している。

上位の六人に追い付けないグレンだが、それだけに自分より強い相手との戦いには困らない。

グレンは敗北から何度も立ち上がり、工夫を凝らして技を磨いてきたのだ。

「お前は俺より強かったけれど、自分より強い奴と戦った経験値に、大きな開きがあったな」

魔族の言語、エノルク語ではないため、グレンの言葉は魔族には届いていなかっただろう。

魔族は爬虫類の顔を歪め、右手一本で槍を摑み渾身の突きを放つ。

「おせぇよ」

グレンの槍は魔族よりも早く、鎧ごと胸を貫いた。

勝利したグレンを見て、私は拳を固める。

グレンはアル達にはまだ及ばないものの、日に日に力を付けてきている。今後も成長が期待出来た。

強敵を相手に完勝したグレンは、槍を引き抜いて魔族の死体を下に落とす。そして自分が乗る雷竜を見た。

「しまった。魔族を倒したはいいが、こんなデカいの、どうやって倒せばいいんだ」

改めて雷竜を見たグレンは、その大きさに今さら驚き、倒す方法が無いことに気付き慌てた。

「グレン、慌てないで。倒し方はあるよ」

声をかけられたグレンが振り向くと、そこにはハンスが立っていた。グレンが戦っている最中に、雷竜の体をよじ登っていたのだ。

「なんだ、ハンス。いたならあの魔族を倒すのを手伝えよ」

「邪魔したら悪いかなと思って」

「この竜を早く倒そうって、言っていたのはお前だろ」

「そうだった、いい物があるよ」

グレンが非難の目を向けと、ハンスは私が渡したポーチを掲げた。

「ロメリア様の爆裂魔石か」

中身を言い当てたグレンの前で、ハンスはポーチを開けて、布が巻かれた五つの爆裂魔石を取り出す。ハンスは石に巻かれた布を外し、さらに安全装置である呪符も外してポーチに詰め直す。

「これで準備出来た。あとはこれを竜にぶつければ中身が割れて爆発するけれど、普通に爆発させただけじゃぁ、この竜は倒せないだろうね。急所を狙わないと」

「失敗するなよ」

グレンが手に持つ槍(やり)を半回転させて、穂先を下に向ける。そして雷竜(ブラキオ)の背中に突き刺す。

雷竜(ブラキオ)が大きな首を旋回させ、背中に槍を突き立てるグレンを見る。竜は怒りの形相を浮かべて、グレンに襲いかかった。

グレンが槍を引き抜いて背中から飛び降りる。だがハンスは逃げずにその場に留まる。

標的をグレンからハンスに切り替えた雷竜(ブラキオ)が、巨大な口で呑(の)み込もうとする。ハンスは自分よりも巨大な顔の接近に対し、怯(おび)えるどころか限界まで引き付けて、手に持つポーチを雷竜(ブラキオ)の口に投擲(とうてき)した。そして投げると同時に自身は跳躍し、雷竜(ブラキオ)の鼻と頭を足場にして飛び上がる。

空中を舞うハンスは一回転をして、大きな弧を描きながら地面に着地した。

ハンスを逃した雷竜(ブラキオ)が、口惜しげに歯軋(はぎし)りする。直後、ハンスが投げ込んだ爆裂魔石が破裂し、雷竜(ブラキオ)の顔が吹き飛んだ。

頭を吹き飛ばされた雷竜(ブラキオ)の体が、ゆっくりと左に傾く。

「退避！　退避！」

私は兵士達に逃げるように指示する。周囲にいた人も魔族も、慌ててその場から離れて退避した。雷竜(ブラキオ)の巨体が倒れ、大きな音と地響きが戦場に響き渡る。

退避は間に合い、雷竜(ブラキオ)の下敷きになった兵士は敵味方共にいなかった。

「すごい……本当に倒した」

レーリア公女が感嘆の声を上げる。

私は周囲に目を向けると、雷竜(ブラキオ)が倒されたことに魔王軍は浮足立っている。

「やったわね、ロメリア様。これで……」

「いえ、まだです。ホヴォス連邦の兵士を指揮出来る人間を探さないと」

喜ぶレーリア公女に水を差したくなかったが、状況はまだ好転していなかった。

ディモス将軍が離脱した今、指揮を執(と)る人間がおらず、ホヴォス連邦の兵士達はまとまりがない。身体能力で勝る魔王軍を相手にするには、陣形を組み、集団で当たらねば勝てない。

「指揮なんて、貴方(あなた)が執ればいいじゃない」

「それは無理です。他国の人間の言葉など、誰も聞いてくれません」

レーリア公女の言葉に、私は首を横に振った。

軍隊には指揮系統があり、兵士は上官の命令を聞くように訓練されている。ホヴォス連邦の軍人でなければ、話も聞いてもらえないだろう。

「そんな、こんな状況で……ちょっと、そこの貴方。ホヴォス連邦の兵士でしょ。ロメリア様の言うことを聞きなさい。助かりたいのでしょ！」

レーリア公女がたまたま近くにいたホヴォス連邦の兵士を捕まえて言うことを聞かせようとするが、兵士は相手にしていられないと言わんばかりに返事もせずに行ってしまう。

「何よ、あの態度は、私は……公女なのよ」

落ち込むレーリア公女だが、末端の兵士は貴族の令嬢の顔なんて知らないのだ。

「残っているホヴォス連邦の指揮官を探しましょう。一人ぐらいはいるはずです」

私はホヴォス連邦の兵士が、集まっている場所を探した。

混乱に陥れば兵士は指揮官に元に集まる。兵士が多くいる場所に、指揮官が残っている。

「あった！」

私は魔王軍とホヴォス連邦の軍勢が入り乱れる中で、幾つかの部隊が集まり、魔王軍の攻撃に抵抗しているのを見つけた。あそこになら、指揮が取れる兵士がいるかもしれない。

「グレン、ハンス。来て下さい」

私は竜退治を成し遂げた、ロメ隊の二人を呼び寄せる。

「あそこに、魔王軍と交戦している部隊があります。救出に行きますよ！」

駆け寄って来た二人に対し、私が戦場を指差した。指の先には数百人ほどの兵士達が、魔王軍と激しく戦っていた。

「待ってくださいロメリア様！」

馬を駆り突撃する私に、グレンが慌てて兵士と共に追いかけてくる。

魔王軍と戦う兵士達は、斧を持つ兵士を先頭に善戦していた。魔王軍は私達に気付いておらず、無防備な背中を見せている。私はその背中に突撃した。

グレンは敵を薙ぎ倒し、その脇をハンスが固める。二人は次々に魔族を倒していく。

「皆さん、無事ですか！　え？　マイスさん？　それにガンブ将軍！」

私は敵の排除をグレン達に任せ、魔王軍と交戦していた兵士達を見ると驚いた。そこにはホヴォス連邦の兵士だけではなく、ヘイレント王国の兵士もいたからだ。

斧を振り戦っていたのは、傭兵上がりの女戦士のマイスだった。そしてヘイレント王国の兵士に囲まれ、長い髭を持つガンブ将軍が横たわっている。ガンブ将軍は敵にやられたのか、腹部から血を流しており意識が無い。

「マイス！　どうして貴方ここに」

「私はディモス将軍に置いていかれて、追いかけようとしたらこの爺さんが流されてきて、見捨てることも出来ないから」

レーリア公女も驚きながら問うと、マイスは頬を掻きながら説明する。

「そういう姫様こそ、どうしてロメリア様と？」

「それは……いろいろあったのよ」

私の馬の後ろに乗るレーリア公女を見て、マイスが不思議そうな顔をする。だがこの状況をどう説明していいのか、私にもレーリア公女にも分からない。

「そんなことよりマイス！　貴方、名の通った戦士なのですよね」

何を思いついたのか、レーリア公女は馬から飛び降りマイスに駆け寄る。

たしか女戦士マイスは、ホヴォス連邦を侵略しに来た魔王軍との決戦で、魔王軍を率いる大将軍と戦い、片腕を斬り落としたと言われている。その実力を疑う者はいないだろう。

「マイス。貴方、ホヴォス連邦の兵士を率いなさい」

「私が？　無理です姫様！　私に指揮権なんてないし、兵を指揮したこともないから、何をすればいいのかも……」

「貴方にそこまで期待していません。作戦は別の人が考えます」

「誰が作戦を考えるんです？　姫様ですか？」

「私にそんなこと、出来るわけがないでしょう」

マイスがレーリア公女を見たが、レーリア公女の視線は私に向けられた。

「え？　私が考えるのですか？」

「今この場で指揮したことがあるのは、貴方だけです。どうすればいいのか教えてください」

私は驚くが、レーリア公女は早くしろと目を向ける。

「ええっと……ではここにホヴォス連邦の旗を立てて、防衛線を築いてください。兵士を派遣して、孤立している味方を救出してください」

私は現状を挽回するために必要なことを言うと、レーリア公女が頷く。

「ではマイス。貴方に命令します。ホヴォス連邦の旗を立てて、ここに防衛線を築きなさい。兵士を出して、孤立している味方を救出してください」

レーリア公女は、胸を張って堂々と命令した。

「あー姫様。それはさすがに……他国の人間の命令を聞くわけには……」

「なら貴方が作戦を考えてくれますか？　貴方が考えてくれるのなら、それでもいいのですよ」

渋るマイスを、レーリア公女がマイスに作戦を考えろと見返す。

突然選択を迫られ、マイスの顔が苦渋に歪む。しかし表情はすぐに一変し、晴れ晴れとしたものになった。私はこの顔を知っている。これは考えることを放棄した者が見せる顔だ。

「よし、ここに防衛線を築くぞ！　誰か旗を捜してこい！　兵士を送り出して孤立している味方を助けに行け！」

マイスは堂々とした声で、周りの兵士に命令を下す。

正直、レーリア公女とマイスのやり取りは呆れるしかない。だがこれで指揮系統が回復し、兵士も助かるのだからよしとする。

　ホヴォス連邦の問題を片付けたレーリア公女は、今度は意識のないガンブ将軍と、周囲にいるヘイレント王国の兵士達を見る。

「ヘイレント王国の方ですね、貴方達もホヴォス連邦と協力してください」

「しかし、我々はこの場を離れるわけには……ガンブ将軍の最後の命令が……」

　レーリア公女がヘイレント王国の兵士に声をかけるが、兵士は意識のないガンブ将軍とレーリア公女の顔を見比べる。

　恐らくこの兵士はガンブ将軍の副官なのだろう。着ている鎧が立派なので、身分の高い指揮官であることが分かる。だが指揮官であるがゆえに、ガンブ将軍が出した最後の命令に従うべきなのか、それとも独自の判断を下すべきなのか迷っているのだ。

「私は先ほどまで、ヘレン王女と一緒にいました。王女は現在、ライオネル王国の陣地に身を寄せています」

「本当ですか！　レーリア公女！」

「ヘレン王女を助けるために、協力してください」

　レーリア公女がヘレンの名前を出すと、ヘイレント王国の兵士は顔が明るくなる。

「聞いたかお前ら！　ヘレン王女はご無事だ。王女を守るためにも戦うぞ！　ヘイレント王国の旗を立てろ、王女が生きていることを兵士達に知らせろ！」

ヘイレント王国の兵士達が立ち上がり、急に勢いを盛り返す。

「なるほど、その手がありましたか」

私は素直に感心した。ヘレン王女の名前を出すことは思いつかなかった。

「ヘレンは可愛いですから、兵士に人気があるのですよ」

レーリア公女は、自慢の友人を語るように目を細める。

「レーリア様、ここでは怪我人の治療も満足に出来ません。怪我人をライオネル王国……いえ、ハメイル王国に護送しましょう。ガンブ将軍もそちらに」

「そうね、分かりました。マイス、怪我人をハメイル王国に護送して！」

私の提案に、レーリア公女が頷いてマイスに命令を下す。

まとまり始めたホヴォス連邦とヘイレント王国が、魔王軍を押し返し始める。

南を見れば、ハメイル王国がディモス将軍率いるホヴォス連邦の主力部隊を援護していた。

ディモス将軍はスート大橋の前で体勢を立て直し、ハメイル王国と共に反撃を始めていた。

この調子ならば、味方に好調をもたらす『恩寵』の効果で、左翼と中央部分は持ち直せるだろう。

だがいくら『恩寵』があろうと、この戦争を勝利に導く力は私にはない。

私は北に目を向けた。フルグスク帝国とヒューリオン王国。大陸最強の名を分け合う両大国が、この戦争の行方を決定する。

今は両国の勝利を願うしかなかった。

フルグスク帝国の皇女グーデリアは、激しい頭痛に顔をしかめた。

円形丘陵から流れ出た水から連合軍を救うため、大量の魔力を消耗した代償は大きかった。

しかしその甲斐（かい）あって、連合軍の全滅を防ぐことが出来た。

戦場の左翼を見れば、ロメリア率いるライオネル王国がいち早く連合軍の危機を察知し、ホヴォス連邦とヘイレント王国の支援に動いていた。支援がうまくいけば、中央は持ちこたえられそうだった。

「兵士の動揺を鎮めよ、戦線を押し上げよ！　兵士を前進させるのだ」

グーデリアは痛む頭を押さえながら、兵士に命じる。

戦場を見ると、これまで後方に控えていた三本角竜（トリケラ）が動きだし、雄牛の如き速度で爆走して兵士達を蹴散（けち）らしている。

三本角竜（トリケラ）に跨（また）がる魔族は、三色に輝く杖を振りかざし、逃げ惑う兵士達を追い立てる。

「おのれ、蜥蜴（とかげ）ごときが！　我が兵士を！」

グーデリアは魔法で仕留めようと右手を伸ばしたが、魔力の枯渇により魔法が発動せず、さらに激しい頭痛を引き起こしただけだった。

頭を抱えうずくまるグーデリアに、侍従(じじゅう)や兵士が駆け寄る。

心配はありがたいが、グーデリアは差し伸べられた手を払った。弱っているところを兵士に見られれば士気に関わる。

「私のことは構うな。それよりもあの竜を討て！　月光騎士団に討伐させよ」

グーデリアは前線で暴れ回る、三本角竜(トリケラ)を指差す。

命令に応じ、月光騎士団が三本角竜(トリケラ)に狙いを定め、水晶の剣を向けて一斉に光の魔法を放つ。

だが三本角竜(トリケラ)に光の矢が当たる直前、青白い光の壁が生まれ、魔法をかき消してしまう。

「魔法壁か！」

グーデリアが三本角竜(トリケラ)を見ると、背中に乗る魔族が杖を掲げていた。杖の先端には白、緑、黄色の魔石が取り付けられており、その中の白い魔石が光り輝き、魔法壁を発生させていた。

月光騎士団は必殺の光の魔法による先制攻撃を防がれ、三本角竜(トリケラ)の突進を止められず、数人の騎士が吹き飛ばされる。

「月光騎士団は下がれ！　弓だ、矢であの魔族を射よ」

グーデリアは弓兵に命じた。魔法壁で魔法は防げても矢は防げない。

弓兵達が一斉に矢を放つが、だが降り注ぐ矢に対し、三本角竜(トリケラ)の背に乗る魔族が杖を掲げた。すると緑の魔石が輝き、杖から突風が吹き荒れ、降り注ぐ矢を弾き飛ばした。

「おのれ、風魔法か！」

月光騎士団も矢も通じないのを見て、グーデリアは歯噛みする。

「ならば騎兵で足止めをして、歩兵で圧殺せよ。犠牲を出してでもあの竜を倒せ！」

グーデリアは兵を叱咤する。

騎兵部隊が馬を駆り、槍を構えて三本角竜に接近する。

フルグスク帝国の騎兵達は自らの体を武器として、三本角竜の突進を止めるつもりだった。

だが命懸けの攻撃を行う騎兵達を前に、三本角竜に乗る魔族は、今度は杖に取り付けた黄色い魔石を輝かせる。すると杖からは網のような紫電が放たれ、突進する騎兵達に降り注ぐ。

グーデリアの目から見て、魔族が放った電撃魔法は大した魔法ではなかった。体を痺れさせはするだろうが、命を取るほどではない。決死の覚悟を固めた兵士ならば十分に耐えられるものだ。

だが兵士は覚悟により耐えることが出来ても、彼らが乗る馬は違う。突然の電撃により足並みが乱れる。そこに三本角竜が角を振りかざし、騎士達を蹴散らしていく。

「おのれ、あの程度の使い手にやられるとは！」

グーデリアは唇を噛み締めた。

グーデリアが万全の状態であれば、あの程度の使い手と竜など、一撃で仕留めることが出来た。だが温存しておきたかった切り札を、序盤で使わされたことが響いている。

「月光騎士団に、敵の戦列を突破させよ」

グーデリアは倒しにくい三本角竜を一旦無視し、前進する魔王軍の装甲巨人兵を指差した。

三本角竜と連動して、重装備に身を固めた装甲巨人兵が、前進を開始していた。

最強と名高き月光騎士団は、グーデリアの手足の如く動き、接近する装甲巨人兵に水晶の剣を向ける。一斉に光の矢が放たれたが、装甲巨人兵の前に青白い光の壁が生まれ、またしても光の魔法をかき消す。

装甲巨人兵の後ろには、ローブを着た魔法兵が並んでいた。手に持つ杖の先端には白い魔石が取り付けられ、光を放ち魔法壁を展開している。

「ここでもか！」

グーデリアは顔をしかめた。

魔法壁に守られた魔王軍の装甲巨人兵達が、盾を掲げて突進し、月光騎士団に体当たりを仕掛けてくる。月光騎士団は再度光の魔法を放ち、盾による突撃を防ごうとする。

光の矢の斉射により、何体かの魔族が倒れたものの、全ての突進を止めることが出来ず、体当たりを受けた兵士が落馬し、接近戦に持ち込まれる。

月光騎士団は水晶の剣で反撃したが、必勝戦法を封じられ、互角の戦いとなってしまう。

グーデリアは己の不覚を悟った。

魔王軍は月光騎士団への対策をとってきている。このままでは、負けることはなくとも勝つことも出来ない。手元に残った予備兵を投入すれば、混戦に陥った月光騎士団を救えるが……。

「予備兵を動員せよ、右翼にいるヒューリオン王国を援護するのだ」

グーデリアは残された予備兵を、自国の前線ではなく、仇敵とも言える国の援護に使用することを決定した。

「ヒューリオン王国を助けるのですか！」

本陣に控える兵士が、グーデリアの決定に異を唱える。

「もはやそれ以外に勝ち筋がない！」

グーデリアは、異を唱えた兵士を一喝した。

既にこの戦い、半分負けることが決定している。堤防が破壊されて、ガンガルガ要塞の水攻めは維持出来ない。連合軍の初期目的は、達成不可能となっていた。

連合軍の戦略的敗北は、すでに決まっている。だがまだ別の勝ち目が残っていた。

この戦いで勝利し、援軍としてやって来た魔王軍を殲滅する。ガンガルガ要塞は落とせないが、戦争そのものには勝利することが出来る。

そのためには敵陣を突破し、魔王軍の本陣を討つことが絶対条件。月光騎士団が封じられた今、残るはヒューリオン王国の太陽騎士団に賭けるしかなかった。

ヒュース……。

グーデリアはヒューリオン王国にいる、第三王子の顔を思い浮かべた。

幼少期を一緒に過ごしたヒュースのことを、グーデリアは本当の家族のように愛していた。

あまり無理はするなよ。

グーデリアは心の中で、愛する者を案じた。


魔王軍特務参謀のギャミは、迫りくるヒューリオン王国の太陽騎士団を止めることが出来なかった。

一人一人が卓越した兵士である太陽騎士団には、明確な対処法というものがない。最善策は強固な陣形を形成し、動きを止めて数で圧殺することだった。だが先陣を駆けるギルデバランの猛威には歯が立たず、どれほど強固な陣形を作り上げても突破されてしまう。

ギルデバランを止めなければ、太陽騎士団は止められない。しかし強大な個の力を持つギルデバランを相手にするには、数の力ではなく同じく大きな個の力が必要だった。

ガリオスの六男ガリスが棘竜で挑んだが、一撃で倒されてしまった。さらにガリスが率いていた装甲巨人兵も、ギルデバランに為す術もなく倒されていく。

ガリオスがいれば……。

ギャミの脳裏には、部屋に籠るガリオスの顔が浮かんだが、ここにいない者には頼れない。

ギルデバランの進撃は止まらず、ついに装甲巨人兵の防御を突破した。

「ギャミよ、ど、どうするのだ」

指揮官であるダラス将軍が、声を震えさせる。

残された戦力は、予備兵として本陣に残した小鬼兵が三千体に竜騎兵が千体のみ。あとは兄達に引っ込んでいろと言われたイザークが、装甲竜(アンキロ)のルドと共にいるだけである。

ギルデバランの野獣の如き眼が、本陣にいるギャミ達を捉える。

その時戦場の中央から、暴君竜(テイラノ)が咆哮(ほうこう)を上げて現れた。

「ガラルド様か！」

ギャミは暴君竜(テイラノ)の背に乗るガラルドに驚く。

ガラルドの配置は戦場の中央、ヘイレント王国の攻撃が担当だった。しかし本陣の危機に気付き、装甲巨人兵と共に戻ってきたのだ。

暴君竜(テイラノ)が咆哮を上げ、装甲巨人兵が太陽騎士団の行く手を阻む。

ガラルドは竜の背で弓を引き絞り、ギルデバランに向かって放つ。ギルデバランは大剣を掲げ、剣の腹で流星の如き矢を受けた。

暴君竜(テイラノ)が巨大な口を開き、無数の牙を見せてギルデバランに襲いかかった。普通の兵士ならば恐怖のあまり身がすくむ光景だが、ギルデバランの闘志は衰えない。むしろ馬の腹を蹴(け)り、大剣を掲げて暴君竜(テイラノ)に向かって行く。

暴君竜(テイラノ)の牙に対して、ギルデバランが大剣を振り抜こうとしたが、その瞬間を狙ってガラルドが矢を放つ。ギルデバランは即座に大剣を返して矢を弾くが、そこに竜の牙が襲いかかる。

ギルデバランは身をかがめ、紙一重で死の牙から逃れた。

ガラルドは鞍（くら）に取り付けた矢筒から、矢を引き抜く。

暴君竜（ティラノ）の鞍にはガラルド愛用の棍棒（こんぼう）だけでなく、四つの矢筒が取り付けられており、矢は潤沢。次々にギルデバランに向かって矢を放っていく。

矢を放つガラルドがいる限り、暴君竜（ティラノ）は落とせない。そう考えたギルデバランは大剣を背にしまい、馬を操り暴君竜（ティラノ）の右後方に付ける。

ガラルドは暴君竜（ティラノ）を走らせながら身をねじり、後ろに付いたギルデバランを弓で狙おうとしたが、その場所は竜の巨体が邪魔になるため、狙いを付けることが出来ない。

死角に入ったギルデバランは竜の尻尾を掻（か）い潜（くぐ）り、暴君竜（ティラノ）の巨大な左後脚に馬を寄せる。そしてあぶみから足を外すと、疾走（しっそう）する馬の鞍の上に立ち、真上に飛び上がった。

その巨体からは信じられぬ跳躍を見せたギルデバランは、暴君竜（ティラノ）の体に飛び付き、硬い鱗（うろこ）を摑（つか）んでよじ登る。ギルデバランを探していたガラルドは、竜の背中を登って来るギルデバランを見て驚くも、弓を鋼鉄の棍棒に持ち替えて、鞍から立ち上がった。

ガラルドとギルデバランが、暴君竜（ティラノ）の背の上で対峙（たいじ）する。

暴君竜（ティラノ）の背中は峰のように隆起しており、平らな場所などどこにもない。さらに両者が構える武器は、片や棍棒、片や大剣である。いずれも不安定な足場で操るには不向きの大型武器だが、幾多の戦場を乗り越えてきた一体と一人は、まるで平地の如く棍棒と大剣を振り抜く。

風を斬り裂く二つの武器が、竜の背の上で激突する。

棍棒（こんぼう）と大剣が火花を散らし、戦場に轟音（ごうおん）が響き渡る。

両者の力は拮抗し、棍棒と大剣が弾かれる。ガラルドが父譲りの体格で棍棒を振り下ろすと、ギルデバランは熟達した剣技で大剣を操り棍棒をはじき返す。

戦場に幾多の火花が生まれては散る。手綱を握る者がいなくなった暴君竜（ティラノ）は血に飢え、動くものは全てが獲物と咆哮（ほうこう）を上げて、装甲巨人兵にも太陽騎士団にも襲いかかる。

火花と轟音、破壊と斬撃（ざんげき）、咆哮と血飛沫（しぶき）が飛び交う。何十合と棍棒と刃が打ち合わされた。

当初は互角の勝負を繰り広げていた、ガラルドとギルデバランであったが、徐々にガラルドが押され始めた。体格や力では、ガラルドが勝っていた。だが太陽騎士団を率いて強敵と渡り合ってきたギルデバランはまさに百戦錬磨。経験と技術でガラルドを上回っていた。

ガラルドの握る棍棒が、ギルデバランの大剣に弾かれて宙を舞う。

武器を失ったガラルドに、ギルデバランが大剣を煌（きら）めかせ振り下ろした。

ガラルドは左腕を掲げて防ごうとするも、ギルデバランの大剣は掲げた左腕を両断し、ガラルドの左肩から胸に深々と食い込む。

「ああっ、兄上！」

イザークが斬られた兄を見て悲鳴を上げ、ギャミは目を瞑（つむ）り唸（うな）る。

やはり父ガリオスのようにはなれなかったかと、ギャミは首を横に振った。

魔王ゼルギスにその弟ガリオス。この二体は魔族の中でも傑出した力を持ち、他の追随を許さない。突然変異と言ってもいい存在であり、血縁であってもゼルギスやガリオスのようになるわけではない。ギャミもそれは分かっていたが、心のどこかでは期待していたのだ。

瞑目するギャミの耳を、咆哮が貫く。

声を上げたのは、胸に大剣を食い込ませているガラルドだった。

肺を切り裂かれ、心臓にも届こうという深手を負いながらも、ガラルドは吼え、断ち切られた左腕を大剣に絡め、右手でギルデバランの鎧を摑む。

「我はガリオスの子！　ガラルド！　ただでは死なぬ！　竜よ！　我を糧とせよ！」

ガラルドの叫びは魔族の言語エノルク語であったため、ギルデバランは理解しなかっただろう。だが何をしようとしているのかは即座に理解し、振り解こうともがく。だがガラルドは逃さず、ギルデバランもろとも竜の背から身を投げ出した。

「魔王軍に勝利を！」

ガラルドが叫び、声に反応して暴君竜が顔を向ける。

元々が人にも魔族にも懐かぬ竜。血に酔い手綱を握る者がいなければ、敵と味方の区別はない。飛び降りてきたガラルドとギルデバランに対して、反射的に首を伸ばして食らい付く。

「はなせぇぇぇぇょ！」

暴君竜に下半身を嚙みつかれたギルデバランが、右手に短剣を持ち、竜の口に突き刺す。

だが暴君竜は痛痒にも感じぬと、大きな首を跳ね上げ、牙に引っかかるギルデバランとガラルドを空中に放り上げる。そして落下してくる一人と一体を丸ごと口に収めた。

ギルデバランの足掻きの声は暴君竜の口の中からも聞こえたが、やがて悲鳴へと変わり、骨を砕く咀嚼音だけが戦場に響く。

暴君竜が口を動かし、牙に引っかかっていた物を吐き出す。それはギルデバランが身に着けていた黄金の兜だった。

ガラルドとギルデバランの壮絶な相打ちを目撃し、両軍共に言葉をなくす。

「兄上……しかと見届けました。貴方はまさしくガリオスの子です……」

ギャミの側に立つイザークは、相打ちに持ち込んだ兄の最後に、拳を固め感動に震えていた。しかし参謀としてこの場にいるギャミには、感動に心奪われている余裕はない。

ガラルドがギルデバラン相手に相打ちに持ち込んだことは、正直助かったと言える。しかし大駒同士が潰し合っても、まだ勝利には届かない。

操る者がいなくなった暴君竜は、ただの獣となっていた。

もともと無理やり調教された竜であるため、血に酔い一度魔族を食い始めれば、制御など出来ようはずもない。手当たり次第近くにいる者に襲いかかっている。

装甲巨人兵は率いる者がいないため、まとまりに欠ける。一方太陽騎士団は、ギルデバランの死に動揺するも、すぐに復讐に燃え始める。

一人一人が卓越した兵士である太陽騎士団は、ギルデバランが死してもまとまりを欠くことはない。ガラルドが率いてきた装甲巨人兵と戦いながら、ギャミ達がいる本陣を目指している。ギャミ達を皆殺しにし、戦争に勝利することで、仇討ちをなそうとしているのだ。

ギャミは息を吐いた。いずれ装甲巨人兵も突破される。復讐に燃える太陽騎士団を止める戦力が、今のギャミの手元にはない。

やはり駒が一枚足りなんだか……。

ギャミは自らの敗北を悟った。戦争が始まる前には、各国の将軍達に向けて刺客を放つという悪あがきもしたが、効果を発揮する前に勝敗がついてしまった。

敗北を悟ったギャミだが、思考はすでに次の段階に切り替わっている。ここでの戦争は負けてしまったが、ガンガルガ要塞の救援という初期目的は達成している。さらに連合軍にも大きな損害を与えているため、人間共もガンガルガ要塞攻略を続行出来ない。

「ギャ、ギャミよ。どうするのだ。どうすれば」

ダラス将軍が狼狽える。

「落ち着いてくださいダラス将軍。私が小鬼兵と竜騎兵を率いて時間を稼ぎます。将軍は残った兵を引き連れてお逃げください」

ギャミは落ち着いた声で撤退を提案した。

太陽騎士団が装甲巨人兵と交戦している今なら、まだ離脱は可能だ。

「しかし、ギャミよ、兵士が戦っているのに、将軍が逃げていいものか」

「いいから、早くお逃げください」

迷うダラス将軍を、ギャミは急かした。

参謀の仕事は、損害を少しでも減らすことにある。敗北が決まったのなら、さっさと逃げるべきだった。

「わ、分かった。では、あとは頼んだぞ」

ダラス将軍が踵を返し、護衛の兵士達と共に馬に乗り逃げていく。

ギャミが撤退戦の手順を思案していると、側に立つ影に気付き顔を上げた。そこにはガリオスの七男イザークが、背中に二振りの戦槌を担ぎ、装甲竜のルドと共に立っている。

「何をしているのです。イザーク様。貴方も早くお逃げください」

「そう言うギャミ様はどうされるおつもりですか?」

「私は参謀としての仕事があります。運がよければ、生き延びることも出来るでしょう」

「では私もご一緒します」

イザークは達観した顔を見せたが、ギャミは苛立った。

「何を言っているのです。早く逃げてください。貴方はガリオス閣下のお子なのですよ。このような場所で命を散らせてどうするのです」

「いいのです。ギャミ様はご存じなのでしょう。私は父上の子ではありません」

ギャミが自分を大事にするように話すと、イザークは悲しげな顔を見せた。

「せめて父の名を汚さぬよう、兄ガラルドと同じ戦場で、勇ましく戦って死のうと思います」

「まったく……貴方はそんなことを悩んでいたのですか」

青年の悩みの発露に対し、ギャミはため息で答えた。

「誰がそんなことを言ったのです」

「皆が言っています。私は体型からして父上とまったく似ていません」

イザークが両手を広げて、自分の体を示す。

「それはただの偶然です。貴方はガリオス閣下のお子で、間違いありません。私が保証します」

ギャミは呆れて答えた。

ガリオスの息子達は全員母親が違う。魔王ゼルギスの弟としての政略結婚であるが、婚姻のための結婚ではない。子供を作ることが目的の結婚なのだ。

最強の力を持つガリオスを、もう一体作る。

それは魔族にとって悲願であり、ガリオスと結婚して子を産むということは、一族だけではなく、魔族全体の期待を背負う行為なのだ。そこに不倫が入り込む余地はない。女の側もガリオスの子を産むため、熾烈（しれつ）な競争の末にその権利を勝ち取っている。

イザークの背が小さいのは、たまたまそう生まれ付いたというしかない。

「で、ですが、父は私に興味がありません。名前も兄達とは少し違います」

確かに他の兄弟は、ガリオスに似た名前が付けられていた。イザークだけは系統が違っていた。

「それは……すまないことをしましたね」

「なぜ、ギャミ様が謝るのです？」

「ガリオス閣下が考えられた名前の中から、私が選んだからですよ」

ギャミは苛立たしげに答えた。

「そもそも他のご兄弟の名前は、母方の親族が考えたもので、ガリオス閣下が名前を考えたのは、イザーク様だけだったと思いますよ」

ギャミは答えながら、遥か昔の記憶を思い出した。

常に戦地を転々としているガリオスは、子供の誕生に立ち会えず、名前は母方の親族がガリオスにあやかって名付けた。ただイザークが誕生した時は、たまたま戦地から戻っていたので、ガリオスが名前を考えたのだ。

だが一つを選ぶことが出来ず、紙に書いた候補をギャミに選べと言ってきたのだ。その時ギャミが床に落ちている一枚を見つけ、拾い上げた名前がイザークだった。

「別にイザーク様が期待されていない、ということはありませんよ」

ギャミは呆れながら答えた。

「……そうか、私は父上に愛されていたのですね」

自分の名前の秘密を知り、イザークは嬉しそうに語った。

ギャミはその言葉を聞き、それは違うと思った。

ガリオスが息子達を、愛しているかといえば疑問だ。そもそも戦い以外に興味のない男である。イザークを含め息子達全員に、期待もしていなければ愛してもいないだろう。

だが余計なことを言わない程度の良識は、ギャミにもあった。

「ええ、そうです。ですので、早くお逃げください」

ギャミは逃げるように促したが、イザークは動かなかった。

「いえ、そう言うギャミ様こそお逃げください。貴方(あなた)こそ、これからの魔王軍に必要です」

イザークは装甲竜(アンキロ)のルドに跨(また)がり、背中に担いでいた二本の戦鎚を引き抜き構える。

「ああ、もう。なら好きにしてください」

ギャミは説得を諦めた。

前を見れば太陽騎士団はガラルドの装甲巨人兵を突破し、本陣に向かって来ていた。もはや逃げることは叶わない。それにギャミは小鬼兵や竜騎兵を指揮しなければいけない。青年の自己犠牲精神に付き合っている余裕はなかった。

ギャミはゲドル三千竜将(ぜんりゅうしょう)に命じ、小鬼兵の歩兵千体を前方に置き、レギス千竜将率いる竜騎兵を二つに分けてその両脇に並べる。さらに小鬼兵の弓兵二千体を歩兵の後ろに並べた。

イザークが装甲竜(アンキロ)のルドに跨がり、歩兵達の前に出る。どうやら最前線で戦いたいらしい。

初陣のイザークが、太陽騎士団に敵うわけがない。一撃で殺されてしまうだろう。だがどうせどこにいても結果は同じと考え、ギャミは好きにさせることにした。

馬に乗る太陽騎士団が、矢のような突撃陣形を保ちながら、真っ直ぐギャミ達のいる本陣に向けて走って来る。

「我こそは、ガリオスが七男！　イザーク！　我が戦いぶりをとくと見よ！」

イザークが名乗りを上げ、装甲竜を走らせ単身突撃する。

対する太陽騎士団は怯みもせず、一騎が速度を上げ、槍を構えてイザークに立ち向かう。

イザークが二本の戦鎚を振りかぶるが、太陽騎士団の槍が先に命中し、鎧を貫きイザークの胸に突き刺さった。

討ち取られたイザークを見て、小鬼兵が息を漏らす。ギャミもたまらず顔をしかめた。

死を悼んだのではない。無駄に命を散らせたイザークの行動が我慢ならなかった。

参謀であるギャミにとって、効率こそが正義である。いかに効率よく敵と味方を殺すかが参謀の至上命題であり、犠牲的突撃など唾棄すべき愚行と言えた。

ギャミはもう、イザークのことを忘れようとした。だが胸を貫かれたイザークが動いた。右手に持った戦鎚を振り下ろし、自分の胸を貫いた騎兵の頭を兜ごと撃ち抜く。

殴られた騎兵は体を後ろにのけぞらせ、落馬し動かなくなる。一方槍を体に突き立てられたイザークは、槍を引き抜くと雄叫びを上げ、次の敵に襲いかかった。

後続の太陽騎士団は仲間が殺されたことに驚きつつも、すぐに槍を構えた二人の騎兵がイザークに向かって行く。

対するイザークは戦鎚を構えるも、初陣ゆえに経験が足りず間合いが甘い。二本の槍が体に深々と突き刺さる。明らかに致命傷のはずだが、イザークは痛みを感じないのか、二振りの戦鎚を振り下ろし、二人の騎兵の頭を砕く。

ギャミは自分が見ている光景が信じられなかった。

イザークは自分に突き刺さった槍を引き抜くと、何でもないと投げ捨て、次の敵に向かって行く。太陽騎士団は次々にイザークの体に槍を突き立てたが、イザークはまるで問題にせず、二本の戦鎚を振り回して暴れ回る。

敵を蹴散(けち)らすその姿は、ガリオスの戦いぶりをも彷彿(ほうふつ)とさせるものがあった。

イザークは間違いなくガリオスの息子である。しかしその体は父や兄弟とは違い小さかった。だがもしあの体の中に、ガリオスに匹敵する体格が凝縮されているのだとしたら、突き刺さった槍は筋肉で止まり、あらゆる攻撃は致命傷とならない。

「竜がもう一頭生まれたか！」

イザークの不死身の如き戦いぶりを見て、ギャミは拳を固めて叫んだ。

太陽騎士団は死なないイザークを相手にしていられないと、脇を通り抜けようとする。だが装甲竜(アンキロ)が尻尾を振り、すり抜けようとした騎兵を打ち据える。

装甲竜(アンキロ)は別名げんこつ竜とも呼ばれており、尻尾の先端には瘤(こぶ)のような塊が付いている。その一撃は岩をも砕くと言われている。尻尾の一撃に馬が吹き飛び、鎧(よろい)がひしゃげる。イザークの二本の戦鎚に、三つ目が加わったようなものだった。

しかしたった一体と一頭で、太陽騎士団全体を止めることは出来ない。太陽騎士団はイザークから大きく距離をとり、本陣に向かおうとする。

「ギャミ様！　矢を！」

イザークが振り向き、本陣にいるギャミに向かって叫ぶ。

「そうか！　ゲドル三千竜将(ぜんりゅうしょう)！　矢だ、矢を放て！」

「しかし、ギャミ様、前にはイザーク様が……」

「構わん。矢ではイザーク様は死なぬ。弓兵三射！　イザーク様ごと打て」

ギャミの命令にゲドル三千竜将は驚くが、上官の命令には従い矢を放つよう指示する。

大量の矢がイザークと装甲竜(アンキロ)、そして太陽騎士団に降り注ぐ。

装甲竜(アンキロ)はその名の通り、全身を装甲の如き鱗(うろこ)に覆われており、瞼(まぶた)にすら矢が通らない。しかしイザークは、そのような鱗を持ってはいない。鎧は着ているが、矢は鎧を貫通し、鎧の隙間にも矢が突き立つ。だが背中に何本の矢を受けても、イザークは止まらない。降り注ぐ矢など小雨と言わんばかりに戦鎚を振り回す。

太陽騎士団は、矢とイザークの攻撃に阻まれ、前に進むことが出来なかった。

「弓兵はさらに三射！　レギス千竜将！　竜騎兵だ！　弓兵の斉射が終わり次第突撃せよ。ただし一撃したら即座に離脱だ。またすぐに矢を放つ！　いいな！」

「りょ、了解！　竜騎兵前進！　突撃準備！」

ギャミの命令に、レギス千竜将が慌てて獣脚竜(ラプトル)の手綱を引く。

「目標、太陽騎士団。竜騎兵突撃！　跳べ！」

弓兵の三射目が終わると同時にレギスが号令し、竜騎兵が突撃し、そして一斉に跳躍した。

空から降ってくるような竜騎兵の攻撃に、太陽騎士団はすぐには対応出来なかった。爪で斬り裂かれ、最強を誇った騎士達が次々に倒れていく。

「退避！　退避！」

跳躍攻撃を行なったレギス千竜将は、即座に兵士に退避を命じて離脱を図る。

獣脚竜(ラプトル)は二足歩行であるため、安定性は馬に劣る。だが旋回性と敏捷(びんしょう)性は馬を大きく上回り、速やかな方向転換を可能としている。

潮が引くように退避する竜騎兵を、太陽騎士団が追いかけようとするが、イザークが阻む。

ギャミは目の前の光景に歓喜した。装甲竜(アンキロ)、弓兵、竜騎兵の三段攻撃は、これまでにない組み立てだった。竜騎兵と弓だけでは、こうはいかなかっただろう。前線で敵を押しとどめ、矢をものともせずに暴れ回るイザークの存在が大きい。

もちろんイザークのような魔族は二体といない。だが代替は出来る。装甲竜(アンキロ)を繁殖させ、騎乗する兵士は全身を鎧で覆い、背中には巨大な盾を背負わせればいい。イザークほど身軽には戦えないだろうが、数を揃えれば補える。

「弓兵三射！　終わり次第、竜騎兵は再突撃。太陽騎士団を踏み潰せ」

竜騎兵が退避したのを見て、ギャミは再度弓兵に攻撃を命じる。そして竜騎兵にも再度の突撃を命じた。

「ゲドル三千竜将、竜騎兵の突撃の後、小鬼兵を前進させよ！　太陽騎士団を殲滅するのだ」

新戦術の三段攻撃により太陽騎士団は半壊している。あとは歩兵で殲滅出来る。

「潮目が変わった。翼竜だ！　後方の森に待機させている全ての翼竜に爆撃を命じよ」

ギャミは伝令の兵士に指示を出す。

「はっ！　して、目標は」

「ヒューリオン王国だ！　あの旗をへし折れ！」

兵士の問いに、ギャミは太陽の旗を杖で指す。

伝令の兵士が、後方の翼竜部隊に命令を伝えに行く。しばらくすると森の中から五頭の翼竜が飛び立ち、ヒューリオン王国の本陣に向けて急降下爆撃を行う。

人間達はすでに翼竜への対策を始めており、急降下してくる翼竜に対して矢を放つ。

三頭の翼竜が矢に射られて墜落するも、二頭が爆撃に成功しヒューリオン王国の旗が倒れる。

「勝った！」

ギャミは会心の笑みを見せた。

ヒューリオン王国の第三王子ヒュースは、全身の痛みで目を覚ました。

目を開けて上体を起こすと、体中に激しい痛みが走った。

「一体何が……」

何が起きたのか思い出せず、ヒュースが周囲を見ると、すぐ右横に真紅の旗に金糸で刺繍(ししゅう)された太陽の紋章が見えた。ヒューリオン王国の国旗だった。

決して沈むことのない太陽の旗は、地面に落ちて泥に塗(まみ)れていた。

周囲には鎧を着た兵士達が倒れ血を流し、呻(うめ)き声を上げている。離れた場所では巨大な翼竜(プテラ)が横たわっていた。体には何本もの矢が刺さり、首の骨が折れて絶命している。

「そうか……翼竜(プテラ)の爆撃が……」

ヒュースはようやく、何が起きたのかを思い出した。

魔王軍との戦いでギルデバランが敵と相打ちとなり、太陽騎士団が敵の本陣を攻撃した。しかし装甲竜(アンキロ)に乗った魔族に阻まれ、さらに翼竜(プテラ)の爆撃で本陣が攻撃されたのだ。

「って、そうだ！　レガリア叔父さん！」

ヒュースは自分の叔父である、レガリア将軍を捜した。爆撃の直前まで、ヒュースのすぐ近くで兵士を指揮していたのだ。

「叔父さん！」

ヒュースは倒れた兵士の中から、兵士の下敷きになっているレガリア将軍を発見した。

レガリア将軍は生きていたが、頭から血を流し意識はない。

「ちょ、叔父さん。しっかりして！」

ヒュースは声をかけたが、返事はない。

「まずい、まずい、これはまずい！」

ヒュースは意識のないレガリア将軍から視線を外し、周囲を見回した。

爆撃は本陣目がけて集中的に行われたらしく、レガリア将軍だけでなく、本陣に詰めていた指揮官達も全員が倒れていた。

戦場を見れば、魔王軍の本陣を攻撃していた太陽騎士団は、装甲竜（アンキロ）に乗る魔族の反撃に遭いどんどん数を減らしている。前線では暴君竜（ティラノ）が暴れており、ヒューリオン王国の兵士達がなんとか耐えているが、本陣が爆撃されたことに浮足立っている。

撤退しなければ全滅する。誰かが指揮を執（と）らねばならないが、指揮官が軒並み倒れていた。

「ちょっと待て、私に指揮は出来ないぞ！　叔父さん、起きて！」

レガリア将軍の頬（ほほ）をヒュースは軽く叩いたが、目を覚ます気配はなかった。

ヒュースは歯噛（はが）みした。

ヒュースはこれまで軍事にも政治にも関心を示さず、狩りや女遊びばかりしていた。その放蕩ぶりは知れ渡っており、兵士達からの信頼は無いに等しい。緊急事態とは言え、ヒュースの命令を兵士達は聞いてくれないだろう。

だが放蕩王子とまで呼ばれる遊び人ぶりは、ヒュースが生き残るための処世術だった。

かつてヒュースには十人以上の兄弟がいた。皆が野心強く、王位を目指して熾烈な権力闘争を続けていた。王宮内は陰謀が渦巻き、暗殺が横行した。兄弟は互いに殺し合い、現在残っているのは上に二人と下に一人。

陰謀や暗殺の手はヒュースにも伸び、いつも命の危機に怯えていた。

ヒュースは生き延びるため、遊び歩いて放蕩ぶりを内外に示した。王位に相応しくない行動をとることで、暗殺の手から逃れたのだ。

今も生き残れているのは、放蕩王子という仮面のおかげだったが、そのせいで、ヒュースは兵士達に命令する術を持たなかった。

逃げる。

全てを捨てて、身一つで逃げる考えが頭をよぎった。

自分に出来ることは何もない。兵士の指揮はレガリア将軍の仕事だ。そのレガリア将軍が倒れたのだから、自分は逃げていいはずだった。

ヒュースの目は、南にあるスート大橋に向けられた。

橋の前ではホヴォス連邦の軍勢が体勢を立て直し、ハメイル王国と協力して魔王軍と戦っていた。逃げるなら今だ。

逃げることを考えたヒュースの目に、フルグスク帝国の旗が見えた。ここで逃げるということは、フルグスク帝国の皇女グーデリアを見捨てるということになる。

兄弟の目を誤魔化すために、ヒュースは女遊びもよくした。だが忘れられない女性はただ一人、幼少期を共に過ごしたグーデリアだけだ。

この思いが愛情なのか、それとも家族に対する情なのかはヒュースにも分からない。

だがどちらにしても、グーデリアを置いて逃げることは出来なかった。

「ヒュース王子！　ご無事でしたか！　レガリア将軍は！」

そばかすの浮いた兵士を先頭にして、何人もの兵士達が本陣に戻ってくる。だがその分、前線の防御が手薄になり、魔王軍の軍勢が押し寄せる。

「やばい！」

ヒュースが前を見ると、爆撃での攻撃に勢い付いた魔王軍が、津波の様に押し寄せてきていた。兵士達が何とか押し返そうとするが、ついに二体の魔族に突破されてしまう。

ヒュースは絶望に顔を歪めた。

このまま魔王軍の攻撃が続けば、大量の敵が雪崩れ込んでくる。そうなれば倒れているレガリア将軍だけでなく、身動きが出来ない指揮官達も皆殺しにされる。最悪ヒューリオン王国軍の全滅すらあり得る状況だった。

「ああっ！　もう！」

ヒュースはやけになり、倒れている兵士の腰から剣を抜き取る。そして迫り来る魔王軍の兵士に向かって走った。

「おっ、王子！」

そばかす顔の兵士が敵に向かうヒュースを呼び止める。だがヒュースは無視して疾走する。

前線を突破して来た魔族の一体は、向かい来るヒュースに狙いを定めて槍を突く。ヒュースは自分を貫こうとする槍をギリギリまで引きつけ、寸前で顔を左にそらす。右頬が槍で浅く切り裂かれ、一筋の傷を残す。

槍を回避し、間合いの内側に入り込んだヒュースは剣を振るう。狙いは槍を持つ相手の左手。ヒュースが振り下ろした一撃は、槍を突いた魔族の左手の指四本を切断。魔族が短い悲鳴を上げている隙に、ヒュースは刃を返して振り下ろした剣を跳ね上げる。切っ先が向かうのは魔族の右脇、僅かな鎧の隙間を正確に貫く。

左指と右脇に傷を負った魔族は痛みに蹲る。ヒュースはもはや戦闘不能と判断し、次の魔族に向かう。

二体目の魔族は仲間がやられたのを見て、ヒュースが危険な存在だと気付き、近付けまいと槍を右から左に払った。ヒュースは払われた槍に対し、剣の腹に左手を添えて受ける。

衝撃がヒュースの体を貫くが、歯を食いしばって耐え、槍に剣を滑らせて前進、一気に接近する。魔族の懐に入ると、ヒュースは右手に握る剣を跳ね上げた。だが接近しすぎており、剣を振り下ろすには近すぎる間合い。ヒュースは振り上げた剣の軌道を変え、柄頭で魔族の左側頭部を兜の上から殴る。頭を打ち抜かれた魔族はその場に倒れた。

「おおっ！」

瞬く間に魔王軍の兵士を倒したヒュースを見て、そばかす顔の兵士が歓声を上げる。

「悪い、とどめを頼む」

ヒュースは前線に向かいながら後ろを振り向き、兵士達に後始末を頼む。

兵士達は敵がまだ生きていることを思い出し、慌てて槍や剣を振るい、とどめを刺していく。

ヒュースは殺される魔族の悲鳴を背後に聞きながら、前へと進む。前線ではこれ以上突破されまいとヒューリオン王国の兵士達が奮戦しているが、一度開いた穴をすぐに閉じることは叶わず、さらに三体の魔族がヒュース目がけて向かって来る。

地面に落ちている弓と矢筒を見つけたヒュースは、剣を地面に突き刺し、弓と矢筒を拾う。

迫り来る魔王軍の兵士を見て、ヒュースは慌てず弓を構え、一呼吸置いて矢を放った。

放たれた矢は狙い違わず魔族の胸に突き刺さる。さらにヒュースは二本の矢を放つと、二体の魔族が次々に倒れる。

周りの兵士達が再度歓声を上げるも、ヒュースは気にせず四本目の矢を手に取る。

弓を構えるが、すぐに矢を放たない。じっくりと狙いを定める。ヒュースが弓越しに見つめるのは、前線で魔王軍の兵士に指示を出している魔族だった。

あれが魔王軍の部隊長と見たヒュースは、狙いを定めてそっと矢から指を離す。

放たれた矢はまっすぐに飛んでいき、兵士達を叱咤する魔族の眉間を貫く。

前線で指揮を執る部隊長が倒され、魔王軍の圧力が一時的に低下する。

「す、すごいですね。ヒュース王子がそれほどの腕前だったとは、知りませんでした」

そばかす顔の兵士は尊敬の眼差しで見るが、ヒュースは暗澹たる思いだった。

暗殺に怯えるヒュースにとって、自分の体を鍛えることは唯一の防衛手段であった。

狩りで遊びに耽っているふりをしながら、馬術や弓術に精を出し、誰も見ていないところで剣術の稽古を惜しまなかった。幸い剣や弓の才能はあったらしく、並の兵士よりは戦える。

だがこれはヒュースにとって切り札であり、必死に隠していた爪なのだ。これが兄弟達に知られれば、警戒され暗殺の標的になってしまうだろう。だが、今は目の前の問題だ。

「それよりも本陣の指揮官の中で、無事な奴を探せ。手の空いている者は癒し手を連れてこい！」

ヒュースは兵士達に命じ、倒れている兵士達の救出にあたらせる。

その間ヒュースは矢を放ち、迫り来る魔族を射貫く。矢筒の矢が無くなった頃には、軽傷の指揮官が数人見つかった。癒し手による治療も始まり、本陣の指揮機能は回復しつつある。撤退のめどは立ち始めていた。

「おい、誰か馬を持ってこい！」

「う、馬ですか？　何をされるのですか！」

ヒュースが命じるとそばかす顔の兵士が、驚きながらも伝令用の馬を持ってきてくれる。

「撤退するにも、あれが邪魔だ」

ヒュースは、戦場で暴れ回る暴君竜を見る。

暴君竜は敵味方の区別なく暴れ回っており、暴君竜がいる限り安全に撤退など出来ない。

「しかし、いくらヒュース王子でも……」

「安心しろ、上手くやるさ」

「ちょっと待ってください、私も行きます」

馬に跨がるヒュースを見て、そばかす顔の兵士は、自分も馬を調達してきて飛び乗る。

「死ぬかもしれないが、まぁいい。ところで名前は？」

「カトルです！」

「じゃぁカトル、付いてこい！」

ヒュースが馬を走らせると、カトルが慌てて追いかけてくる。

兵士達の間を馬で駆け抜け、ヒュースは暴君竜の背後から接近する。

今のヒュースに暴君竜を倒すことなど出来ない。いくら剣の腕前に自信があっても、怪物退治など無理だ。だがやりようはある。ギルデバランがその方法を教えてくれた。

「カトル！　そのまま真っ直ぐ走って、囮になれ！」

「ええ!?　そんな！」

カトルは悲鳴を上げたが指示に従い、暴君竜の前に出る。竜はカトルに食いつき追いかけ始める。その暴君竜をヒュースが追いかけ、右後脚に馬を寄せる。

暴君竜に接近したヒュースは、走る馬の鞍の上に立つ。馬術も剣や弓と同じく得手分野。この程度の曲芸乗りは朝飯前だ。

ヒュースは鞍を蹴って暴君竜の背中に飛び移る。一瞬落ちそうになったが、必死にしがみ付きよじ登ると、連なる峰のような背中が続き、首の根元に鞍が見えた。鞍には手綱代わりの鎖が引っかかっている。

暴君竜の背中を走り、ヒュースは鞍に飛び乗ると手綱を引いた。

手綱の先には釣り針のような金具が取り付けられており、暴君竜の口の端に引っ掛けられている。手綱を引くと口の肉が引かれ、暴君竜を操るように出来ているらしい。

「こっちだ！」

ヒュースが力一杯手綱を右に引くと、暴君竜が嫌がりヒュースを振り落とそうと暴れる。ヒュースは必死に鞍にしがみ付き手綱を操る。

「言うことを聞け、こっちだ！」

暴れる暴君竜を制御し、ヒュースは暴君竜を魔王軍の本陣に向ける。

「そうだ、そっちへ進め」

ヒュースが手綱を緩めると、暴君竜(ティラノ)は真っ直ぐに魔王軍の本陣に向かって行く。

突進してくる暴君竜(ティラノ)に、魔王軍の兵士達が慌てるがもう遅い。

ヒュースは暴君竜(ティラノ)の背中で立ち上がり、全身の力で鎖の手綱を前に投げた。手綱はうまい具合に暴君竜(ティラノ)の首に引っかかった。

これで次に暴君竜(ティラノ)の背中に登る者がいても、手綱を掴(つか)むことが難しくなる。

「へへっ、行け行け、行っちまえ」

ヒュースは笑いながら、暴君竜(ティラノ)から飛び降りた。

転げるように着地したヒュースは、土にまみれながら魔王軍の本陣を見る。視線の先では子供のように小さな魔族が、迫り来る暴君竜(ティラノ)を見て何か喚(わめ)いていたが、いい気味だった。

向かい来る暴君竜(ティラノ)を止めようと、装甲竜(アンキロ)に乗った魔族が立ち向かっていたが、巨大な暴君竜(ティラノ)に踏み潰されていた。

踏み潰された装甲竜(アンキロ)と魔族は、立ち上がっていたので残念ながら死んではいないようだが、太陽騎士団を倒したあの魔族はふらついていた。

死んだギルデバランや太陽騎士団の手向けにもならないが、一矢は報いたと言えるだろう。

「ヒュース王子?」

声をかけられヒュースが振り向くと、そこには鈴蘭(すずらん)の旗を掲げ、純白の鎧(よろい)に身を包んだ女性がいた。言わずと知れた聖女ロメリアだ。彼女は背後に騎兵部隊を引き連れ、驚きの顔でヒュースを見ていた。

「ロメリア様！　どうしてここに？」

「ヒューリオン王国の本陣が、爆撃を受けたのを見て救援に……しかしヒュース王子が暴君竜(ティラノ)の背に乗っているとは……」

驚くヒュースに、ロメリアもまた驚きで返す。

「撤退をするのに暴君竜(ティラノ)が邪魔でな、敵にぶつけてやった」

ヒュースが魔王軍の本陣を見ると、暴君竜(ティラノ)に襲われて大混乱に陥っていた。

「ヒュース王子、今のうちに撤退しましょう。我が国も支援します」

「それは有難い、協力に感謝する」

ロメリアの申し出に礼を述べると、暴君竜(ティラノ)から逃れたカトルがこちらに向かって来る。必要なことだったとはいえ、暴君竜(ティラノ)の囮(おとり)にしてしまった。あとで謝らないといけないだろう。

だがおかげで一息付ける。何とか撤退は出来るだろう。

ヒュースはフルグスク帝国の本陣を見た。月の紋章の下に立つ、銀髪の皇女と目が合った気がした。

第五章

～ロメリアの微笑～

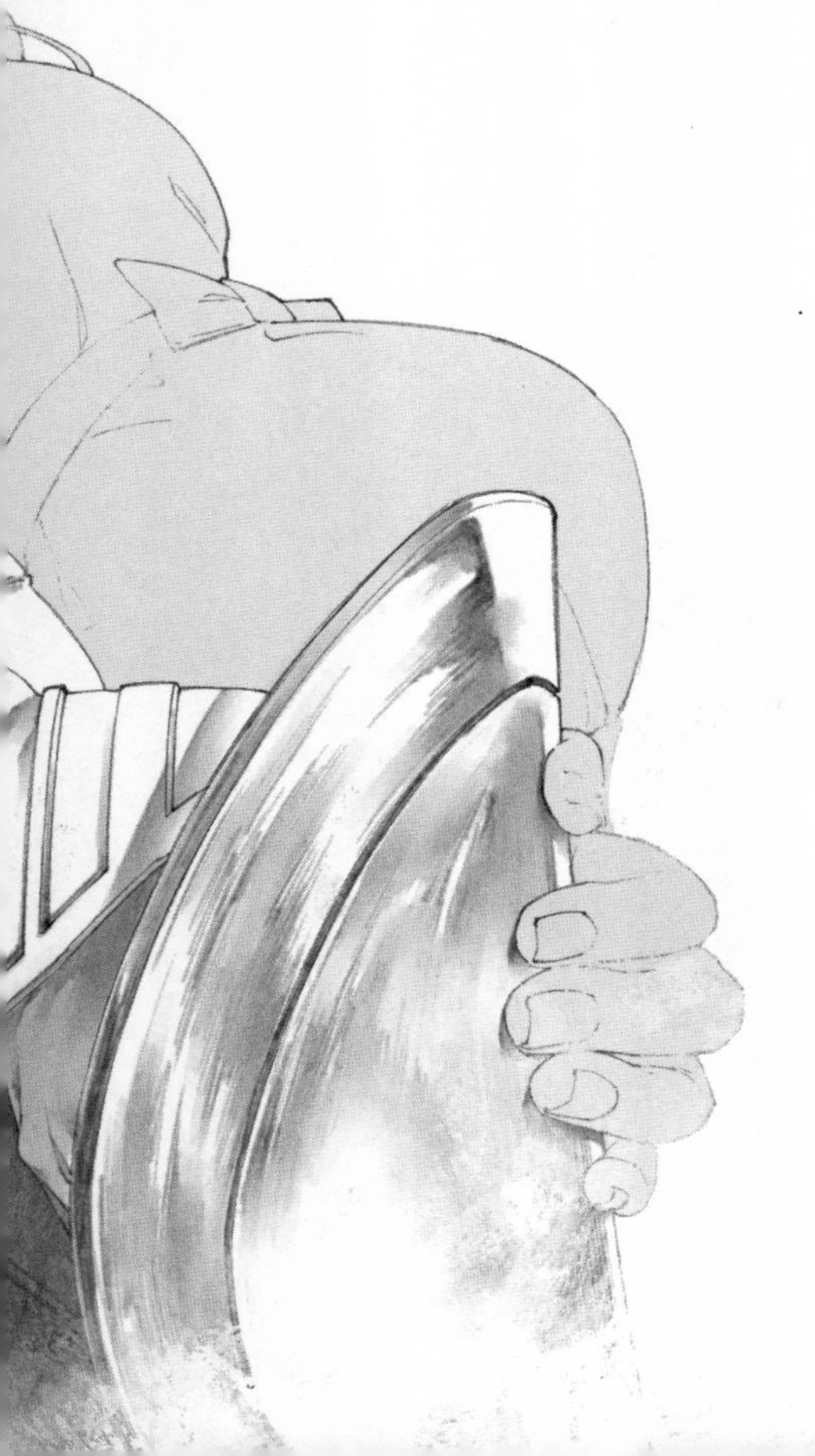

ハメイル王国のゼファーは、鷲が羽ばたく旗の下で神経をすり減らしていた。

父ゼブルより、突然一万人の兵士の指揮を任されたからだ。

すべての原因は、ホヴォス連邦のディモス将軍にあった。

飛空船の攻撃により堤防となっていた円形丘陵が破壊され、流れ出た水に足を取られたホヴォス連邦の軍勢は、魔王軍の攻撃により劣勢に追いやられた。

ライオネル王国のロメリアは、戦線の中央部で苦境に立たされているホヴォス連邦とヘイレント王国の救援に向かった。だが形勢を不利と見たディモス将軍は、主力部隊を引き連れて離脱を図った。しかし魔王軍に追撃されており、殲滅される恐れがあった。

ホヴォス連邦とディモス将軍を救うため、ゼブル将軍が主力部隊を率いて救援に向かった。

それはいいのだが、ゼブル将軍は残った一万人の兵士をゼファーに与えたのだ。

初めは目の前の魔王軍と戦っているだけでよかった。離脱を図ったディモス将軍はゼブル将軍の援護を受けて体勢を立て直し、スート大橋の前で反撃に転じた。おかげで左翼は優位となり魔王軍を押し返していた。

だがしばらくすると、中央部のホヴォス連邦やヘイレント王国の陣地から、多数の怪我人と癒し手が護送されてきた。怪我人の中には、意識不明の重体となったガンブ将軍も含まれており、ハメイル王国の陣地は連合軍の救護場となってしまった。

段取りも何もない状況で、ゼファーは前も後ろも見ねばならず、必死になって指示を出した。

ゼファーは何とか仕事を熟すことが出来たが、これを手柄と誇るわけにはいかなかった。

まず前線はライセルが先頭に立ち、兵士を率いてくれたため、ゼファーは後ろから援護の予備兵を、必要とされる場面で投入するだけでよかった。

また護送されてくる怪我人や癒し手は、ヘイレント王国の王女ヘレンが受け持ってくれた。彼女はここに来た時は泣き崩れていた。だが重傷を負ったガンブ将軍や、多くの怪我人を見るなり奮い立ち、癒し手達を率いて治療の陣頭指揮を執ってくれた。彼女は送られてくる怪我人の傷を見て、癒し手を割り振り、的確に治療活動を行った。おかげでゼファーが後ろを見る必要はほとんどなく。怪我人を運ぶ輸送隊を組織し、護送に努めるだけでよかった。

ただ予備兵を割きすぎたため、戦力が枯渇しかけた。だが治療を受けて意識を取り戻したヘイレント王国のベインズが、同じく治療を受けたヘイレント王国の兵士を率い、戦闘に参加してくれたのでことなきを得た。

ゼファーが戦場の中央部に目を向けると、そこには五つの星の旗と銀の車輪の旗があった。

ロメリアの援護によって息を吹き返した、ホヴォス連邦とヘイレント王国の兵士達だ。

ホヴォス連邦の旗の下では、公女のレーリアが斧を持つ女戦士のマイスと共に立っていた。

レーリアに兵士を指揮する技術はないはずだ。ただ声をかけているだけだろう。だが戦場でドレス姿の女性は目立つ。旗の下で声を出すその姿は、まるでロメリアのようだった。

戦場のさらに奥ではヒューリオン王国に襲いかかっていた暴君竜(ティラノ)が、突如方向転換をして魔王軍の本陣に向かいだした。その背中には驚くことに、王子であるヒュースが跨がっていた。ヒュースは暴君竜を操り、なんと魔王軍の本陣にぶつけた。おかげで魔王軍は指揮系統が乱れ、攻撃の手が弱まった。連合軍が押し返し始めたが、しばらくすると魔王軍の本陣から、撤退を知らせる太鼓の音が響き渡った。

魔王軍は戦線を一時縮小し、暴れ回る暴君竜を捕らえ、乱れた指揮系統を回復したいのだろう。これは連合軍にとっても渡りに船であった。ガンガルガ要塞の水攻めを維持出来ず、さらにヒューリオン王国の太陽騎士団を失い、魔王軍の本陣を攻撃する手段も失われた。この戦争は敗戦が決定している。こちらも撤退する好機だと、ゼファーも撤退の太鼓を鳴らした。

息を合わせるように、連合軍の各国でも撤退の太鼓が鳴らされ、連合軍が続々と南下してスート大橋の前に集まって来る。

ロメリア不在のライオネル王国に続き、レーリアとマイスが、ホヴォス連邦とヘイレント王国の兵士を率いるように南下してくる。

「レーリア様。ご無事でしたか」

「ええ、ゼファー様。なんとか生き延びました。ヘレンは怪我人の手当ですか？」

ゼファーはレーリアの言葉に頷きながら、怪我人が集められた場所を見る。救護場となった一角では、多くの怪我人と癒し手の中で、ヘレンが忙しく動き回っていた。

「マイス。私達も怪我人の治療や輸送を手伝いましょう」

レーリアの言葉にマイスが頷く。そして撤退してきたホヴォス連邦の兵士達が、救護活動に加わる。ヘイレント王国の兵士達も、一部がベインズの部隊と合流してヘレンを手伝い始めた。

ゼファーが兵士達を集めて撤退の準備をしていると、フルグスク帝国がグーデリアを先頭に撤退してくる。

「ゼファー様。撤退の状況はどうなっている」

「撤退は順調です。グーデリア様こそ大丈夫ですか？」

ゼファーはグーデリアを気遣った。

彼女こそ、この戦一番の功労者だろう。飛空船で堤防が破壊された時、グーデリアが魔法で流れ出る水を凍らせてくれなければ、あの時点で連合軍は全滅していたかもしれないのだ。

「私は何ともない。それよりヒューリオン王国の撤退は間に合うのか」

「大丈夫です、ロメリア様も一緒です。もう到着されます」

ゼファーが北を指差すと、太陽の旗と鈴蘭（すずらん）の旗が撤退してきた。先頭にはロメリアとヒュースの姿があった。ヒュースはそばかす顔の兵士をお供にして、ゼファー達の元にやって来る。

ヒュースの姿を見て、グーデリアは胸に手を当て無事を喜んでいた。

「ヒュース様、グーデリア様、ロメリア様。ご無事でしたか」

ゼファー達のところに、ホヴォス連邦のディモス将軍が護衛の兵士と共にやって来る。

「魔王軍の反撃が開始されます。早く橋を渡り撤退しましょう」

ディモス将軍は、レーン川に架かるスート大橋に目を向ける。

川を渡って橋を落とせば、とりあえず魔王軍の追撃を心配する必要はなくなる。

「分かっている。橋を渡る順番だが、ロメリア様はどうすべきだと思う」

ヒュースはロメリアに意見を求める。

「フルグスク帝国とヒューリオン王国、ヘイレント王国の順番で渡ってもらいましょう。その次にホヴォス連邦、ハメイル王国。殿（しんがり）は我が国にお任せを」

ロメリアの言葉に、ヒュースとディモス将軍が頷（うなず）く。

「では今のうちに、橋を爆破するための爆裂魔石を設置しておきましょう」

「いえ、ディモス将軍。それは最後にしてください」

「なぜです！　もし魔王軍に橋を渡られたらどうなるか、下手をすれば全滅ですぞ！」

「分かっています。橋は我が軍が必ず落とします。爆裂魔石の設置は行わないでください」

「もういいです！　魔王軍の攻勢が収まっているうちに撤退しましょう！」

ディモス将軍は声を荒げて、橋の前に陣取るホヴォス連邦の軍勢に戻って行った。

「ではヒュース。我らは撤退しよう」

グーデリアがヒュースに向けて手を伸ばしたが、ヒュースはその手を取らなかった。

「いや、君は先に行ってくれ。ヒューリオン王国は連合軍の盟主国だ。真っ先に逃げるわけにはいかない。だが俺一人が残っていれば顔は立つ。ロメリア様と共に橋を渡るよ」

ヒュースは決意を固めた顔を見せる。盟主国としての意地があるのだろう。お供にそばかす顔の兵士を一人付けて、ヒュースは残る。

「分かった、だがあまり無茶をするなよ」

グーデリアは愁いを帯びた瞳でヒュースを見た後、兵士達と共にスート大橋を渡って行く。

一方ヒュース王子は、ロメリアと共に魔王軍とスート大橋との間に布陣するライオネル王国の軍勢と合流する。ライオネル王国軍は防衛線を作り上げ、魔王軍の攻撃に備える。

フルグスク帝国が橋を渡り終えると、次に意識の戻らないレガリア将軍と、ヒューリオン王国の軍勢が続く。さらに負傷したヘイレント王国のガンブ将軍が、担架に担がれて兵士達と共に橋を渡って行く。そしてホヴォス連邦のディモス将軍が、橋を渡り始めた。

順調に続く撤退を見てゼファーは頷く。すでに半数以上の兵士が、スート大橋を渡ることが出来た。しかしヒュース王子をはじめ、各国の王族達は多くが橋を渡らずに残ったままだった。

「レーリア様、ヘレン様。そろそろ橋を渡ってください」

ゼファーは救護場に赴き、治療行為に奔走(ほんそう)する、レーリアとヘレンに声をかけた。

「父の後に、私もライセルや兵士達と共にスート大橋を渡ります。残っているホヴォス連邦とヘイレント王国の皆さんも、それに同行してください」

ゼファーがスート大橋を指差すと、ハメイル王国の軍勢が橋を渡る準備を開始していた。

「そうね。ヘレン、そろそろ切り上げるわよ。治療は橋を渡ってからにしましょう」

「分かりました。皆さん、怪我人の搬送をお願いします」

ヘレンは癒し手達に声をかける。立てない怪我人を兵士達が助け起こし運んでいく。

ゼファーは最後に誰も残っていないことを確認し、レーリア達と共にスート大橋の前に移動する。橋を見るとゼブル将軍が川を渡り終え、ゼファー達の順番が回ってくる。

「怪我人を先に行かせましょう。ヘレン様、レーリア様、それでよろしいですか？」

「ええ、もちろんです。ベインズ、順番を譲ってあげて」

「私もいいわよ、マイス。怪我人を優先で」

ヘレンとレーリアがそれぞれ指示を出し、ベインズとマイスが頷く。

怪我人の列がスート大橋を渡って行くが、怪我人ゆえその歩みは遅い。だがここに残るハメイル、ホヴォス、ヘイレントの兵士を合計しても二万人を超えない。この人数ならすぐに橋を渡れるため、後回しとなっても問題はないとゼファーは計算する。

ゼファーがレーリア達と共に順番を待っていると、北から喇叭の音が鳴り響いた。

音に驚いて振り向くと、魔王軍が軍勢を整えて、こちらに向かって前進を開始していた。

魔王軍の本陣に目を向けると、暴君竜が手綱を摑まれ捕らえられていた。その周囲には負傷した三本角竜や剣竜、怪腕竜がいた。魔王軍は竜をぶつけて暴君竜を捕らえたらしい。

怪我をした竜達は蹲り動かない。怪我が治れば復活するだろうが、しばらくの間は竜の脅威がなくなったと見ていい。

「ちょっと、大丈夫なの！」

「大丈夫です、レーリア様。落ち着いて。撤退は間に合います。というか、魔王軍は攻撃するつもりがありません。その気があるなら、全速でこっちに向かって来ているはずです」

ゼファーは北から迫る魔王軍を指差す。

魔王軍は短時間で見事に陣形を立て直し、真っ直ぐこちらに向かって来ている。だがその速度は遅い。距離を考えれば撤退は十分間に合う。

「この戦争は魔王軍の勝利が決定しています。私達が撤退するのなら、追いかけてはこないでしょう。慌てずに落ち着いて行動してください。押し合って倒れ、川に落ちるのが一番危ない」

ゼファーが冷静になるよう呼びかけると、レーリアやヘレンが頷く。

魔王軍との間に防衛線を構築している、ライオネル王国の軍勢とロメリアも同じ考えらしく、慌てる素振りはない。

ゼファーが前を向いてスート大橋の脇を見れば、端の手前に大量の爆裂魔石が箱に積み上げられていた。ゼファー達が橋を渡り終えれば次はライオネル王国だ。順次撤退し、最後に爆裂魔石を設置しても十分に間に合う。よっぽどのヘマをしない限り、橋を奪われる心配はない。

ゼファーは頭の中で何度も手順を確認し、手抜かりが無いことを確かめた。

間違いはないと、ゼファーが頷(うなず)いたその瞬間だった。

突如スート大橋が爆発し、轟音(ごうおん)と衝撃が、その場にいた全員の鼓膜と肌を激しく揺さぶった。

「なっ、馬鹿な！　橋が！」

ゼファーは悲鳴を上げた。

目の前の光景が信じられなかった。だがスート大橋は崩壊し、跡形もなく吹き飛んでいる。

「なんで、どうして！」

驚くゼファーがレーリア達と共にスート大橋に駆け寄る。そして橋と川を見ると、橋は橋脚がへし折れ、レーン川には大量の怪我人が落下して、水面を埋め尽くすほどだった。

「ひ、ひどい……なんてことなの……」

ヘレンが多くの人の死に目を見開き、座り込んでしまう。

ゼファーも地獄絵図に言葉が無かったが、そしてそれ以上に最悪の事態に気付いてしまう。スート大橋が落ちたということは、退路が無くなったということだ。つまり、自分達は逃げられない。

「でもどうして……なぜ橋が……」

ゼファーは理由が分からず、声を震わせながら首を横に振った。

魔王軍ではない。スート大橋を落とされないよう、橋の周囲は兵士達で固めてある。もちろん翼竜や飛空船でもない。空の監視も怠ってはいなかった。潜入を得意とする少数の刺客ならば、見逃すことがあるかもしれないが、橋のような大きな物を破壊することは、少数の兵士では出来ない。事前に大量の爆裂魔石を設置しなければ、ここまでの破壊は不可能だ。

「ねぇ、あれ」

ヘレンが対岸を指差す。そこには数人の兵士が、ハメイル王国の兵士達に取り囲まれ、殴打されていた。殴られている兵士は、身に付けている鎧からホヴォス連邦の兵士だと分かる。

尋常な様子ではない。殴打するハメイル王国の兵士達は、ホヴォス連邦の兵士を殺さんばかりの勢いだった。

「まさか……ホヴォス連邦が橋を落としたのか！」

ゼファーの脳裏に、最悪の予想がよぎった。

ホヴォス連邦のディモス将軍は、スート大橋に爆裂魔石を設置するよう主張していた。ロメリアが却下したが、無視して爆裂魔石を設置したのかもしれない。そして取り付けた兵士が魔王軍の接近に恐怖し、起爆装置を作動させて爆破したのだとしたら……。

ゼファーが側に立つレーリアを見る。ヘレンも同様の答えに至ったらしく、レーリアを驚きの目で見ていた。二人の視線に晒されたレーリアは、怒りに顔を歪める。

「あの、馬鹿！」

レーリアが呪詛のこもった瞳を、対岸にいるはずのディモス将軍へと向ける。

ゼファーはレーリアから視線を外した。

すべては憶測でしかないし、たとえ事実であったとしても、レーリアを恨むのは筋違いだ。彼女には預かり知らぬことだし、何より彼女自身、こちらに取り残された被害者だ。

ゼファーは今頃になって、ロメリアがすぐに爆裂魔石を設置しようとしなかった理由に気付いた。ロメリアはこの状況を恐れていたのだ。

「皆さん！　何があったのです」

爆発に気付いたロメリアが、防衛線から取って返し馬を降りてスート大橋の前に立つ。

やって来たのはロメリアだけではなかった。ヒュースを始めロメリア二十騎士が揃い、秘書官のシュピリや魔法兵隊長のクリートも、爆音に気付き集まって来る。そして崩壊したスート大橋を見て呆然とする。

ゼファーはロメリアの顔を見た。

これまでロメリアは驚くような方法で戦況を動かし、劣勢でも解決策を打ち出してきた。しかしいくら救国の聖女と呼ばれるロメリアでも、この状況はどうしようもないはずだ。

ゼファーが諦念と共にロメリアを見ると、さすがのロメリアも退路が断たれた状況に、ただただ驚いていた。

しかしそれもほんの一瞬のこと。ロメリアはすぐに顔を引き締めた。

「皆さん、ここを移動します。すぐに準備を！」

「しかしロメリア様。移動と言っても、どこへ？」

ゼファーは視線を彷徨わせた。逃げ込む先など、どこにもなかった。

「今から東にあるライオネル王国の陣地に移動します。あそこなら柵や土塁が残っています。

ここで戦うよりはずっといいでしょう」

ロメリアは白く細い指を、東へと向ける。確かに連合各国は魔王軍の攻撃に備え、各陣地を土塁や柵で覆い、守りを固めている。しかし魔王軍は数を減らしているとはいえ、十万体を超える大軍だ。一方こちらは六万人といったところ。多少の柵や土塁があっても、役に立つとは思えなかった。

だが唯一、思考された意見だった。

ここにいる誰もが、目の前の現実に呆然とし、思考を完全に停止させていた。

ロメリアだけが考え、最善策を模索していたのだ。

ゼファーは自分を恥じた。自分は参謀としてここにいるのだ。参謀の仕事は頭を使って戦争を勝利に導くことにある。思考を止めることは許されない。

「オットー、カイル、ベン、ブライ。貴方達は歩兵部隊を率いて防衛線を構築し、南下してくる魔王軍と交戦しながら後退。グラン、ラグン。貴方達は弓兵を率いてオットー達の援護を」

ロメリアが北から来る魔王軍を指差す。

「ゼゼ、ジニ、ボレル、ガットの歩兵部隊は陣地に入り、柵を作り土塁を積み上げて陣地を少しでも強化してください。クリート魔法兵隊長。貴方も魔法兵と共に土塁の強化に協力して。グレン、ハンスの騎兵部隊は陣地前で待機。後退してきたオットー達を援護してください」

ロメリアは東のライオネル王国の陣地を指差す。そして次にゼファー達を見る。

「ヒュース様、ゼファー様、レーリア様、ヘレン様。すみませんが怪我人を連れてライオネル王国の陣地に移動してください」

「ロメリア様、我々も戦います。指揮下にお加えください」

ゼファーは片膝をついて頼み込んだ。

ロメリアにゼファーを命令する権限はないが、ここで指揮権を巡って争っていては全滅する。

「私も、協力する」

「我がヘイレント王国も、ロメリア様の命に従います」

レーリアとヘレンも、協力を名乗り出る。

「ありがとうございます。ではこのまま陣地へ移動し、東側の守りをお願いします」

ロメリアが東を指差し。ゼファーはライオネル王国の陣地を思い浮かべた。

ライオネル王国の陣地は円形丘陵の南に位置し、レーン川との間に存在する。

北はまだ水を湛えている円形丘陵、南はレーン川であるため、陣地に入れば退路が存在しない背水の陣となる。だが東と西からしか攻撃されないため。逃げられないが守りやすい。

「シュピリ秘書官。ヒュース様達を陣地に案内してさしあげてください」

ロメリアが秘書官に命令する。

「さぁ、動いてください。時間は限られています」

ロメリアが軽く手を叩く。音を合図に各自がそれぞれ動きはじめた。

ロメリア二十騎士が慌ただしく走りだし、レーリアとヘレンもマイスとベインズに命令を下す。ゼファーもライセルを呼び、指示を出そうとしたその時だった。

視界の端に、何か動く物が見えた。

見間違いかと思った。周囲は灰色の荒野が広がり、石や岩が転がっているだけだから。

しかし見間違いと思った瞬間、岩が動いた。

それは岩ではなかった。岩の模様が描かれた布で、布の下から一体の魔族が飛び出てくる。

魔王軍が放った刺客！

ゼファーはその存在に気付き、総毛が逆立った。

指揮官や将軍などを狙い、魔王軍が刺客を放ったのだ。刺客は手に小型の弩(いしゆみ)を持ち、構えると同時に狙いを定める。

魔族が狙うのは、純白の鎧(よろい)に身を包む聖女ロメリア。

ロメリアの周囲には護衛と呼べる兵士はおらず、誰も魔族の存在に気付いていなかった。

「危ない！」

ゼファーが叫んだのは、弩から矢が発射されたのと同時だった。

私がゼファーの叫び声を聞いたのは、この場にいる全員に、命令を下した直後だった。

声と同時に、小型の弩(いしゆみ)を向ける魔族の姿が私の目に入った。次の瞬間鮮血が飛び、私の頬(ほほ)に降りかかる。左肩を見ると、そこには短い矢が深々と突き刺さっていた。

突き刺さった矢の根元から赤いシミが広がり、白い服を染めていく。そして焼けつくような痛みが全身を貫いた。

「「「「ロメリア様！」」」」

皆が口々に私の名前を呼ぶが、誰が誰だか分からなかった。ただ痛みが体中を駆け抜ける。

状況は最悪だった。

矢に射られたことではない。当たったのは肩だ、毒矢でなければ死にはしない。問題はロメ隊の全員が私を心配して、戻ってきていることだった。

我々は退路をなくし、目の前には大軍が迫って来ている。こんな場所でもたついていれば、確実に全滅する。それはこの場にいる全員が分かっているはずなのに、将軍であるグランにラグン、オットーとカイルも、私の命令を放り出して戻ってきている。

痛みよりも怒りが、私の脳を支配した。

私は足に力を入れ、倒れそうになった体を無理矢理支える。

「来るな！」

怒鳴るように私は兵士達に命じたが、ロメ隊の面々は脇目も振らずに戻ってくる。特に素早いカイルは、風の如く疾走(しっそう)して戻ってくる。

「カイルレン・フォン・グレンストーム！」

私は大声でカイルの名を叫ぶと、動く右腕だけで抜剣し、走って来るカイルに向けて振り下ろした。カイルは慌てて足を止め急停止すると、切っ先が額に触れる。

「何をしているのです！　私は命令を下しましたよ！　早く実行しなさい！」

私はカイルだけでなく、ロメ隊の全員を睨む。

「オットー！　敵はこっちにはいませんよ！　反対側です！　グラン！　ラグン！　いつまで私を見ているつもりです！　敵と闘いなさい！」

私は再度叫んだが、ロメ隊は誰も動かない。じっと私を見ている。

「しかし、ロメリア様。お怪我が……治療を」

カイルが私の左肩に突き刺さる矢を見て、手を伸ばそうとする。

「私に触れるな！　貴方達が私の命令を実行するまで、私は治療を受けない！」

左肩から大量の血を流しながら、私は治療を拒んだ。

しかしそれでもロメ隊の面々は動かない。動けなかった。

「はっ、早くしなさい！」

緊迫を破るように叫んだのは、ホヴォス連邦のレーリア公女だった。

「貴方達が動かないと、ロメリア様を治療出来ません。ロメリア様を死なせるつもりですか！」

私の意を汲んでレーリア公女が叫び、ヘレン王女も寄り添い治療のための準備をするが、治療までは開始しない。私は怒りを込めてロメ隊の全員を睨む。

「早く、早くしなさい！」

レーリア公女の叱咤に、ロメ隊はようやく動き、踵を返して敵に向かって行く。

「ありがとう……ございました。レーリア様」

「いいのよ、ロメリア様。それよりも喋らないで」

「そうです、喋らないで」

ヘレン王女が肩を縛り、止血をしてくれる。

「敵……は？　私を射た……魔族は……どうなりました」

私は息も絶え絶えに尋ねた。

「ああ、それならマイスが倒しています」

レーリア公女が目を向けると、視線の先では女戦士のマイスが、私を射た魔族の頭に斧を振り下ろしていた。さすが傭兵上がりは、どんな時でも冷静だと感心する。それに引きかえ、敵を前に倒すことすら忘れていたロメ隊に腹がたった。

「ロメリア様。矢を抜かないと、この傷は治療出来ません」

「それは駄目です、ヘレン様。矢を抜けば血を失って倒れます。それだけは駄目です」

ロメ隊の面々は忠誠心こそ高いが、それゆえに私がいないと動けなくなる。ここで意識を失えばロメ隊がどう動くのか、……彼らを信用出来なかった。

「ですが、ロメリア様。矢に毒が塗られていたら」

「大丈夫です。ヘレン様。毒は塗られていません。私には分かります。以前毒矢で右肩を射られたことがありますから」

私は大昔の記憶を引っ張り出した。アンリ王子と魔王討伐の旅に出ていた時、魔族の放った毒矢に射られたことがあるのだ。あの時は右肩だったが、傷口の感触から毒が無いことは分かる。ただし、死ぬほど痛いことは毒があろうとなかろうと一緒だが。

「陣地に入れば魔王軍が攻めてきます。そうなれば指揮する人間がいないと守りきれない。私が指揮せねば全滅します。このまま治療してください。出血を止めてもらえれば十分です」

「ですがロメリア様、そんなことをしたら、突き刺さった矢が再生した傷口に食い込んで、激しく痛みます」

「構いません。ヘレン様。やってください」

私が歯を食いしばって頼むと、ヘレン王女は諦めの顔となり、右手を傷口にかざす。すると手から白い光が漏れる。癒し手が持つ癒しの技だ。

優しい光が傷口を照らすと、出血が止まり徐々に痛みが引いていく。ほっとしたのも束の間、ヘレン王女の言う通り、えぐるような痛みが体中を襲う。

「大丈夫ですか！　ロメリア様！」

痛みに顔をしかめる私を見て、ヘレン王女が治療を止めてしまう。

「大丈夫です、続けて」

私は痛みに引きつる顔に笑みを浮かべて、治療の続行を頼む。

死ぬほど痛いが、死にはしない。それに兵士達の中には、これ以上の怪我を負っている者もいるのだ。いちいち騒いでいられない。

治療が再開され、激しい痛みが体を駆け抜ける。私は歯を食いしばり、顔から痛みの表情を消す。指揮官が痛がっていては士気に関わる。

私が痛みに耐えながら戦場を見ると、オットー達がようやく配置についた。

魔王軍は突然橋が落ちたことで、罠を警戒してかゆっくりと前進してきている。

「レーリア様、ヘレン様。私達も移動しましょう」

「分かりました。シュピリさん、案内してください。マイス、貴方はロメリア様を担いで。ヘレン、貴方は移動しながら治療を続けて。ゼファー様は連合軍の兵士をまとめてください」

レーリア公女があちこちに指示を出してくれる。

シュピリが慌てて先導し、女戦士のマイスが私を抱き上げる。ヘレン王女が移動の最中も傷の治療を進め、ゼファーが兵士達をまとめて指揮の補佐をしてくれる。

私がライオネル王国の陣地にたどり着くと、先に到着していた兵士達が、魔法兵と一緒になり、土を掘って土塁を構築していた。

私は陣地の入り口でマイスに下ろしてもらい、オットー達の後退を見守る。

「誰か狼煙を上げてください。符牒は六、四十六、十四、七、二十、三十四、四十五です」

「分かりました。六、四十六、十四、七、二十、三十四、四十五ですね」

私はライオネル王国の兵士に命じたつもりだったが、ゼファーが頷き狼煙を上げてくれる。

「ロメリア様！　魔王軍が来たぞ」

魔王軍の接近を教えてくれたのは、ヒュース王子だった。腰に剣を差し、弓を片手に私の護衛となってくれている。

「グランとラグンの弓兵部隊に後退命令を、グレンとハンスの騎兵部隊は突撃準備」

「分かったわ。弓兵部隊は後退、騎兵部隊は突撃準備！」

私が命令を下すと、レーリア公女がさらに大きな声で命令を伝達してくれる。正直大声を出すだけでも辛いので、代わりに伝達してくれるのはありがたい。

命令が実行され、グランとラグンの部隊が後退し陣地の中に先に入る。そして積み上げた土塁の上に登り弓を構える。オットー達が後退し、弓兵の射程距離に入る。

「弓兵三射、射撃の後グレンとハンスの騎兵部隊は突撃！　オットー達歩兵部隊は順次後退」

私の号令に弓兵が一斉に矢を放ち、騎兵部隊が突撃を仕掛ける。

弓兵と騎兵の攻撃に魔王軍が押され、攻撃の圧力が弱まった瞬間を見計らい、オットー達が順次陣地の中に後退してくる。

魔王軍は無理押しを避けて一時後退する。後ろに下がった魔王軍は、部隊を二つに分割した。片方はその場に残り続けるが、もう片方は円形丘陵を迂回して東側へと移動を開始する。東西の両方から攻撃するつもりなのだろう。こちらも今のうちに体勢を整える必要がある。

私は今や砦となった陣地の円形丘陵に登り、頂上に獅子と鈴蘭の旗に加え、鷲と五つの星、円環の旗を立てさせて連合軍の本陣とする。ここなら全体を見回せ、即座に状況を確認出来る。

「ロメリア様。弓と矢を貰うぞ。物見櫓の上で矢を放つ」

ヒュース王子が弓と大量の矢筒を抱えて櫓に登り、そばかす顔のヒューリオン王国の兵士も矢筒を抱えて付いて行く。

「ロメリア様。私は下で癒し手達と共に怪我人の治療に当たろうと思います」

ヘレン王女も一礼して丘を下り、癒し手達を集めて救護の準備を始める。皆がそれぞれ、自分の仕事を見つけて動いていく。

「ロメリア様。ここにいる兵士の、おおよその数が判明しました。ライオネル王国の兵士が四万五千人、ハメイル王国の兵士が七千人、ホヴォス連邦の兵士が四千人、ヘイレント王国の兵士が同じく四千人です。ぎりぎり六万人います」

ゼファーが気の利いた報告をしてくれる。実は一番知りたかったことだ。

「ありがとうございます、ゼファー様」

私は礼を言い、兵士に机と紙、あと大量の小石を持ってこさせる。そして紙に簡単な図形を描く。まずは上に大きな円。これはガンガルガ要塞を取り囲む円形丘陵。そして下部に二本線。

これは南のレーン川。最後に丘陵と川を繋げる線を二つ描き込む。これが現在構築している土塁と柵だ。

「まず東側はオットー、ベン、ブライ隊の六千人を配置。そしてゼゼ、ジニ隊とボレル、ガット隊、グレン、ハンス隊に四千人ずつを与えます。西側にはライセル隊七千、マイス隊四千、ベインズ隊四千。さらにカイル隊、グラン隊、ラグン隊にそれぞれ千人の兵士を与えます」

私は紙の上にそれぞれ小石を置いていく。

手元の戦力は六万人。左右に三万六千人の兵を割り振り、残りは二万四千人だ。

「残った兵士は全て予備兵として丘陵の下に待機させてください」

「全てですか？」

私の命令に、ゼファーが疑問の声を上げる。

確かに予備兵を多く取っているため、防衛線の守りは薄い。高く積み上げた土塁があるとはいえ、その守りはシャボン玉のように薄い膜だ。だがこれしかないと私は考える。

魔王軍の方が数は多い。満遍なく兵力を配置しても守り切れない。向こうからしてみれば防衛線の一箇所か二箇所を、針で突くように突破すればいいだけだ。

これに対抗するには、敵が攻撃してきた箇所に、正確に戦力を打ち込むしかない。

「この戦場を乗り切るには、私が考える方法しかありません」

「分かりましたロメリア様。下で兵士達に指示します。レーリア様、上から伝言を頼みます」

ゼファーが頷き、丘を下りて行く。

私は空を見上げた。日はすでに傾きつつある。日暮れまで半日を切っていた。日が落ちれば、攻め手側は味方と連携が取りにくくなる。おそらく魔王軍は夜になれば撤退する。問題はそれまで守り切れるか、私の体力が続くかということだった。

左肩に矢を受けて、すでに左手の感覚はない。服の左半分は赤く染まり、大量に血を失ったため意識が朦朧としている。貧血で意識を失いそうになる私の耳に、銅鑼と太鼓の音が貫く。

西に目を向ければ、魔王軍が円形丘陵とレーン川を塞ぐように布陣していた。東を見るところも西と同じく、隙間もなく魔王軍が隊列を組んでいる。これで逃げ道はなくなった。

私達の逃げ道を封じた魔王軍が前進を開始する。その数は東西合わせて六万体。大兵力で一気に踏み潰すつもりのようだ。

地響きさえも伴う魔王軍の一斉攻撃を受けて、それぞれの防衛線は早速劣勢に追い込まれる。あちこちに敵が殺到し、土塁を乗り越えようと魔王軍の兵士が登って来る。

「ロ、ロメリア様！」

側に立つレーリア公女が悲鳴を上げる。だが私は冷静に戦況を観察する。血が足りないはずだが、思考が逆に冴え渡り、戦場をつぶさに見て取れる。

「オットー隊に六十人。ゼゼ隊に三十人。ボレル隊に三十人。グレン隊に二十人。ライセル隊に五十人、マイス隊に四十人。ベインズ隊に三十人、カイル隊に三十人、グラン隊に四十人、ラグン隊に二十人」

私は紙に描いた図の上に石を配置し、予備兵を細かく送る。

「たったそれだけで耐えられるの？」

レーリア公女は懐疑的な表情を浮かべたが、私は顎を引く。

「分かった、ゼファー！　今から言う人数を各部隊に送って！」

丘の下に向かってレーリア公女が叫び、私の命令を伝える。そしてゼファーが指示し、予備兵が前線に走っていく。予備兵が到着すると、押されていた各部隊がギリギリのところで持ち直し、突破されるのを防ぐ。

「すごい、本当に防げた」

「まだまだこれからです。オットー隊にさらに二十人、ゼゼ隊に十人、ボレル隊に二十人、グレン隊に三十人。そしてライセル隊に十人、マイス隊に三十人、ベインズ隊に二十人、カイル隊に十人、グラン隊とラグン隊にそれぞれ二十人」

私は次々に指示を出し、兵士達を突破されそうな場所に、最低限必要な戦力を送り込み突破を防いでいく。

隣で手伝ってくれるレーリア公女が、なぜこんなことが出来るのかと驚いているが、私自身、なぜこんなことが出来るのか分からなかった。

肩に矢を受け、出血で意識さえ危うい状態だと言うのに、私には戦場の全てが感じられた。

視界が大きく広がり、自分の頭の後ろだって見えそうだった。兵士一人一人の顔がはっきりと見える。耳も兵士の息遣いや足音までもが聞こえる。

オットーがたった今、魔族の頭を戦鎚で砕いた。ベンが敵の腹を槍で貫き、ブライは倒れた味方を助け起こしている。ゼゼが周りにいる兵士を鼓舞し、ジニが頬を切られながらも、反撃で敵の喉を切り裂いていた。ボレルとガットが、互いに背中を預け合いながら戦っている。グレンが敵に突撃し、背後から襲われそうになったがハンスが防いだ。

ライセルが剣を振るい、魔族の首を切り飛ばした。マイスが斧で敵の頭を叩き割っている。ベインズが槍で突きを放ち、魔王軍の兵士の胸を貫く。カイルが短剣を投擲し、二体の魔族を同時に倒した。グランとラグンが、互いに守り見事な連携で魔族を貫いていく。

ゼファーが丘の下で、兵士達に指示を出している。ヘレン王女が癒し手達と共に負傷した兵士達を治療し、秘書官のシュピリも怪我人を運んでいた。ヒュース王子が櫓に陣取り、矢を放って魔族を射抜いている。クリートが半泣きになりながら、魔法を放っていた。

他にも名前も知らない兵士達の奮戦が見える。戦う者、傷付く者、怯える者に勇む者がいる。威勢のいい兵士が、怒声を上げて敵にとどめを刺している。怯えて悲鳴を上げる者がいる。死に瀕した兵士が、母親の名を呼んでいる。

私は味方だけでなく、敵のことも感じられた。

魔王軍の兵士が勇猛果敢に突撃してくる。褒美を目当てに戦う者、殺された仲間の仇を討とうとする者がいた。傷を負い悲鳴を上げる魔族がいる。断末魔に人類全てを呪う兵士がいる。

戦場で起きる全ての事柄が、手に取るように感じられた。

今、戦場は私の手の中にあった。

「オットー隊に五人、ライセル隊に七人」

「え？　そこ？　まだ押されてないけど」

「いいからお願いします」

「分かった。ゼファー！　オットー隊に五人！　ライセル隊に七人！」

私が頼むとレーリア公女が頷き、ゼファーに指示を出す。

しばらくしてオットー隊とライセル隊の持ち場で敵の攻撃が強まり、土塁が突破されそうになる。だがちょうど増援がたどり着き敵を押し返す。

「え？　すごい。どうしてあそこが劣勢になるって分かったの」

レーリア公女が驚いているが、まだ遅い。もっと早く、もっと正確に増援を送ることが出来れば、敵の出鼻をくじき、もっと少ない兵力で対処出来るはずなのだ。

「オットー隊に十三人。ゼゼ隊に五人。ボレル隊に八人。グレン隊に十人。ライセル隊に十二人、マイス隊に九人。ベインズ隊に六人、カイル隊に七人、グラン隊に二人、ラグン隊に三人」

私は次々に増援を送っていく。

魔王軍は攻め手をことごとく潰され、なかなか突破出来ないことに、いらだち始めていた。

「後方で待機していた、魔王軍が動いたわよ！」

レーリア公女が、東と西を見て顔色を変える。

東西合わせて二万体の魔王軍が投入される。

一気に戦局が厳しくなり、私はさらに予備兵を投入する。

時間と共に、状況はどんどん苦しくなっていく。増援を送れば手元の兵士は減っていく。さらに血を流しすぎたため、体の感覚が徐々になくなっていく。もう足は一歩も動かせない。右手の指先が震える。声を出すだけで激痛が走り、息をするのもつらい。

目減りしていく予備兵と体力。

私は残り少ない体力を絞り出し、兵力を割り振り、戦場の均衡を維持しようとする。しかし魔王軍の方が数は多く、いつか限界がくる。それは分かり切っていた。

そしてその時が、ついに訪れた。

兵力が……ない！

私はついに全ての兵士を使い切ってしまった。周囲を守らせていた護衛すら投入し、丘の下では、ゼファーも剣を持って戦いに向かった。立てる者なら怪我人すら動員した。

そして最後の兵士を使い切った瞬間、私の体力も枯渇し、何も見えなくなった。

完全な闇に覆われ、何も見えず、音すら聞こえない。戦場がどうなっているのか、何も感じられなかった。

一体どうなったのか？　兵士達は？　防衛線は突破されてしまったのか？　私は負けたのか！　兵士達はどうなった？　死んでしまったのか？　誰か返事をして！

何も感じられない暗闇の中、遠くから声が響く。

「……リア、ロメリア！」

遠くから名前を呼ぶ声に、私は暗闇から引き戻された。

遥か遠くから聞こえたと思った声は、私のすぐ耳元で叫ばれていた。側に立つレーリア公女が、目に涙を浮かべて私の名前を呼んでいた。

「見て、ロメリア。日暮れよ！　魔王軍が撤退して行く。勝った！　生き延びたのよ、私達は！」

レーリア公女が歓声を上げる。だが私は、その言葉の意味が飲み込めなかった。

私は視線だけを動かし地平線の彼方を見ると、太陽が山の際から一欠片だけ顔を出し、光の筋を放っている。周囲は黄昏の闇に覆われ、互いの顔すら見えなくなっていた。

戦場を見れば魔王軍が黒い影の塊となり、撤退して行くのが見えた。前線で戦っていた兵士達は、力無く武器を下げ、戦いが終わったことに呆然としていた。

私はまだ、見ているものが信じられなかった。何度も瞬きを繰り返し、呆然と周囲を見る。

丘の下では生き延びた兵士達が、引き寄せられるように集まって来る。

オットーが血まみれの戦槌を担ぎ、ベンがブライの肩を借りて丘の上の私を見上げる。

頭から返り血を浴びたゼゼが、顔をぬぐうことすら忘れて歩いて来る。ジニは折れた剣を握り締めて丘の下に集う。

体中に傷を負ったボレルとガットが、互いを支えるようにやって来る。

グレンが血まみれの槍を片手に、ハンスに肩を借りて歩く。

全ての短剣を投げ切ったカイルが、負傷した左腕を抱えながら私を見上げる。

グランとラグンが折れた槍を杖にして集う。

傷だらけのライセルが、ゼファーと共に歩いて来る。

腕に傷を負ったマイスが、血がこびりついた斧を担いでいた。

ベインズが頭に包帯を巻き、ヘレン王女と一緒に私を見上げる。

指から血を流すほど矢を放ったヒュース王子が、そばかす顔の兵士と櫓から降りる。

秘書官のシュピリが呆然とし、クリートが涙でくしゃくしゃになった顔で私を見上げた。

生き延びた数万人の兵士達も、丘の下に集まって来る。

集った兵士達は誰も声を発することなく、私を見上げた。

私は兵士一人一人と目が合った。

ほとんどの兵士を、私は知らない。

名前どころか、話したこともなく、会ったことすらない他国の人間もいた。

だが私は彼ら全員を知っている。

彼らがどれほど勇敢に戦ったのかを、傷付いた痛みと苦しみを、死の恐怖に怯えていたことを知っている。

兵士達の顔を見て、私はようやく勝利の実感を得た。だが兵士達はまだ呆然とし、生き延びたことを理解出来ないようだった。

私は彼らの勇戦を褒め称え、労ってあげたかった。

だが言葉が出ない。声を出す力が、もう私には残されていなかった。

私はなんとか表情を動かし、微笑みを浮かべた。

口の端を動かせただけだったが、私の微笑はその場にいた全員に伝わり、呆然としていた兵士達の瞳と口元がごくわずかにそして一斉に変化した。

それは歴史上、もっとも静かな勝鬨だった。

私は兵士達と勝利を、生き延びたことをもっと分かち合いたかった。

しかし微笑を浮かべることが、私に出来た最後のことだった。

兵士達に微笑みを向けた次の瞬間、私の体から全ての力が抜け落ちた。

「ロメリア？」

レーリア公女の声が聞こえたのを最後に、私の意識は闇の中に落ちていった。

あとがき

有山リョウです。

『ロメリア戦記』の三巻を手に取っていただき、ありがとうございます。

本作、ロメリア戦記は中世時代を時代背景とした物語です。当然、登場人物の心のありようは、中世時代の人々を想像して造形しています。ただ、ロメリア戦記を書くにあたって、意識して書かないようにしている部分があります。それが『名誉の文化』というものです。

近代以前では、名誉というものがたいへん重要な役割を持っていました。

法整備もあいまいな社会では、侮辱されたまま反撃せずにいると、弱い相手と周りから舐められて攻撃される危険がありました。侮辱されたままでいるということは死活問題ですらあり、他者に舐められた場合、命懸けで報復しなければいけなかったのです。そのため中世時代では大抵の社会で決闘の文化があり、当時の人々は命懸けで自分達の名誉を守っていたのです。

侮辱されたので、決闘して勝利し、自らの名誉を守った。

言葉にするとなんともかっこいい文章ですが、実際はどうでしょうか？

「あいつが私を侮辱したから、決闘で殺して名誉を守った。私を侮辱するものは許さん！」

「それはいいのですが、どんなふうに侮辱されたのですか？」

「むかし、私が豚泥棒に失敗したことを笑ったのだ」

「でもそれは本当にあったことですよね？」

「貴様ぁ！　侮辱したな！　決闘だ！」

といった具合だったわけです。

名誉の文化と書くと一見かっこよく見えますが、実際のところは自分の間抜けな失敗を暴力で解決しているだけで、それ自体は正しくもかっこよくもなく、むしろダサい行動と言えます。そのため、私はこの『名誉の文化』というものを意図的に書かないようにしています。

時代が近代に移行すると、名誉の文化は廃れていきました。法整備が行き届いたため、殺し合いではなく話し合いで、問題の決着をつけるようになったためです。

話し合うことはたいへん重要で、人類が繁栄した最大の理由は、頭が良かったからでも手先が器用だったからでもなく、他者と協力出来たからだと言われています。

実際、ロメリア戦記は多くの人の助けと協力があって、出版にこぎつけました。

担当編集の濱田様。素敵なイラストを描いてくださった上戸先生。公私共にお世話になっている浅井ラボ師匠。他にも私の知らないところで、多くの人がこの本を世に出すことに協力してくれました。皆様の協力があったおかげで、この本は出版出来ました。

ここに感謝とお礼を申し上げます。

それでは、またいつかどこかでお会いしましょう。

ロメリア衣装設定

○ヨロイのした
○マントなしver

COMIC

見捨てられ令嬢。
新兵部隊と
〝戦後〟の死地へ挑む——。

コミックス①~④巻 好評発売中!

ロメリア戦記

~伯爵令嬢、魔王を倒した後も人類やばそうだから軍隊組織する~

A History of the Romelia

漫画 上戸 亮　原作 有山リョウ

原作イラストレーター本人が描く、
「小説家になろう」発の"戦後"戦記譚!!!

マグコミにて(第1金曜日更新) 大好評連載中!

GAGAGA

ガガガブックス

ロメリア戦記
～魔王を倒した後も人類やばそうだから軍隊組織した～3

有山リョウ

発行	2021年 5 月24日　初版第1刷発行 2024年11月20日　　　第2刷発行
発行人	鳥光 裕
編集人	星野博規
編集	濱田廣幸
発行所	株式会社小学館 〒101-8001 東京都千代田区一ツ橋2-3-1 ［編集］03-3230-9343 ［販売］03-5281-3556
カバー印刷	株式会社美松堂
印刷	TOPPANクロレ株式会社
製本	株式会社若林製本工場

Printed in Japan　ISBN978-4-09-461150-2

第20回小学館ライトノベル大賞
応募要項!!!!!!!!!!!!!!!!!!!!!!!!!!!!

ゲスト審査員は裕夢先生!!!!!!!!!!!!!!!!

大賞：200万円＆デビュー確約
ガガガ賞：100万円＆デビュー確約
優秀賞：50万円＆デビュー確約
審査員特別賞：50万円＆デビュー確約

第一次審査通過者全員に、評価シート＆寸評をお送りします

内容 ビジュアルが付くことを意識した、エンターテインメント小説であること。ファンタジー、ミステリー、恋愛、ＳＦなどジャンルは不問。商業的に未発表作品であること。
（同人誌や営利目的でない個人のWEB上での作品掲載は可。その場合は同人誌名またはサイト名を明記のこと）

選考 ガガガ文庫編集部＋ゲスト審査員裕夢

資格 プロ・アマ・年齢不問

原稿枚数 ワープロ原稿の規定書式【１枚に42字×３４行、縦書き】で、７０～150枚。

締め切り 2025年９月末日 ※日付変更までにアップロード完了。

発表 2026年３月刊『ガ報』、及びガガガ文庫公式WEBサイト GAGAGA WIREにて

応募方法 ガガガ文庫公式WEBサイト GAGAGA WIREの小学館ライトノベル大賞ページから専用の作品投稿フォームにアクセス、必要情報を入力の上、ご応募ください。
※データ形式は、テキスト（txt）、ワード（doc、docx）のみとなります。
※同一回の応募において、改稿版を含め同じ作品は一度しか投稿できません。よく推敲の上、アップロードください。
※締切り直前はサーバーが混み合う可能性があります。余裕をもった投稿をお願いします。

注意 ○応募作品は返却致しません。○選考に関するお問い合わせには応じられません。○二重投稿作品はいっさい受け付けません。○受賞作品の出版権及び映像化、コミック化、ゲーム化などの二次使用権はすべて小学館に帰属します。別途、規定の印税をお支払いいたします。○応募された方の個人情報は、本大賞以外の目的に利用することはありません。